サマル・ヤズベク
柳谷あゆみ 訳

無の国の門

引き裂かれた祖国シリアへの旅

白水社

無の国の門

Bawwābāt arḍ al-ʻadm (THE CROSSING)
by Samar Yazbek

First published in Arabic language
by Dar Al Adab, Beirut, Lebanon

Published by arrangement with the author
via RAYA The Agency for Arabic Literature, Beirut
and Tuttle-Mori Agency, Tokyo.

私は四十本の指で書く。

私は盲いた目たちによって書く。

私は現実を生き、現実を書き、隠す。

死者たちが私の咽喉を通る、ひとりひとり、神に届くほど高く昇り、それから次々と私の血に落ちてくる。

私はあなた方の短い人生を見つめる語り部だ。あなた方を見つめている。かつて長い夜ごと、次は誰がミサイルにやられるだろうかと思い、笑いながら凝視したように。

私はあなた方のために書く、そして目を離さない。あなた方を思い起こさずにはいられない。あなた方の物語を、地から天へと届く幾本もの柱に変えなくてはならない。

私は書く。あなた方へ、あなた方のために、そしてあなた方から。

欺かれたシリア革命に殉じた人びとよ。

装丁　細野綾子

無の国の門　目次

一度目の門

二〇一二年八月

有刺鉄線が私の背中を引っ掻く。びくびくと震えるような緊張が解けない。国境線に沿って延々と続く有刺鉄線の下に、人ひとりがようやく進めるほどの坑があった。私はその坑をどうにか越えると全速力で駆け出した。三十分ほど駆けに駆け、二つの国の境を越えた。あのとき、仲間に外国人は多くなく、私は自分がこれから語るそれぞれの克明な物語を追っていこうとは思っていなかった。帰国を決意したとき、何の根拠もなく死がひしめくなかで、自分も命を失うのだろうと思い込んでいた。

そのとき、坑のなかに足を沈みこませ、背中を有刺鉄線にこすられながら、国境を分かつ空間で初めて顔を上げ、漆黒に染まり始めた遠い空を見た。トルコ兵に気づかれず国境を越えられるように、長い間夜の訪れを待っていたのだ。時が来ると、その場で深く息を吸い、背筋を伸ばし、教えられたとおり駆け出した。走り出し、危険地帯を越えていった。地面は岩だらけでごつごつしていたが、私は軽やかに駆けた。私の心に、空のかなたへと吊り上げ、放り投げてくれるクレーンがあるみたいだ。帰ってきた！　ここに戻ってきたのだ！　私は呟き、息を切らして喘ぎをもらした。帰ってきた！　映画のシーンなどではない。現実の出来事だ。私は駆け、呟く。帰ってきた……帰ってきた。

銃弾のぴゅーんという音が散発的に聞こえてきた。兵器のがたがたいう音も、もう一方から。けれど私たちはひた走った。
もしかしたらこれは遠い昔に定められた運命だったのかもしれない。何もかもがそんなふうに見えた。私は布を頭に被り、丈の長いチュニックを着て、幅広のパンツを穿いていた。このあと高い丘を登り越えなければならない。そこから全速力で駆け下りたら、私たちを待つ車が見えるはずだ。夜の帳が下りた。万事異常はなさそうに見えた。少なくとも私はそう思った。先々繰り返されるいくつもの越境で、この光景は変わっていく。

何度も往来したせいで、アンタキヤ（シリア国境に隣接するトルコの都市）空港にいるだけでも一年半の間に何がシリアで起きたのかが十分わかるようになった。国境越えの経験からもシリアの変化がよくわかった。私が記憶にとどめた、目に見えていたものはすべて、ものすごいスピードで深層から起こった変化を示していたのだと思う。

けれどそのときは、両足の痛みを感じながら丘をただ駆け下り、そんなことは考えもしなかった。丘の麓にたどり着くと、私は両膝をついて座り込んだ。十分以上もそのまま、絞めつけられたような声を漏らし、深呼吸をして心臓の動悸を鎮めようとした。そこにいた人たちは、私が故郷へのあふれる思いに震えていると思っただろう。実際にはそんな余裕はなかった。長く走ったせいで心臓が飛び出しそうだった。私は立ち上がれなかった。

ようやく私たちは自動車に乗り、一息ついた。自動車は一人の若者が運転し、私たちは後部座席に三人、前部座席に二人座った。マイサラとムハンマドはこれから私の世界の一部になる。二人は違うタイプの戦闘員だが、同じ一族の出身だ。私はその一族の保護を受けて生活することになる。ムハンマドは二十歳、私の不断の友となり、ともに仕事をするようになった。

そこはイドリブ（シリア北西部の県）郊外だった。アサド政権の支配から完全には解放されていなかったので、行く先々に自由シリア軍の大隊が設置した検問所がある。私たちは次々とオリーブ畑を越えて走り、無の国への一度目の門に入る。武器を携え、勝利の旗を掲げる戦闘員たち。道行きは長い。私は現状を盗み見ようとする。車の窓から頭を出すと、思考は身の周りの物事から離れる。自動車が走る、遠くから爆音が聞こえる。道は尽きることなく続く。私の身体中の細胞をくすぐるような喜び、そこに編み込まれた驚き。アサド政権（シリア・アラブ共和国は二〇〇〇年以降、父ハーフェズ・アサド大統領の死後に大統領職に選任されたバッシャール・アサドが政権をとっている）から解放された地域を私は見ているのだ。この土地は解放されたのだ。

それでも、空を見ると笑みは消えてしまう。空が燃えている。視界が映画の四分割された場面に変わる。私は二つの目だけで景色を見るのではない。首にも目があり、両方の耳朶《みみたぶ》にも、指先にまで目がある。まるでおとぎ話の獣のように。視線を前方に定めていても、他の三つの視野に分散してしまう。破壊兵器、燃える空、そして一人の女と三人の男が乗った、サラーキブ（イドリブ県内の町）へ向かう車。

ここに細かに描写するすべては実際に起きたことだ。だが、一人だけ語り部を演じる架空の人間がいる。私だ。私は廃墟のただなかを渡れる唯一の者であり、作中の架空の人物のような者である。現実に対峙していくために私は想像の力を借りることにした。自分の現状から離れ、細かなことごとに、現実に起きていることに目を凝らすのだ。前に進み続けるために、私は自分を物語上の人物であると仮想し、物語のなかに設定された人物として描こうと考えている。現実に存在する一人の女を私は脇に追いやった。仮空の別人になるのだ。生きるうえでの信条に見合った行動をつねにとる人間に。彼女は自らの存在を、何を拠り所にして問うていくのだろうか。アイデンティティ？　異郷で暮らすこと？　正義？　血に飢えること？　漆黒の闇のなか、車が渡っていくこの道は、私の世界の一部となる一族の家へまっすぐ続いている。

ここでこれまでの経緯を述べるのは奇妙かもしれない。二度目の帰国まで、私はこれらの出来事について執筆するつもりはなかった。

二〇一一年七月、私はシリアから出国した。しかし、二〇一二年八月にはシリアに戻る計画を立てた。それは女性たちのための小さなプロジェクトを興し、女性の経済的自立、教養の向上と子どもの教育を目的とする機関を作るためだった。アサド政権の支配から外れた地域で文化的かつ民主的な機関を設立できるよう、有効なやり方を模索していた私は、このような日々の記録を書き留めようとはまったく考えていなかった。新作小説を書く準備もしていたのだが、二度目にシリアから出るとき事情が変わった。ひとつの小さな出来事が道筋を変え、そのおかげで私はこの経験談の執筆を考えるようになったのだ。

トルコに戻る途中、国境に着く前のことだ。私たちはシリアからトルコに渡るため、サルマダー（イドリブ県内の町）の町からその先へ進んでいた。そこで若い戦闘員に出会ったことがきっかけで私はペンを執り、彼の言葉を小さなノートブックに書き留めることにした。「我々は、ただ市民国家を望んでいる」と彼が言ったあのとき、私は書くことを決意したのだ。

それは最終日、出国まであと数時間というとき、ファールーク大隊（自由シリア軍の大隊）の検問所でのことだった。休憩をとっていた、星のようにきらきら輝く目をしたまだとても若い男が、政権軍の特殊部隊から離反した理由を語ってくれた。人を殺すのを拒否したからだ。彼は話し続けていた。「つまり、どうして俺が命を投げ出さないといけない？　誰が死にたい？　誰も死にたくないだろう！　なのに、みんな生きたがっているのに、死んでいった」

空が青かった。私たちの澄んだ気持ちを妨げるものは何もない。銃声でさえ妨げられない。検問所も、道路の両脇にある倒壊した建物群も。サルマダーの町からは少ししか離れていない。壁が革命の旗の色に染め上げられた町を私たちは後にしてきた。

「そうだ、我々は、ただ市民国家を望んでいるんだ」……一番年かさの若者が繰り返している。あの若者が私に話す。「軍の士官どもは呪われたらいい。奴らは皆、アラウィーだからな！」

また別の若者が彼を見て呟く。「皆が皆じゃないさ」

若者はもう一度自分が部隊から離反した話を語り、私は耳を傾ける。

そこに彼の仲間が近づいて何かを耳打ちする。きらきらした目の、はちみつ色の髪のごく若い男がとまどいながら私を見た。銃を地面に落とし、視線が定まらなくなる。私は彼の震えるまなざしをじっと見つめた。銃は地面に落ちたままだ。それから彼は顔をそむけた。

空は変わらない。青いままだ。私たちが後に残してきた岩山が無言で見つめている。それでも私は何かごつごつした声を聞き取っていた。

そのとき、若者が私のほうに顔を向けた。唇をかみしめ、震える声で彼は——武装検問所に立ち、銃を背負い、空に向かって怒りをぶちまける若者だったはずなのに——言った。

「許してください、おばさん。本当に俺は知らなかったんだ」

彼のあどけなさの残る顔が柔らかさを取り戻した。橋の下で銃を持った若者たちが私たちを興味深そうに見ている。「アッラーの他に神なし。ムハンマドは神の使徒である」と書かれた白い旗が、彼らのそばではためいていた。顎鬚を長く伸ばしっ放しにしているのが二人。空はまだ青いままだが、子どもに戻ったような戦闘員は私に近寄り、ためらいがちに話す。

「俺は誰も嫌っていない。でも奴らは俺たちに人殺しをさせようとする犬畜生だ……許してください、おばさん」

一番年かさの戦闘員が彼のそばに立った。年かさの戦闘員は怒りのまなざしで見つめながら繰り返していた。「我々は、ただ市民国家を望んでいる。俺はファールーク大隊の一員だ。我々は、ただ市民国家を望んでいる。俺は大学の商学部の二年生だ」

そこに長居はしなかったが、彼らの言うことに耳を傾け、私は言った。

「別に問題はないわ……大丈夫よ」

目の輝きが小さくなった若者は、私を侮辱する気はなかったのだと必死に弁解しようとした。三人の若者と出立する前に、私は彼に言った。

「私はね、アラウィー派じゃないのよ。あなたもスンナ派じゃない。私はシリア人、あなたはシリア人よ」

彼は驚いて私を見た。私は彼に言った。

「これは本当よ。私たちは単にシリア人なの」

ファールーク大隊の検問所を発つと、私は車のなかでわめいた。「こんなところで誰が静穏を必要としているの？　流血も戦火もなしで国を作りたいなんて誰が思っているの？　子どもみたいなあの離反兵？　じゃなかったら親アサドのあの人殺しども？」

若者は何の話かわからず、笑いながら不思議そうに私を見ていた。

彼らの力はどこからあふれてくるのだろう。私たちのうちで生きる意味がわからないでいるのは誰なのか。生きる本質の一番近いところにいるのは誰なのだろう。私たちなのか、彼らなのか。彼らは死の真っただなかで生き、あっさりと笑いながら死を消化している。木っ端みじんの死体になった瞬間、その笑いはなくなってしまうのに。人並みの知識を持っていても、彼らはひたすら純粋なのだろうか。「自由シリア軍」と称したのだから軍隊になったはずだ。なのに彼ら自身は通りでふと出くわしそうな普通の人ではないか。志向も性質も、厳格か思いやり深いのかもばらばらで、革命の倫理に則った規律を守るか逃げるかという点でも異なっている。性質の上で仲間と似たところは何もない（「自由シリア軍」は、政権軍からの離反兵や活動家がそれぞれ名乗る自称であって、統一された組織ではない）。自由シリア軍の大隊は私たちのいろいろな人生と写しのように似ているといえるだろう。だが彼らには大きな違いがある。その違いとは、羽根のような軽やかさで死が大手を振って歩いていること、そして彼らの大多数は、現実に即して言い表わせば「反体制武装市民大隊」だということだ。

　出国前の最後の武装検問所で、何が私に〝無の国の門〟について書こうと決意させたのか、子どもに戻ってしまったようなあの離反兵が心に焼きついたからという以外、まったくわからない。目を閉じると、目の前の〝おばさん〟が政権軍の士官と同じ宗派だというだけで、本当に何も悪いことはしていないのに銃を放り出して詫びていたあの若い戦闘員の声が炸裂する。

　私がシリアへと渡った一度目の門は、レイハンル（シリア国境に接するトルコの都市）の、トルコ－シリア国境に面した病院の向こうへと続いていた。その病院には、爆撃を受け救急治療を終えたシリア人専用の階がある。隣り合ったいくつもの部屋から、白いシーツの上に寝かされ、足や腕を失ったうつろなまなざしの人びとの臭いが漂ってくる。彼らは手足を宙に泳がせている。四歳のディヤーナーと十一歳のシャイマーという二人の女児の部屋に入るとき、マンハルは私に取り乱さないようにと頼んだ。彼はサラーキブの革命最初期からの活動家だ。

ディヤーナーは脊髄に銃弾を受け、麻痺状態になっていた。怯えた白い兎のように縮こまって倒れていたそうだ。彼女の小さな柔らかい身体を、銃弾は難なく破った。わけもないことだ。銃弾がイフタール（イスラーム暦ラマダーン月の日没後のごちそう。ラマダーン月は日中の断食斎戒が奨励されている）のお菓子を買いに通りを渡っていた女の子の背中を撃ち抜いたとき、狙撃手はどう思っただろう。

ディヤーナーのベッドの隣に、爆弾で片足を失ったシャイマーのベッドがあった。家族みんなで家の前に座っているとき、突然爆撃を受けたのだ。母親も含め、家族九人が亡くなった。彼女の叔母がベッドのそばに立っていた。

嘆願と怒りを含んだ落ち着かぬまなざしのシャイマーは、私が額を指でなぜるとようやく微笑んだ。彼女の左手は爆弾の破片に当たってばらばらに吹き飛ばされてしまった。骨盤から大腿部まで白い包帯が巻かれていた。片足が失われた場所はただ空虚だった。空虚さが人間の欠けた足の形をしている。私たちはすっかり欠けている。私たちはまったく欠けた者同士だ。二つの美しい瞳で私を見つめるこの小さな少女にかけてやる言葉が見つからなかった。彼女はもう一方の足も負傷していた。身体中、あらゆるところに傷を負っていた。

彼女の額に指をあてて、私たちは声を出さずに微笑んだ。この階にいるのはシャイマーとディヤーナーだけではなかった。隣の部屋には爆撃で無茶苦茶にされた片足の切除を待つ若者がいた。彼は目で笑っている。別の若者はシリアに戻って戦うために爆弾の破片で負傷した足が治るのを待っている。彼は軍集団の司令官だった。この男、アブドゥッラーは、この先の帰国のときゆっくり歩いているところにまた出くわすことになる。私たちは友だちになり、爆弾が降り注ぐなか、無へと続く三度目の門を一緒に行く。彼の美しい婚約者とコーヒーを飲むために。

国境まであと少しのところ、病院へと至る小道では、シリアの人びとが土まみれの手足を投げ出し、虚しくうごめかせている。若者たちは傷ついた身体を横たえて、病院の窓から外を眺める。故郷はそこから香りが感じられるほど近くだ。その場所で、私は無の国に入る第一歩を踏み出した。

その後しばらくして、同じ場所で私たちは空を見ていた。空が燃えている。眠る町の人びとに爆弾が降っている。私たちはタフタナズ（イドリブ県内の町）に寄った後、ある大隊とともに最初の夕食をとっていた。その場所で、私はぼんやり若者たちの顔を見ていた。頭上を爆弾が通過するなか、彼らは談笑している。

死のほかに主役はいない。人びとが語るのは死にまつわる話ばかりだ。比較され、可能性から論じられることをすべてが受け入れているなか、死という絶対的な主役だけが、あるいは私たちが夜、有刺鉄線を越えたあの時間軸から外れた瞬間だけが、それを受け入れない。私たちは迷路から迷路へと渡り、私たちが通過する出入口を若者たちは掘る。あるときは駆け、あるときはそろそろと進む。異郷か故郷かをめぐって揺れ動くあの瞬間。フェンスの両側で、暗闇から不意に死体がいくつも現われるなか、盲目になったかのように私たちは進んでいった。肩が別の肩に触れ、誰かの声が聞こえる。

「こんばんは」

遠ざかる声。近づく声。私たちは黒猫のようだ。でも私たちの目は光らない。シリアの人びとが夜陰に紛れる国境の区画は広くはない。人びとはそこを出ては入り、何ごともない夜であれば、行き交っていく。多くの人は不安から小さなグループにまとまり、忍び足で進む。

戻る途中、まさにその有刺鉄線のところで国境を越える二人のチュニジア人の若者に会った。私たちと一緒に入国した若者が言った。

「特定の戦闘集団に他の組織が支援や資金援助を続けるかぎり、この先僕たちは絶対に無事ではいられない」

　こうした言葉は十分な糧食を持たない離反兵たちも繰り返し語っていた。これは最近勢力を伸ばしている装備と食糧を保有するイスラーム主義の組織のことで、彼らは「奴らは過激派だ、しかも他国から資金援助を受けている」と言っていた。イドリブ郊外とハマー（シリア西部の県）、アレッポに勢力圏を持つ大隊もほぼ同じことを言った。資金援助が乏しいこの大隊は、イスラーム組織に合流せずに済む方策をつねに探している。大隊の成員は物品や装備を売却し、互いに助け合う。彼らはひとつの家族のようで、ときには妻たちの宝飾品も売り払う。軍集団の司令官が銃弾を購入するため財物の徴集を行なったとき、ある女性は結婚指輪を抜き取って差し出した。司令官は断った。別の司令官は私に言った。「この状態が続くようなら、バッシャール・アサド（二〇〇〇年よりシリア・アラブ共和国大統領）政権に立ち向かうために悪魔とだって進んで手を結ぶだろう」彼は憤り、悲しんでいるように見えた。

　彼らには戦場を拡大していく十分な武器がない。彼らはアレッポの街から殺し合いを減らそうと望んでいるものの、無力感を味わっている。武器の密売人は忙しく働き、政治的闘争に拠る反体制勢力はこの国の武装集団の現状には関与せず、一本化された指揮系統の形成など考えもしない。軍集団の司令官が、「皆が、爆撃や飢えや包囲、狙撃、拘束の恐怖にさらされながら、潤沢な資金を得て武器を持った連中に立ち向かおうとしている」と言う。「それは政権側の思うつぼではないの？」と尋ねると、彼は怒って言い返した。「俺の言葉は〝政治的で文化的〟な反体制勢力のエリート殿にこそ言ってやりたいね。連中はどこにいる？　離反した軍の高官どもはなんでトルコで暮らしているんだ？　真の戦場はここじゃないか！　俺たちは毎日死ぬ、死んでいく。俺たちには魂くらいしか差し出すものがないが、決して反体制活動を投げ出さない。たぶん俺たちは死ぬだろう。だが、息子や孫たちもアサド政権と戦う。あんたたちは今起こっている出来事とどこで関わってるんだ?」

私は時系列に沿って連続する話として書くことができない。どうにもうまく説明できない。時系列をばらばらにするしかないだろう。

あの若者たちの話に戻ろう。二つの国の国境を迷いつつ越えていたときのことを話そう。オリーブの林が、新しい土地の香りが、どんなふうに私たちを迎えてくれたか。かつてはどこを見ても革命の写真と旗で彩られた壁があり、人びとの疲れた顔があった。

車に乗って夜の帳を割いて進み、私たちは自由シリア軍のいくつもの検問所を越えた。検問所は大きくはなかったが、若者たちは互いを知っている。いくつもの村が解放され、あるいはほぼ解放されていた。「解放」という言葉は緩いものだ。制空権は依然として政権側にあるからだ。私たちの周りでは数多の爆撃が行なわれ、ときどき飛行機の轟音が聞こえる。若者たちは私たちを落ち着かせてくれる。何もかも順調ですよ、と。でも数キロ先には危険があるのだ。「全然、大したことじゃあない!」と彼らの一人が言う。この「大したことじゃあない」こととは、死が空から降ってくることだ! 私たちは車に乗ってビニシュ(イドリブ県内の町)に行き着き、そこでデモに参加し、その後ある大隊に会うことになった。

ビニシュでのデモに女性は参加しておらず、「アッラーの他に神なし。ムハンマドはアッラーの使徒である」と書かれた旗がいくつも掲げられていた。私はただ一人、男たちのなかにいたので奇異の目で見られたが、何人かの若者には自己紹介をした。彼らはよく統率されていた。歌い、手拍子を打ち、それからシャイフ(長老格の人物)が訓話を授けにやってくる。私たちはすぐには町を発たなかった。家の前でデモを見守っていた女性たちと話をすると、一人が言った。「前は私たちもデモに参加していたのよ。でも今はもうできないの。男たちがね、私たちが撃たれたり爆撃されたりするんじゃないかと心配するから」ビニシュは事実上解放されているが、空は解放されていない。解放の喜びは裏切られ、惨めさを味わわずにはいられない状況だ。戦闘機や戦車の砲撃が、解放という言葉を虚しくする。政権側は地上では反体制派の人びとに対抗できないので、住民との戦闘を経て町に入るなどという危険は冒さない。夜間や夜明け前に爆撃し、破壊するのだ。子どもや女や年寄りはあらかた死んでしまう。住民や大隊は戦闘の連続にも挫けない。「これが俺たちの宿命だ」ビニシュの若者たちはそう言う。

ヒジャーブ（イスラーム教徒の女性が頭髪や身体を隠すために被るベール）を被っていない女性は一人も見なかった。これが土地の伝統なのだ。彼らはイスラームの慣行を実践している。ビニシュで私はヒジャーブを被らずにデモの人びとのなかに立っていたが、町や村を移動するときにはあまり注意を引かないようにヒジャーブを被ることにした。若者たちと会うときはヒジャーブを取って彼らのなかに座ったが、彼らは私をじろじろ見たりしなかった。交わされる会話も理性的かつ人間的でレベルの高い内容だ。彼らは私に、ヒジャーブを被らない女性の存在を受け入れない大隊もあると教えてくれた。誰もイスラームのカリフ制国家樹立の話はせず、市民国家について話していた。ジハード主義の大隊の存在感は薄く、概してその割合も普及率も高くはなかった。ほんの数か月前に活動を始めたばかりだったのだ。「アラブのジハード主義者たち」の話でさえまだ誇張があったのだが、それは虐殺のたびに増えていった。当時、サラーキブに七百五十人いた戦闘員のうち、アラブ人のムジャーヒド（ジハード戦士）はせいぜい十九名だった。

ビニシュで取った夕食は贅沢なものだった。オリーブ林のなかの家で、若者たちのグループは最善を尽くし、私たちに極上の食事を出してくれた。軍集団の司令官は三十代前半の姿のよい静かな人だった。彼は生粋のビニシュっ子だ。語っているときも若者たちはすばらしく物腰柔らかで、礼儀正しく、宗派間の問題を解決しなければならないと熱を込めて話していた。宗派間闘争への道筋をつけさせてはならない、と、私たちはたくさんの論点について話し合った。一人の若者が私に言った。「政権の暴力に対して暴力的な反応をしてしまうことはある。でもそれは少しで、事態が収まれば終わるような、単発の状態を超えてはいない」数日後、同じ若者が私にこうも言う。「虐殺への報復としてアラウィー派の若者が殺された。俺たちはこういうのには断固反対だ。今に至るまで、俺たちを分断しようとする政権の目的は達せられていない。スンナ派の村がアラウィー派の村を攻撃することもなかった。そんなことは今までも起きていないし、未来永劫あってはならない。たとえ俺たちがその代償として命を捧げることになろうとね。だが、家族を皆殺しにされた人たちや家を爆撃された人たちの怒りを抑え込むことはできない。時間ですらこの怒りは癒せない！」

そう語ったこの若者は、数か月後、覆面の男たちによって殺された。外国人のムジャーヒドによる犯行だったとしかわからない。

彼らは私に、自由シリア軍の名によって略奪し、大隊の名を借りて誘拐する傭兵グループの話を詳しく語ってくれた。傭兵は、政権との闘争においても略奪や誘拐を働き、またそうした問題を解決もする。ときには小競り合いから発展しつつある武装勢力同士の衝突にも加わる。どこかの大隊が、どこかの町から、そこの住民が何か個人的な争いごとを起こしたという理由で誰かを誘拐する、そして顔役が彼らの問題を解決する、といった話だ。若者たちは自分たちは誤りを犯したとも語る。そして、シリア革命の道程を正さなくてはならないと考えている。こうした話が、地理学的には北部全域、つまりアレッポ周辺、イドリブ、ハマーの、住民全般の意見だというわけではないにしても、私が遭遇した大隊は、大隊にいる部族のシャイフも含め、いずれも同様に考えていた。

オリーブ林に面したバルコニーでビニシュの若者の話を聞いていたとき、大きな爆音が響き渡った。月が照らすので互いがよく見える。十人くらいだったろうか、バルコニーのほうを向いた。空が輝いた。「タフタナズに爆撃だ」と一人が言う。そして彼らは会話を再開し、私に夕飯を続けましょうと促した。恐怖のあまり心臓がどきどきいうのを感じながら、私は黙って食べた。後日、彼らの一人が私に手紙をくれた。「あなたが出発した後、俺たちのところにも爆撃が始まりました。あなたが発ってからでよかった。神に称えあれ」

若者たちは私にアターリブ（アレッポ西部郊外の町）の戦車の墓場を見ていくべきだと勧めた。焼けた機械の塊が積み重なっていた。溶けた金属の楼閣が、焼け跡が、そこらじゅう、びりびりに破かれたボール箱のように倒壊した家々の間に広がっている。沈黙と孤絶。アターリブには音がない。ささやきひとつ、野良犬の遠吠えすら聞こえない。私たちは恐ろしい廃墟のなかを探し回り、「壊滅」という言葉の意味をかみしめた。ところが、一本の道の果て、小さな商店にろうそくが灯っていた。遠くに女性の影が現われ、動いている。これらがアターリブが亡霊の町ではないという唯一の証だった。形もなく、それが何であったかを示す手がかりすらない。瓦礫の山ばかり。私たちは近い爆撃の音をずっと聞いていた。

私たちはサラーキブへの道中を続けた。同乗する司令官はライフル銃を持ち上げ、すばやく弾を装塡した。私は身震いした。それから彼は手榴弾を脇に置いた。手榴弾が私のすぐそばにある。私はその緑色の塊を見つめた。ほんの数センチ。手榴弾に触れると、また身が震える。危険区域を越えたとき、私は司令官に手榴弾をしまってほしいと頼んだ。彼は窓ガラスの縁に武器を置いたが、狼のように夜の闇に視線を巡らせている。彼は言った。

「政権の犬どももいるし、自由シリア軍を名乗って略奪を働く追い剝ぎや強盗もいる」

マイサラは前部座席でライフル銃を構えていた。運転手は預言者のごとき確かさで運転している。ムハンマドは私の隣で同じように武器を構えた。

私たちは恐ろしい暗闇を走り抜けることができた。アスファルトで舗装された細い道路を高い糸杉が縁取っている。この道は終わりがないように見えた。怖くないふりはしていたが、軍集団の司令官がライフル銃を外して脇に置き、手榴弾を上着のポケットにしまったときには、もう安堵のため息をついていいのだと思わずにはいられなかった。銃口が私に向いていなければなおよかったが、司令官はライフル銃を私との間に置いたので、それは完全に私の眼前にあった。引鉄の上で、自分の指をあと数センチ動かせば、これは甘い永遠の闇のなかに私をきちんと沈めてくれるだろう、とふと思った。とても小さな、魅力的な銃口が暗闇から私を見つめている。

司令官の声が私を現実に引き戻した。「俺たちみんながついている。君の髪の毛一本にも触れさせない」

私たちは警戒しながらサラーキブの小路に入った。この町は完全には解放されていない。狙撃手たちがまだ展開しているはずだ。今このときも、多くの人が彼らの手によって殺されている。

私たちはいくつかの家屋を繋いでできた家に入っていった。マイサラの、あたたかい家族の家だ。その家は三つの家屋から成り、真ん中に中庭があった。向こう側には備蓄品の保存に適しているので「貯蔵庫」と呼ばれる古い部屋があった。その部屋は一族の父祖にさかのぼるほど古く、円蓋がついている。左側は長男であるアブー・イブラーヒームと妻のノラの家。右側には弟のマイサラと妻のマナールと子どもたち、アーラー、ルハー、ムハンマド、ターラーが住む家がある。彼らは年老いた母親と、母方の叔母にあたる老婆と一緒に住んでいる。この二人は身体の自由があまりきかないため、未婚の娘のアイユーシュが世話を焼いている。

私たちが到着するや否や、一家は夕食の準備でてんてこ舞いになった。マイサラはアサド政権に対して非暴力による抗議活動を始め、それから武装闘争に転じた一人だ。ムハンマドは二十代前半で商学部の学生だった。彼も非暴力の活動に加わり、そののち武装闘争に身を投じた。私たちは夕食の皿を囲んで車座になった。私の両脇にはいつもルハーとアーラーがついていた。


翌日の朝は殉死者の妻たちの現況を聞き取りに出かけたが、その前に、この大家族の家に近隣の美しい女たちが集まってきて、私の周りに輪を作り、サラーキブについて語り始めた。アーラーはすぐ隣で私の手を握り、聞き耳を立てている。ルハーは母親を手伝いつつも不満げに母親を見ている。私は二人にも興味を持ってもらおうとした。アーラーに、私たちはこの話を聞かなくてはならないわ、と耳打ちすると、アーラーは片目をつぶって手をあごに当てた。そして私と一緒に女たちの話に耳を傾けた。

女たちの家を訪問するのは簡単なことではない。ムハンマドはつねに車中の人として同行しなければならなかった。イスラーム法では、未亡人の家に、特にイッダ（婚待）の期間中に男性が入ることは禁じられているからである。未亡人は三か月と十日が経過するまではいかなる男性にも会ってはならない。

最後の訪問先から戻る途中、ムハンマドはサラーキブの壁をグラフィティアートで彩っているカリグラファー兼画家を訪問しようと言った。グラフィティアートはシリア革命で活動家たちが頼りとした重要なアートだ。アサド政権の支配から解放されるや否や、町の壁は開かれた書物や、臨時の展示場へと変貌する。サラーキブの壁を彩色し絵を描いている男は、爆撃で死亡した殉死者たちを埋葬する仕事に就いていた。「俺は遺体を埋葬しているんだ」と彼は言った。「遺体」と言うと手のひらを広げ、こう付け加えた。

「ひとつひとつの遺体について話をしてやれるけれど、それには長い時間が必要だろうね。俺は殉死者を埋葬し、サラーキブの壁に彩りを与えているんだ。俺は絶対にここから出ていきはしない」

私たちはサラーキブ文化センターの建物に面した壁の前に立っていた。壁の鮮やかな色遣いが場の薄闇を破っている。向かい側には一棟の建物があり、目の前の壁にはこう書かれていた。「誓おう。ハーフよ、目は瞼を忘れない。誓おう。ハーフよ、薔薇の花は枝を忘れない」

その向かい側の壁にはこう書かれていた。「ダマスカスよ。我々は永遠にこの町の住人だ」

私たちは通りをそぞろ歩いた。壁や、居合わせた人びとの写真を撮っている間も、死者を悼む「神は偉大なり」という声と、若者や子どもや女や年寄りの葬儀のなかに、町はすっかり沈み込んでいた。私たちは歩く。埃、乾き、燃える太陽の陽炎《かげろう》。行き交う男たちは少なく、その目は真っ赤に充血しているが、きらきら輝いている。狙撃手の撃つ銃弾のぴゅっという音がいつまでも聞こえる。爆音はやまない。晩になり、褐色に日焼けした若者がやってくる。マイサラの親戚の一人だ。頬が赤かった。彼は座ってからもしばらく黙りこくったままで、それから、うちの畑が爆撃を受けて、生計を支える藁が燃えてしまった、と言う。「今年の収穫は終わりだよ」ぽつんとそう言うと、彼は壁に頭をもたせた。私たちはスポンジのマットレスの上にプラスチックのマットをかけ、その上に座っていた。何も言わず、耳を傾けた。彼の母親は放心したように息子を見つめ、その鼻息がもう一度聞こえた。また沈黙が訪れ、母親も私たちも銃の狙撃音をただ聞いていた。

翌日の真昼、壁を見ながら立っているとムハンマドが言った。「奴らは住民への見せしめとして町の周りの農地を焼き払っている。今、奴らが俺たちを爆撃してくるかはわからない。たぶんやるだろう！」爆音轟く澄んだ青空を、私たちは一緒に見上げる。「頭上に爆弾が落ちてきたら、爆音なんか聞こえっこない」彼がそう言い、私たちは笑う。アレッポに向かう戦車の列は、街のそばを絶えず通り過ぎていく。

「いずれ戦闘が激化したら、サラーキブは激戦地になるだろう、奴らは間断なく爆撃してくる」車での移動を再開したとき、ムハンマドは改めて強調した。破壊された家の前を通りかかると、私たちは停車した。ムハンマドが続ける。「この家は焼き討ちされて、さらにミサイルで爆破された。ここの息子が一人殺されている。彼は刑務所で拷問にかけられて殺された。他に七人の姉妹と、弟が一人。父親はいない。奴らは彼を殺した後、自動車に遺体を吊り下げて通りを引きずり回した。非暴力デモを組織した一人だったからさ。デモを撮影していた別の若者は、捕まって戦車の下敷きにされた。奴らは戦車で轢き殺すと宣告してから、彼の上に戦車を発進させた。そのまましばらくうっちゃって、奴らはげらげら笑っていたんだ。逮捕もせずにそんなことまでやりやがった。俺たちは奴らが破壊した建物を元に戻す。ほら、向かい側、この家が見えるかい？」ムハンマドは二階にある家を示したが、そこには大きな空洞ができていた。

「軍から離反した男の妹の家だ。奴らは兄貴への仕返しのためだけにここを砲撃した」

朝の五時、恐ろしい爆撃の音に私たちは跳ね起きた。爆撃に定刻などない。夜間には分刻みで爆撃がある。一時間半ごとに爆弾が落とされる。ここ三日間で百三十発の爆弾が落とされた。マイサラの妻、マナールが「革命が始まってから安眠したことはないわ。一時間眠ると、目が覚めてしまうの」と言った。彼らの目はどんよりしていた。急いでアーラーとルハーを連れて避難所へ向かった。アーラーに腕をつかまれ、ルハーに両腕でしがみつかれたまま階段を下りた。両脇に二人の子どもがしがみついているし、うっかりしたら三人もろとも転落しかねないから、早くは降りられない。家は大きい。けれど代々の親戚たちがひしめいている。曾祖母、一族の母、母方の叔母。娘世代とその夫たち、男たちとその妻たち。孫世代も曾孫世代も。どの家にもたくさんの家族が寄り集まっている。侵攻を受け、破壊された家もあれば、爆撃の標的にされた家もある。また、家は人びとが出会うための接点にもなる。狙撃手の眼下にある家もあれば、離反兵の隠れ家となる家も。ここの一族は大家族だ。「でもいいこともあるでしょ」女たちの一人もそう言っている。

避難所とはだだっ広いひとつの部屋で、もとは農作業に必要なものやパイプや原料置き場として使われていた。すでに塞がれてはいたが、穴が開いていた。それは空から落ちてきたミサイルの跡よ、とマナールが言った。避難所のドアにはナイロンのカバーがかかっていた。女と子どもはここにいて、男たちも何人か加わった。二人の老婆は一族の男たちと一緒に上の階に残っている。長女が言う。「二人とも動けないのよ。降ろしたり外に出したりしていたら、不意の爆撃のときに逃げ遅れてしまうし、二人とも病身だから、部屋に残ってミサイルの音を聞いていたの。爆音が止んで、金曜モスクのミナレット（礼拝の呼びかけを行なうための尖塔）から住民の死を悼む声が聞こえてきたとき、二人は上の階で、窓ガラスに開いたちっちゃな穴を見ていたわ」

避難所に降りた後、アーラーとルハーとターラーは誇らしげにミサイルやロケット砲の種類について話し合っていた。女たちの一人は、記念にと、手にミサイルを持ってきていた。近隣の家族がやってきて、避難所に降りてきた。大所帯だが避難すべき家を持たない家族だ。狙撃手に家を集中砲撃された一家もここに逃げてきた。彼らの家を見たことがある。壁に狙撃の弾痕がびっしり残っていた。私たちがこわごわ足早に見回っていると、一家の母親が言った。部屋から部屋へと移ったり、家の中庭を渡ったりするときには素知らぬ顔で長い間立ちながら、狙撃手を見張っていたものよ、と。狙撃手の隙を突き、銃口から逃れて飛び出し、水を一杯飲んだり、子どもたちに食べ物を運んでやったり、用を足したりした。「狙撃手《あいつ》と遊んでるのよ、犬畜生のガキと」母親は笑いながら言う。彼女は頭に花柄のヒジャーブを巻いて熱帯の花々を刺繍したドレスをまとっていた。ドレスの裾は地面につくほど長い。ここの女性は皆、丈の長いドレスをまとっている。狙撃手と〝遊んだ〟という母親は、瓦礫となった家の真ん中で、不思議なほど美しく見えた。のちに町の女たちが私にこう伝えた。あの狙撃手は性的興奮を覚えながら女を狙っているのよ、あなたが町を出ていた日の話だけれど、十二歳の女の子が殺されたわ、と。若者たちは、あいつの姿が見えるから、と私に通りを避けて家々の間を抜けていくよう勧めた。それがその狙撃手だった。それを知ったとき、足がすくんだ。両膝が麻痺したかのように立ち上がれない。若者たちは大声で言った。「こんな事態なんだから、気を強く持ってくれよ！」

それ以来、私は自分の孤独の悲しみと痛みを先延ばしにすることを覚えた。

私たちの前に、家々のドアは開かれている。その奥の手を使って狙撃手に対処するのだ。上の階の窓から飛び移り、梯子を使って家の一番下まで降りて、それから別の家の中庭に入る。靴を抱えて何軒もの知らない家に入っていく。通り過ぎた家におばあさんがいた。彼女の家の居間を通りながら「あなた方に平安がありますように」と挨拶すると、横たわったまま身じろぎもせず挨拶を返してくれた。自宅を町の人びとが通り道にするのに慣れている。狙撃手を避けるために町の人びとはドアを開け放ち、隣家との境目の壁を壊し、家々を通り道にした。窓から飛びついて入ろうとしたとき、私はおばあさんを見つめた。どこか不思議な思いで一瞥せずにはいられなかった。その視線はじっと天井に注がれている。まるで私たち三人が目に入らないかのように。多くの家屋を渡り、私たちは安全に目的地に着いた。これが狙撃手から身を守る唯一の道だとは！

その日の昼にはまた、陽は燦々と照っているのに爆弾の雨が降り注いだ。陽光のなか、爆音と狙撃手の発砲の音だけが響き、あとは沈黙が覆った。家の敷居を越えているとき、あの母親は笑って言った。

「怖がることはないわよ。爆撃が続いている間は、あの狙撃手も〝遊び〟をやめるんだから」

片目をつぶってみせると、彼女は片手で息子を抱え、宙に差し上げては腕で受け止めた。彼女の家は空っぽで、絨毯が一枚だけ部屋に敷かれていた。避難所に戻ると、新たに別の隣人一家がやってきていた。眠る前、熱心に夜のお喋りをするアーラーは、新参の一家を指して言った。

「あそこのお母さんはこっち側だけど、お父さんはバッシャールの味方。あたしもお父さんも革命家だけど、あの子たちはやっぱりバッシャール支持、つまり味方じゃないのよ。でも大したことじゃないでしょ、あの子たちも死なないためにはうちに隠れるしかないんだもの」

この小さな褐色の肌の女の子――私のシェヘラザード――は、私がこれまで見たなかでもっとも美しい漆黒の瞳をしていた。軽やかに歩み、一時間ごとに髪を梳《くしけず》る。髪には造花の薔薇を、黄色や赤やピンク色の薔薇を服の色に合わせて選んで挿していた。皆をよく見ていて、避難所に降りていくときにはひどく神経質になる。二歳半の小さな妹をとても可愛がっている。この褐色の肌少女は周りの子どもたちを見張り、誰も私に近寄らせない。

そして私に詳しい話を説明してくれた。隣人たちの死、一人また一人と失踪してしまった町の若者たちの物語を。

爆撃が止む少し前、アーラーは二歳半の妹の手からミサイルを抜き取り、ごく静かにこう告げた。「小さい女の子はミサイルなんか持っちゃだめよ」彼女自身、七歳にもなっていないのに。新たな爆音が聞こえてきたとき、私たちは互いに被さり合っていたが、アーラーは急いで妹を腕でかばい、きつく抱きしめた。避難所の片隅で、別の女性が周りの子どもに覆い被さりながら言う。「バッシャールの軍と治安部隊の兵士とシャッビーハ（民兵。巻末の用語一覧参照）が、うちに押し入って荒らしまわっていったの。弾薬を満載したトラックで来て、その弾薬で皆を殺して、奪い取った家具をトラックに積んで去っていった。息子たちは殺され、家は略奪された。でも、なぜあいつらは、私のクローゼットを開けて、私のドレスを中庭にぶちまけて、それでお尻を拭いたり、うちのコップにおしっこしたりしたのかしら？　昔の婚礼衣装まで。全部、汚物になってしまった」

別の家では、口がきけないたくさんの子どもたちを見た。そこでは四十がらみの女性が、十歳くらいの男の子の背中をさすっていた。この子は彼女に唯一残された息子だが、知的障害がある。彼は口がきけず、青い両目は笑い、美しい小麦色の面立ちをしているが、開きっ放しの口からは涎が垂れていた。女性にはこの子のほかに三人の息子がいた。彼女は目を大きく見開いたまま、腕のなかから息子が奪い取られたときの様子を事細かに説明し、自分の話をしてくれた。彼女の両目は赤く染まり、一粒の涙がこぼれた。涙なんかもう出ない、と彼女は言った。とても大きな一粒の涙が、静かに落ちた。彼女はなおも語る。

「兄は革命を支持して立ち上がった最初の人よ。あなたも見たでしょう、ここでは皆、兄を〝ムハンマド・ハーフ（裸足のムハンマド）〟と呼んでいたの。サラーキブの英雄よ。最初は非暴力デモをしていたけれど、爆撃を受けた。我が家の子どもが九人、皆の前で処刑された。兄は『俺たちは臆病者として死ぬんじゃない、俺たちにふさわしい、価値ある死を迎えるんだ』と言って、死ぬまで戦い続けた。二番目の兄も殺された。私たちは焼き討ちされて家から逃げ出した。二人の兄が殺されて、息子も腕から奪い取られた。頼んだのよ、とにかく息子を返してくださいって。でも聞き入れてもらえなかった。二番目の息子も殺された。もう一人残っていた息子は革命に加わって出ていった。息子たちは皆いなくなった。皆行ってしまったの。この小さな子しか残っていない」と、病んだ息子を指し示すと、子どもは不思議そうに私たちを見て笑っている。彼女は続ける。「見てのとおりよ……なんてひどい！　革命支持の息子は、シリアが解放されるまで決して戻らないと言っているの」

彼女は殉死した二人の息子の写真を取り出した。一人目は緑色の目をした金髪の十九歳だった。彼女の指は写真の上を波打つように動いている。二人目の、唇の上にほとんど産毛も生えていない若者の写真を広げる。それから〝ムハンマド・ハーフ〟の写真を抜き出し、高く掲げた。四枚目の写真に、彼女は動きを止めた。床へと深くうなだれて言う。

「私の手から奪っていった。ずっとつかんでいたのよ、なのに奴らが寄ってたかって私の腕から息子を引きずり出した。息子を置いていってくださいってお願いした……あとから追いかけて走って、なのに連れていかれてしまった。革命の活動家だからって、殺されたのよ。子どもだったのに……」

朝の話は尽きることがない。晩になり、若者たちと一緒に村々を回って戻ってくると、ジャバル・ザーウィヤ（イドリブ県内の山地）の離反兵がやってきた。大隊長だ。目は生き生きとしてよく動くが、ときどき放心したようになり、瞼を伏せて、死を思わせるものではないけれど静かな表情になる。彼は言った。

「弟は奴らに投獄されて拷問された。奴らは弟に俺が殺されたと告げたんだ。俺の死体を切り刻んで、残骸を山に投げ捨てたってね。奴らは弟を拷問にかけた後、生きたまま焼いて殺した。俺たちはアイン・ラールーズ村（イドリブ県内の村）の出身だ。六人の子どもが殺された。弟は十六歳だった。生きながら焼かれた……俺たちの村の殉死者の数は十六人になって、家族は家を捨てて身を隠した。

革命と政権軍からの離反が始まったころには、アラウィー派の士官とやりとりしていたんだ。友だちだった。下士官とも、その家族とも付き合いがあった。離反した後の最初の一か月は、俺たちのところは七百人の構成員がいた。そのうち四人は、俺たちを支援してくれたこのアラウィー派の士官が俺のところまで脱走させてくれた。最初は彼のことが怖かった。でもあえて協働することにしたんだ。彼も最後まで俺たちを助けてくれていた。連絡は完全に秘密裡に行なわれていた。電話も使わなかった。だが、突然彼が失踪した。どうなったか誰も知らない。政権は相次ぐ離反に脅威を感じて、士官たちをつねに変えるようになった。その後、軍は地区の全土を掌握し、今は戦略的にアレッポに撤退している。けれど、また戻ってくる。

武器が少なかったころ、武器を自作してみたことがある。試しに原材料からロケット砲を作ってみて、そんなことをしょっちゅうやってた。それがあるとき、テスト中のロケット砲が空へと飛び出してどこかに消えてしまった。小麦畑のなかでやってたんだが、怖くなって駆け出した。テストは大失敗だ」

大笑いし、目の下にくぼみができた。彼は続けた。「トムとジェリーみたいに走り回ったよ。俺たちは十分遠く離れていたからいいが、あれが人家に墜落したらどうなるかと思うと本当に恐ろしくて。ロケット砲自体の重量は十六キログラムだから、落下したときは十六トン相当になる！　それが、何日かしてロケット砲は同じ小麦畑で見つかった。俺たちは肝に銘じたよ、いつなんどき、ロケット砲はすぐそばで爆発してもおかしくないのだと」

周囲の皆を見回して若き大隊長は沈黙した。大人数だ。大家族の地下室に私たちは座っていた。戦闘員の数は二十人以上、爆撃の音がずっと聞こえている。

戦闘員はまだ話したそうだったが、爆撃の音は止まない。褐色の肌のアーラーはいらいらした咎め立てするような目で見ている。寝る時間が過ぎているからだ。アーラーは私にお話をしてからでないと眠らない。死んでしまった隣人の話。どんな人だったのか、特徴をひとつひとつ挙げていくのが好きなのだ。そうして自分が彼らを好きだったことを心に確かめている。地下室から出るときにアーラーが言った。

「ということは、あなたも死ぬんでしょ？」

私は笑い出した。「死なないわ……絶対に……」

言い終わる前にアーラーは頷き、皮肉な口調で告げた。「あの子も……あの子も……あの子も……死んじゃった人は皆そう言ってた」

今回、アーラーを語り手たちの物語から遠ざけた。私はマイサラとムハンマドにアーラーの前でその話を出さないように頼んだ。アーラーは朝から私を目で追い始めていた。自分への謀りごとを知っているかのようだ。同行する若者は外で待っている。サラーキブ北西のジャバル・ザーウィヤに行ってくるわねと告げると、アーラーは顔をしかめてぷいと背を向け、厳しいまなざしで私を見つめた。

私は言った。「ジャバル・ザーウィヤに行ってくる。殉死者の奥さんたちに会って、それぞれの状況を見て、自活できるように適切な計画を考えなくてはいけないから。アーラーにも一緒に来てほしいと思っていたんだけど、爆撃が続いているでしょ。危険にさらしてしまうから」

アーラーは言った。「あたし、怖くない！」アーラーの母親が話を打ち切った。「女の子はそんなところに行くもんじゃありません」アーラーがいぶかしげに私を見たので、片目をつぶってささやいた。「私は男だってことね。女の子たちみたいにしないんだから」アーラーは大声で笑い出し、私にも片目をつぶってみせた。母親から離れると、「夜のお喋りで、今日の出来事を話してあげるから」とささやき、私は笑って元気よくドアを閉めた。

ジャバル・ザーウィヤに向かう道すがら、話を聞く時間はふんだんにあった。若者たちはそれぞれ私にひとつずつ物語を語り、私は何百もの話を記録した。

そのひとつ。

「六日後にあいつを見つけたんだ。森のなかに横たわっていた。あいつは二〇一二年の三月二十四日に失踪したんだ、政権軍がサラーキブに侵攻した日だよ。あいつは土に埋められていて、そこから悪臭が漂っていた。致命傷はすぐわかった、首にざっくりした傷がはっきり見えていたから。首を切られて死んだんだ。服はそのままで、遠くからだと遺体も投げ出されたシャツの切れ端みたいに見えた。だけど、森に運び込まれたあのシャツの切れ端は、アッブード家の若い者の遺体だったんだ。それがサラーキブ侵攻の日の最初の犠牲者だ。俺たちはてっきりあいつも他の人と同じように逮捕されたんだと思っていた。でもあいつは死んでいた。俺たちの心のなかでだけ、もう六日間生きていたんだ。俺は、あいつは騙し討ちで捕まったんだと信じている。あの日、あいつは武器を持たず、家に置いていった。それからどこかに出かけて、失踪した。武器を持っていれば簡単には捕まらなかっただろうに。きっと奴らはあいつを嵌めたんだ。喉の傷は後ろから切られていた。あいつの血が大量に土に浸み込んでいた」

彼は話を続けた。

「政権軍は、最初の侵攻から数日後に撤退したが、それは見せかけで、わずかな手勢が残っていた。それが土曜日だ。それで俺たちがこの地域を制圧した後、火曜日に政権軍が戻ってきてタフタナズとジャルジャナズに侵攻し、地域全体をまた征服しようとした。ジャルジャナズでは七十軒、サラーキブでは百軒の家屋が焼かれた。戦車が入って家々に突っ込んでいく。ものすごい数だった。連中が出ていった後、サラーキブは一塊の瓦礫になっていた。

その日、俺たちのなかで一番いい奴が殺された。サアド・バーリーシュは手と足を骨折して、妹の家で寝ていた。妹と甥っ子のアディーも一緒にいた。そのとき、政権軍の兵士が押し入って家をめちゃくちゃにぶっ壊した。それからあいつと、甥っ子を母親の手からもぎとって拘束し、通りに引きずり出した。怪我していたあいつが悲鳴を上げても、容赦なくそのままサラーキブの通りを引きずっていって、ついに姿が見えなくなった。母親が叫びながら追いかけた。それを連中は地べたに突き飛ばして立ち去った。銃声が聞こえた。母親は駆けて這って銃声が聞こえたほうへ向かった。壁に面した地面に二人が倒れていた。銃弾が頭に一発、それから身体中いたるところ、怪我をした手足まで撃たれていた。弾痕で肉が裂けていた。

息子を腕からもぎとられ、地べたに突き飛ばされ、それから息子の身体を銃撃でずたずたにされた母親は、しばらく後に別の兵士を迎え入れることになった。二番目の息子を探しにやってきたんだ。兵士たちは腹を空かせていたから、母親は料理を作ってやった。そのうちの一人が怒鳴り出すと、彼女は叱りつけて言った。『あんたは私の家で私が作った料理を食べているんでしょう。よく私に向かって怒鳴れたものね?』兵士は黙り、仲間にもこの人を傷つけないように頼んだ。なのに奴らは彼女のまだ年若い息子を連れていった。家を出るとき、怒鳴った兵士は彼女を見て辛そうにしていた。彼女は泣きながら息子を返してくださいと懇願した。そいつらは出ていき、息子は死体になって帰ってきた」

「それでも若者たちは降伏しなかった。大勢の兵士も爆撃も殺戮も恐れなかった。若者たちは家々を防衛し続けたが、ついに銃弾が尽きた。包囲されているなか、銃弾を使い果たした六人が残った。

政権軍は彼らが立てこもる家についに押し入った。奴らは家の円蓋を焼き払い、家主を処刑しようとした。よぼよぼのじいさんだよ。だけど、じいさんのかみさんが奴らの足元にひざまずいて言ったんだ。『あなたの足にキスします、お願い。息子たちよ、夫を殺さないで。足にキスして頼みます、この人を放してやって……やさしいお兄さんたち……この人は何もしていないのよ』じいさんは殺されずに済んだが、すさまじく殴りつけられて通りに放り出された。奴らは六人の若者を捕えた。みんな二十代か三十代だ。六人を壁に寄りかからせて、一発ずつ撃った。ほんの数秒で彼らは折り重なるように地面に崩れ落ちた。そして政権軍の連中はまるで何もなかったかのようにその場から立ち去った！　翌日、奴らはサラーキブの通りを巡回し、通りの真ん中でムハンマド・アップードを捕まえて射殺した。それからムハンマドの兄貴を拘束した。あの日、奴らは〝ムハンマド・ハーフ〟と呼ばれていたムハンマド・バーリーシュを殺した。ムハンマド・バーリーシュは屈強な男として知られていたし、サラーキブで絶大な支持を集めている大隊の司令官だったから、真正面から向かっていくような真似はしない。彼を殺すのに、上空を旋回する飛行機から兵士たちが機銃掃射をかけたんだ。地上ではBMWの車両に乗った兵士があらゆる方向から続けざまに猛烈な銃撃をかけて援護していた。ムハンマド・バーリーシュが殺されて、本当に死んだと確認してから、奴らは彼に近づいて歓喜の叫びをあげながら踊りだしたよ。あの日、拘束されたズヘイル・アップードは拷問を受け、三か月後に出獄した。それから何日かして、サラーキブの通りを歩いていたときに狙撃兵の奇襲を受けて殺された。

奴らはつかの間、勝利した。俺たちはカラシニコフ銃で撃っているが、向こうは戦車や戦闘機の爆撃でやり返してきたからな。だが言ったように、こんな勝利は一時的なものでしかない」

私たちの車に同乗していた軍集団司令官の若者は、第一次サラーキブ侵攻について語り終えた。私が記録した数百の話のひとつだ。北部の郊外地域をアレッポ、イドリブ、ハマーへと進む私たちを太陽が灼く。車での移動中、私たちは武装集団の検問所や拠点で停車する。その経験は、シリアと名乗る、地理学的にはひとつの国で今起きていることや、泥や血や火がまとわりつく終わりのない椿事の数々を発見するものとなった。どこもかしこも埃っぽく、遠くでは炎が輝き、燃え続けている。その後に村々を覆うあの不穏な沈黙。人びとはまるで野生動物のようでほとんど姿を見せない。上空に旋回する飛行機の唸り。爆撃が私たちから遠ざかると若者が言った。「いつ、どんな瞬間も、ミサイルは落ちてくる。ま、今は落ちてこなさそうだな！」

人っ子一人いない通り。真昼に音のしない村々や武装集団の検問所を通り過ぎること。目に沁みる塩。そういったものすべてに涙が溢れ出しそうだった。

そこに、ふと気がついた。何かが動いている。目を向けてみた。広い畑があり、その外れでスプリンクラーが水を振りまいている。そう、どんなことが起ころうと、生活は続いていく！　地平線の果てに、十五歳にもなっていないほどの少女が現われた。心臓がどきどきし、私は空を見上げた。この子は機銃掃射の的にされないかしら？　少女は嬉しそうに跳ねまわり、水しぶきのなかに頭を入れている。ヒジャーブを脱いで髪の毛もろとも水に濡らし、顔を洗っていた。

ふいに丸屋根のある小さな漆喰の家並みが現われた。小さなトラックが通り過ぎていく。太陽の下、リサーム（マスクのように顔の下半分を覆う布。埃や土が入るのを防ぐ）で顔を覆った少女たちがトラックの荷台に詰め合って乗っている。彼女たちは片手に手斧を持って立ち、両脇にも何人かの女性がいた。車が停まると彼女たちは降りて畑に向かう。このあたりの地域では、ジハード主義者（巻末の用語一覧参照）やサラフ主義者（巻末の用語一覧参照）を育む余地などありえないだろう。農業牧畜生活の性質上、労働には男性以上に女性の存在が欠かせない。

だが、まもなくこの地域も武器の力によって支配されてしまった。

太陽が照りつける、貧困と疲労のただなかにあるこれらの村の名は、格別の響きと突飛な意味を帯びている。「ライヤーン（みずみずしい）」「ルーフ（糸瓜）」「マアサラーニー（ジュース売り）」「カトラ（しずく）」「カファル・アミーム（ふんだんにある小村）」「カトマ（一切れ）」……そしてまた別の村々は、空から一直線に降りかかる死に抗っている。少女と女たちは降りて畑に向かう。一人一人、リサームで顔を覆い、目だけ出している。そうやって顔を日射しから守るのだ。真昼の暑い盛りに畑を耕すのだから。

はるか向こうに丘が見える。それがタッル・マルディーフ村（イドリブ県内の村。古代の都市国家エブラ王国の遺物として大量の楔形文字板が発見されたことで知られる）にある、紀元前三千年紀から文明が栄えたエブラ王国だ。あそこにもロケット砲がたくさん撃ち込まれたんですよ、と若者が言った。

燃え盛る炎が私たちを焦がす。鳥の一群が音もなく飛び過ぎただけで、また生活は見えなくなってしまった。いくつもの大隊の前を通過する必要があった。装備が不足しているので、若者たちは一部なりとも調達しようとしていて、加えて誘拐事件の問題も抱えていた。これはある部族のアミール（「司令官」「総督」を意味するアラビア語。ここでは部族の長の称号）が解決してくれることになっている。

真昼、二台の車に分乗した私たちは、自由部族《アフラール・アシャーイル》旅団の大隊の拠点に到着した。若者たちは武器の購入について交渉していた。もう彼らには自衛のための武器すらない。少し離れて立ったまま、私は彼らを見守っていた。太陽の下、銃弾はきらきら光り、若者たちはそれを指で転がしてはレンズ豆のようにこぼしていく。さして多くない、かろうじて何軒かの家を守れるくらいの量だが、入手するためには交渉を続けなければならない。さらに廉価だと言うことなしだ。彼らには十分な資金もない。

私たちは建物に入った。太陽が顔を直撃する。四人の若者が私たちを待っていた。彼らの武器はどれもカラシニコフ銃の域を超えていないし、拠点には固定電話もインターネットもなく、携帯電話も多くはない。この地域全域で通信サービスが切断されているからだ。彼らは軽装備の部隊でたった二つの部屋を占め、それで戦車や戦闘機に立ち向かっている。そんな状態だというのに、彼らは高性能の武器を擁した軍の分隊を撃退し、撤退に追い込むことができたのだ。軍集団司令官の隣に座る褐色の肌の若者は、部屋が散らかっていることを詫びた。そこにはテーブルといくつかの椅子があった。太陽が部屋にまともに射し、じりじり灼きつけている。彼らの顔は黒く日焼けしていた。再訪したときに知ったが、のちにこの場所も爆撃を受けた。

　あのとき、爆撃を受ける前、ダクラのアンマール・マワーリー部族のもとに到着すべく、私たちは急いでいた。マアッラ・ヌウマーン（イドリブ県内の小都市）郊外の部族に属する人びとで、そこのアミールに会うことになっていたのだ。見てわかった。この部族の人びとは貧しいが、物惜しみせず、強く勇敢な心を持っている。彼らの話もたくさん、皆が飢えないように穀物のサイロを泥棒から守る話までしまいには聞いた。私は若者たちと、部族のアミールと、自由のみを信条とする市民国家の存在とひとつのシリアであり続けることの重要性を語り合った。

　部族のアミールであるアブドゥッラッザークは五十代半ばの男で、誘拐されたうちの一人の解放に向けて計らってくれていた。彼の妻が私たちに昼食を用意し、十三歳の息子が給仕した。

　一機の戦闘機が上空を通過した、私は家から出て戦闘機を見た。皆、私と同じように外に出てきた。恐怖が彼らを引っ掻いている。それを見たあの瞬間、自分の国から逃げ、非合法な手段で脱出した身だというのに、ふと私は、異郷暮らしと故郷の暮らしの意味を悟った。故郷の暮らしとは、今まさに自分たちに爆弾を落とそうとしている戦闘機を見つめることだ。そして異郷暮らしとは、パリの中心にあるバスティーユ広場に腰を下ろし、穏やかな太陽のもとでコーヒーを味わうこと。左にはキスを交わす恋人同士がいて、首筋には小鳥がとまる。私は恐怖に慄き、すくみ上がった。なぜこうなってしまったのか。

　部族のアミールの客間に戻ると、私たちは誘拐された人の解放について細かな話を続けた。アミールは言った。「見てのとおり、我々は今、不正に対して立ち上がった。我々は、法治国家において公正な裁きを求めることだけを望んでいる。我々はもともと武器を所有する部族だが、まずは非暴力の形で行動を起こしたのだ。だが、連中は我々の女子どもを殺そうとした。だから我々は戦っている。至大なる神にかけて、私は大学を出た教養人だ。けれど私にとって部族の子どもの爪は全世界に等しい。奴であれ、どんなシリア人であれ、部族の女たちを侵害することは許せない。神にかけて、あなたは私の妹のようなものだ。あなたの髪一本でも触れようものなら、私の妹に触れるのと同じことになる。あなたは我々とともに、我々の側で、アサド家の不正と圧政に立ち向かっているのだから。我々は皆、不正に立ち向かうシリア人なのだ……」

アミールは長い間話し続け、私は耳を傾けた。彼の話は賢明かつ知的で、平易でありながら深いものだった。彼は、シリア革命が始まってからどうやって財を蓄え、どうやって人びとと分け合ったのかを語り、バッシャール・アサドに反旗を翻した戦士であり司令官である兄弟への誇りを語った。

あちこちに点在する郊外の村で新たに知った話は驚くべきものだったが、なかでもここで採り上げておきたいのは、大隊の封鎖された拠点で、ある離反兵から聞いた話だ。武器と誘拐事件への協力の交渉の場から少し離れて立っていたとき、私は彼の話を痛ましく聞き、その落ちくぼんだ両目の輝きを深く記憶にとどめた。

離反兵は自分の話を語った。

「俺はムハンマドと一緒に軍に志願した。ムハンマドはいつも俺のそばにいた。ホムスのある街区に奇襲をかけたとき、そこに武装テロ集団がいると言われた。それで俺たちは家に押し入って手あたり次第にぶっ壊した。すると隊長がまったくなっちゃいないとぼろくそに怒鳴りつけて、『お前ら誰か、この家の娘を犯してこい』と言い放った。そこの家族は、家の部屋のひとつに身を潜めていた。隊長は俺たちの真ん中に立って、さあ用意しろと号令をかけ、俺たちの顔を指さしながら確かめていった。そしてとうとうムハンマドの背中を手でぽんと叩いて、あの部屋に入れと命じた。ムハンマドは隊長と同じ森林地域の村の出身だ。ところがムハンマドは慄いて後ろに下がった。隊長は罵り出した。『女々しい奴だな！　この雌野郎が！』ムハンマドは地べたに膝をつき、身を屈めて、隊長の靴にキスしながら訴えた。『隊長、お願いだ、神かけてそんなことはできない。それだけは勘弁してくれ』隊長はあいつを蹴り倒して、ズボンのベルトに手をかけて言った。『モノを切り落とすぞ、雌野郎！』俺の友だちは泣き出していた。ムハンマドのことを知っていてほしかったな！　ムハンマドは泣かない男だった。勇猛果敢な男なんだ。でもそのとき俺はあいつの涙を見た。子どもみたいに泣きじゃくって、鼻水が口元まで垂れているのが見えた。あいつはその任務だけは勘弁してくれと慈悲を乞うていた。ムハンマドは友だちだから、互いに秘密もたくさん打ち明けてきたんだ。俺はあいつに恋人がいることも知っていた。隊長はムハンマドの股間に手を伸ばして言った。『おい、ここをどうやって使うのか教えてやろうか？　雌野郎、教えてほしいか？』ムハンマドは、隊長を蹴り倒し、つかみかかった。腕っぷしも強い。あいつは隊長を投げ飛ばしてぶん殴った。それから、あいつは動きを止め、武器を放り投げた。すぐさま隊長は起き上がり、ムハンマドに一発ぶっ放したよ。殺したんだ。いっさいを俺はこの目で見た。隊長はムハンマドのどこを狙って撃ったと思う？」

彼は少しの間、言葉を切った。それから恥じらうこともなく自分の股間を指し示して言った。「ここさ」そうして話を継いだ。

「隊長は別の仲間に、なかに入って娘を犯してこいと言った。そいつは無言で入っていった。娘の叫び声が聞こえてきた。別の部屋に移されていた母親と兄弟の叫び声も。あの家族の父親は軍を離反して、二日前に殺されていた。そういうことは、ホムス郊外でもホムスのいくつもの街区でもあった。それでその日、俺は離反を決意した。誓って言うが、あれから一日としてムハンマドの亡霊が現われない日はない。あいつは俺の心のなかにいるんだ。俺は実家にあいつが恋人に宛てた手紙をとってある。生き延びることができたら届けるつもりだ。きっとそうする。これは俺の首にかかった誓いでもあるし、信仰なんだ、もし生き延びられたら」

そのとき彼は繰り返していた。「生き延びられたら」と。爆音が轟くなか、真昼の燃えるような太陽に私たちは灼かれていた。

その晩、私は日焼けした顔で無言のまま帰った。荒地の太陽には慣れていない。アイユーシュが他の女や子どもたちと一緒に私たちを待っていた。アーラーは私の腕の間に座り、私の髪を梳きながら、今日の昼間の話を、どんな話を聞いてきたのかをうまいこと聞き出そうとした。私は、アーラーがこの先、未来に語る筋書きなのだ。アーラーは私を、家の客人に眠る前に聞かせる物語に変え、語りの筋書きにしようとしている。アーラーは、自分の身の回りの話は全部覚えていると言う。でも、私と七歳の女の子のそうした隠れた楽しみはおしまいまでたどり着かなかった。爆撃が始まったのだ。私は急いでアーラーを連れ出し、ルハーの手をつかみ、恐怖にかられて避難所へと駆け出した。すさまじい爆音が響いた。二人の老婆は上階に残っている。あとから近くの部屋の家族もやってきた。

階下のその場所で、私はアーラーに心震わせる魔法の言葉をかけた。

「おいで。話してあげる、私の話を」

暗闇でアーラーの目が輝いた。もの静かな姉、十一歳のルハーは私にくっつき、二人とも私の目を見つめていた。爆音は止まない。私は話し始めた。

「私はね、もとはあなたたちが見ているこの姿ではなかったのよ。前世で、私は不幸に傷つき、痛みで心臓が砕けてしまったガゼルだったの」

二人は呆れたように私を見て「嘘つかないでよ！」と叫び、私たちは大笑いした。長々と笑いころげながら、私はガゼルだったのよとあくまで主張した。私は言った。

「さあ、ここのマットレスの上で眠るしかないわ。二人とも話を最後まで聞かなきゃいけないわよ。そうしないと、すごくがっかりして、私は眠ってしまうからね」

悲しい雰囲気になってきた。大家族は爆音に怯え、折り重なるようにして眠っている。けれど、二人は言いつけを守ったので、私は話をおしまいまで語り尽くした。「ガゼルの心臓は痛んだ……緑の草の上に赤い血のしずくが一滴落ちて……そこに私が生まれた！」

物語を終えると眠気が襲ってきた。言葉が重たくなってくる。私は亡霊のように二人を見つめ、二人は私の背中の上に薄い肌掛けをかけてくれた。それから私はついに消え失せた。

二度目の門

二〇一三年二月

これはただの絵ではない。頭がなく、下唇の傍らに腕が下がっているのが見える。それから絵の下枠に数滴の血がじわじわ浸み出して滴り、土くれに吸い込まれていくのに気づく。毎日、シリアの人びとが生み出している光景だ。シリア人がシリア人を喰らっている。ゆっくりと咀嚼《そしゃく》し、さらなる虐殺のために広大な草原に向かって速足で進んでいく。これは腱鞘《けんしょう》炎に苦しむ女性作家が生み出したメタファーなどではない。

アンタキヤに向かうためにイスタンブル空港第一ターミナルを越えた時点で、そうしたことがはっきりとわかった。慣れた道行きでだいぶ詳しいところまでわかっていたはずなのに、空港のだだっ広い空間を占めていた光景、顎鬚を伸ばした何十人もの男がいるのを目の当たりにして私は困惑を覚えた。彼らはサングラスをかけ、不自然に顎鬚を伸ばしっ放しにしている。なかには預言者ムハンマドにあやかるために顎鬚を朱色に染め、口髭をそり落としている男もいる（預言者ムハンマドは鬚をヘナで染めていたと言われるため、同様に染めている）。せかせかと落ち着かぬふうだった。ふたたび彼らを目にすることになろうとは、そのときは思いもよらなかったが、どこの国のどういった素性なのかを知りたくなり、私は何度か彼らの間を通り過ぎてみた。一人はイエメン人、もう一人はサウジアラビア人だとわかった。彼らは皆、女性から視線をそらしている。何を喋っているのか聞きとろうとすぐそばに腰を下ろしたが、私のような人たちがアンタキヤ行きの飛行機を待っているなか、彼らはじっと沈黙していた。空港は人でごった返し、皆が脱走を決意した集団のように焦りと不安を滲ませて歩き回っている。イスタンブルでもアンタキヤでも、空港ではシリア人たちが、ただ茫然としたまなざしのなかにこの先の悲劇を刻み込んでいく。

鞄は小さくし、背中に担いでいた。国境越えではとにかく荷物を軽くしたかった。飛行機に搭乗すると、私の前には二人のイエメン人がいて、通路の反対側にはシリア人の男女がいた。乗客の大半はシリア人かアラブ人だった。

今回ふたたび通過するレイハンルは単なる街ではない。それは小さな、シリア革命の前には静穏だった街で、シリア人やレバノン人の観光客を迎え入れていた。また長い間、トルコ-シリア間の密輸で潤ってきたところでもある。特に遊牧民が暮らす国境沿いの村では、密輸や密航のために、シリアからの避難民キャンプが設営されたレイハンル近郊アトゥマ村のような貧しい村々と密接な関係を築いている。静穏さ、貿易、密輸、そういったものはいまやすべてありえない。静かな街は一変し、そこかしこが爆撃の危険にさらされ、人がぎゅう詰めになり、爆撃を逃れたシリア避難民の途方もない数と量に旧来の住民が耐え忍ぶところとなってしまった。これらの人びとは公式の難民キャンプの外で暮らしているため、難民とは見なされていない。生の世界と死の世界の間、中間地点の地の利を生かして小商いをする者も現われ、死にまつわることごとを扱ってはそれを商売に変え、そうして生きていくためのことごとを回している。道端で日々の糧を探し求める貧しい者もいれば、安全を求める金持ちもいる。バッシャール・アサドの支持者もいる。

私たちを乗せた車は国境沿いの村へと続く市場を越えようとしているが、なかなか進めない。ひどい混雑のせいでのろのろ運転なのだ。ありとあらゆるものが売られていた。自由シリア軍の払い下げ軍用品、革命の広報、衣類小物、家庭用品の残り。商品や食品の缶詰が道に広げられていた。男も若者も子どもも商品を売り込んでくる。彼らの大半はシリア人だ。実際、トルコ人の売り子は路上では見なかった。売り子はシリア人で、大儲けして帰ってくる客もまたシリア人だった。

トルコ人はシリア人や避難民がいることに不平を漏らしているが、裏では話が違ってくる。彼らにも利益があるのだ。ここシリア領とつながる小さな地点には、いくつかの戦闘部隊がいる。革命家や活動家たちへの潜入任務を負った政権側の集団もいる。ここでは警戒しなければいけないと多くの人が知っている。ここは破壊も、また徐々に進む建設も目の当たりにするところだ。トルコ人は、シリアからここまで持ち出されたほとんどの金銭の送金を請け負い、利益を得ている。彼らは店舗や家を賃貸しし、その価格も引き上げている。売買価格はかつての数倍にまで高騰した。ここレイハンルにはシリアの町や村の名前がつけられた店があり、トルコ人の店の隣に並んでいる。そうした店の看板にはアラビア語の表記もある。まるでシリアから一片だけ土地が引き抜かれ、ここに移植されたかのようだ。噛み砕かれた肉体があちこちにばら撒かれているようでもあるが、それはいつしか街の側溝や泥まみれの水路に消え、見えなくなってしまう。何でもすっかり撒き散らされてしまえば、その後いつの間にか消えてしまうように、消え失せるのだ。

子どもが車の右側に立つ。十歳にもなっていないだろう、いくつもの商品を持ち、その手を突き出している。子どもたちは我先にと売り物を見せていく。彼らは学校も家庭も子ども時代も、永遠に捨て去ってしまったに違いない。運のいい子どもであれば家族とともに暮らせるが、売り子がそう告げたように、大半は孤児となって国境を越え、路上で暮らしているのだ。

歩道の向かい側に自由シリア軍の若者がいる。どの大隊の所属かは知らないが、時間ぴったりにやってきた。また別のグループも彼らを待っていた。シリア領内と同じように、隠して携行するため武器は見えないが、青白く、戦闘員の身なりをし、顎鬚を伸ばし目は眠たげで、何日も休息をとっていないようだった。ここにはなすべきことをなすために来たという体《てい》た。彼らが立つそばの車から一人の若者が下りてきた。彼らは若者を手のひらで支えて運ぶ。腕と足を骨折しているのだ。車のギアを入れ、一人が叫ぶ。

「さあ、早く!」

運転手が言う。「まずバッワーバ・ガナムで降ろす。それから戻る」

六〜十平方キロメートルの平原に、トルコ国境の村々が点在している。住民は革命前から牧畜と農業、そしてトルコとイドリブの町の間の密航仲介で生計を立ててきた遊牧民で、アラビア語もトルコ語もよく話すが、強い特有の訛りがある。村の南に二つの国を分ける山々がある。遊牧民は親類や父方の従兄弟たちの伝手を使って密航を手助けし、国境を繋ぐ点のように分散している。まず丘の頂上に立つ者と、麓に立つ者がいて、三人目は密航地点まで密航者に同行する。彼らはシリア領内まで続く国境の抜け道も有刺鉄線の裂け目もすべて熟知している。トルコのジャンダルマ(国家憲兵。トルコの準軍事組織)の男たちとも緊密に結びつき、携帯電話や大声での呼びかけ、相手の姿が見える場合であればあらかじめ打ち合わせた信号を使って連絡を取り合う。体軀は細く、褐色の肌で、身軽にすばやく動き、木々の間に身を隠す。まるで地面の一部に変貌する変わり身の術でも会得しているみたいだ。

私たちが到着すると褐色の肌の若者が待ち受けていた。今回の越境も前回と似たようなものだろうと思っていた。二つのフェンスの間をへとへとになるまでただ駆ける、越境を容易にするために夜の訪れを待つ。私たちがかつて越境した地点は、マイサラが言うには監視が厳しくなり、もう越えられなくなっていた。シリア－トルコ国境沿いでは最近爆撃があったので、その後はさらに困難になってしまった。

私たちを乗せた車はぬかるんだ隘路へと入った。塀もなく家々がむき出しで、その向こうに牧羊のための柵がある。子どもたちは寒さも知らずほとんど裸で駆け回っている。小さな水路があるので車が進めない。バッワーバ・ガナムは荒廃した村だ。私たちの前には緑の小さな山々があり、車が何台も国境沿いに停まっている。遠くから、待っている人たちが現われた。私たちは山向こうの人びとと合流して次の地点に行かなくてはならない。鞄を背負って出発した。私たちは三人で、例の案内役の若者が同行している。数歩も進むとジャンダルマの男たちが現われた。思わず駆け出したが、「心配いらない」と密航屋が言った。遊牧民訛りのアラビア語だった。右側から軍用車が現われ、私たちのほうに来る。こちらの密航屋が叫び、もと来た道を戻ったので、私たちも彼の後に続いて走り、出発地点の小路の外れまで戻った。「俺の家で紅茶を飲んでいこう。越境まで少し待つ」と彼は言った。私たちは彼の家へと向かい、さっきと同じぬかるんだ隘路を越えた。あらゆる場所に家畜の糞のいやな臭いがしていた。女たちは姿を見せない。男と子どもだけで、人びとは足早に通り過ぎていく。何台もの車が人びとを乗せて二つの岸の間を越えていく。遊牧民が建てたセメント造りの家はテントに似ている。色まで同じだ。ぼろぼろという印象、そしていくつかの渡河点。

国境に着く数分前、同行するグループが現われ、私たちは二十人ほどになった。女性は私だけだ。三人の密航屋が私たちを率いる。イスタンブルからアンタキヤに向かうとき、空港で一緒になった二人の若者がいるのに気づいた。イエメン人とサウジ人だ。準備を済ませて二人は立っていた。私は彼らに近づいたが、用心のため少し距離を取り、何を話しているのか聞き耳を立ててみた。怖くて、こう口走ってしまいそうだった。「私の国で、あなたたちは何をするつもりなの？」しかし黙ったままでいた。この二年の年月は、私に沈黙という技術を会得させた。

　二人の若者は準備万端整えて、ごく軽い手荷物だけを持っている。死にに行くのだからそれで十分なのだろう。出発すると、私はこの二人についていこうとした。密航屋が私たちを見て怒ったように言った。「おい兄弟、女連れとは聞いてないぜ。さあこっちから来いよ、こっちの道のほうが楽だ、来いよ!」私たちは小麦が植わった小さな平地に入った。オリーブの木々の間、泥と湿った緑の葉を踏みしめて行く。最年長の密航屋が気づかわしげに私たちを見ている。私は顔と頭を黒いヒジャーブとサングラスで隠し、足を早めて同行者を追い抜き、密航屋のすぐ近くに出た。それから私はさらに急ぎ足になり、彼をも追い越した。必死だった。この一行が遅れる原因が私だと思われたくなかった。密航屋は私にちょっと待ってくれと頼んだ。私はその場で立ち止まり、彼らが追いつくのを待った。それから彼らと並んで歩き、最年長の密航屋を見た。私はサングラスを外し、彼を見つめた。密航屋は歩き出し、私を追い越していった。その後、彼はまったく不平をこぼさなかった。一行で唯一の女性である私のせいで、これからどんどん遅れたり苛立ったりするだろうと思っていたのに、そうでもなかったからだ。

　大方の男たちは、私が女性であり、ここにいるべきではないということをまず忘れない。私の周りの、長身でがっしりとした、力強く明るいまなざしと長い顎鬚の戦闘員たちは、この痩せっぽちの女を一顧だにせず、一言も口をきかない。多くの人が、端的に言えば男らしさや勇猛果敢の印だと思っているものは、私には死と生の差異をなくしていくもののように見える。彼らは滅亡に向かって駆けている。彼らの信条は、彼らを死のなかで生きさせようとする。生から来世の生へと移る行程ゆえに彼らは進むのだ。彼らは彼らを連れて永遠の楽園へと飛翔する魔法のボールだ。だから、生きていくことの意味といった感動を私は彼らに見いだせない。生き続けるかぎり、私は彼らを哀れみ、その存在を拒み抜くだろう。

銃声が聞こえ、私たちは小休止を取った。空中への発射で、皆それが密航防止の威嚇射撃だと知っている。

目の前に小高い丘があった。急勾配の小さな山だ。密航屋はすでにトルコのジャンダルマと話をつけていた。二国間の国境の密航では、誰かしらに必ず利益がある。ジャンダルマが明らかにサラフ主義の外見をした戦闘員たちを注視しているのも間違いない。ときどきジャンダルマは人びとに酷いふるまいをする。けれどその酷さは、荒っぽく殴りつけるといった域を超えることはなく、直接発砲することはない。その危険が抑制されていることが、密航者にも密航屋にも保証となっているのだ。

私たちはさまざまな方向へと登っていった。若者は離れていき、密航屋と私たち三人だけになった。上り勾配はこたえた。周囲を見回したが、男たちは誰も私より前にはいなかった。両膝を少し曲げる。そして背を反らしてまた歩き、四つ足で這いながら進み始めた。地べたがとても近い。こうしていると私たちはまったく動物同然だ。この世界に生き残り、子孫を増やしたいという強い衝動を維持できたとすればだが。

私たちに同行している友人で、レバノン人ジャーナリストのフィダー・アイターニーが「もっと速度を落としたほうがいい、へとへとになるぞ」と言った。私は震える声で言い返した。「ちょっと！　一瞬でも立ち止まったら、後ろに転げ落ちてしまうじゃない」彼は笑った。そのとき、マイサラが近づいてきて私の荷物を持ってくれた。そして私たちは一気に頂上へと駆けた。私は走った。彼らの叫び声を気にすることもなく、頂上からやってくるような自分の心音を聞きながら。肺に風が鞭のように厳しく当たり始めた。地面はほとんどぬかるんでいる。山の土は赤く、よく肥えている。頂上らしきところの景色はだいぶ異なっていた。山の最果てでは、木々の間の道の端、広い縁のようになっていて、一台の車が私たちを待っていた。そこにオリーブの林からジャンダルマの一群が現われ、私たちのほうに近づいてくる。彼らは私たちの荷物を調べ、密航屋と言葉を交わした。いろいろな場所にこういった警邏隊《けいらたい》がいて、突然現われるのだ！

荷物検査が終わると私たちは国境を越え、外国人戦闘員たちも越境が許された。ここで私は一行と別れた。戦闘員たちは見えなくなったが、向こうに彼らを待つ一行がいた。一緒にいた若者は私に、自分たちは戦いに行くのだと言った。彼らはサウジ人やイエメン人だが、なかにはチュニジア系フランス人もいる。そして彼らの大方は、今はアレッポへと向かう。

国境を越えるおびただしい数の外国人ジハード主義者の奔流について自問するのは後回しにした。身元は明かしたくないと言い張った若者は、自分たちはたぶんヌスラ戦線に行くと教えてくれた。顎鬚を長く伸ばした男たちの新たな集団がその当時出現していたが、まだヌスラ戦線の存在は宣言されていなかった。彼らの存在は伏せられていて、住民たちも村に彼らが入り込むのを許さなかった。フィダーが言う。
「じきにわかるだろうけど、彼らはいまや人数としても戦力としても最大規模だ。この先の状況はもっと難しくなる。この集団の影響力が増大して、それがもっと暴力的に、力ずくで見えるようになってくるから。連中が人びとを鞭打ったり、斬首したりする動画を見ることになる」

国境の村々にまた銃撃音が響き、サラフ主義者の一行は木々の間に見えなくなった。シリア人の一行はほつれた糸のように、一幅の絵からはみ出ていくかのように進んでいく。どの一行も正面を見ている。銃声の唸りが上がる。私たちは皆、狩人から逃れる獣の群れのようだ。

ビニシュの街は空っぽになっていた。前回のようなデモ行進が町に満ちることもない。アサド政権側のミグ機が爆撃を行なったため、住民は町を出て移ってしまった。ごくわずかな人を除き、誰も残っていない。ヌスラ戦線が街を統治し、公共財産を守っているが、彼らは人びとの生活にまで介入してくる。ズボンの着用は男性でも珍しくなり、一般にはアフガン人の服装と見なされているものに取って代わられた。ビニシュの住民の多くがヌスラ戦線に加入して、かつて存在した軍の形態も変化した。検問所の数は少なくなった。

タフタナズ空港に到着したとき、マイサラが叫んだ。「神よ、我らには御身のみ、神よ。ああ。命が……失われ……ここで、アムジャド・フサインが、殉死した……」

私はアムジャドを知っていた。サラーキブの大隊長だった。二十五歳の若者だ。物腰が良く、話しているとき相手の目を見据えたりしない。革命がもたらしたものに憤っていた。彼自身は保守的なイスラーム主義者だったが、世俗的な市民国家を望んでいた。タフタナズ空港の戦闘で殉死したという。かつて出会った若者の多くが亡くなっていた。一人また一人と思い起こしながら、私たちはふたたび村々を越えてサラーキブへと向かう。ソラ豆の畑、緑の草原、そして石ころだらけの村を越える。

道はぬかるみ、爆撃やミサイルで破壊され、渡るのが困難だ。マイサラが言う。「政権側はイドリブ市街を制圧した。市街が郊外と切り離されてしまった。大隊は今も戦っているが、革命に乗じた泥棒のほうが革命家よりも多い。家族が家族と敵対し、傭兵が傭兵と敵対している……神よ、我らには御身のみ、神よ！」

家から、あの私の小さな魔法使いはいなくなっていた。アーラーと姉弟はすでにサラーキブを後にし、アンタキヤに落ち着いていた。マイサラは時折、町に戻ってくる。いつも一緒にいたおちびさんがいなくなり、家はずいぶん淋しくなった。爆撃と、容赦ない暗闇での死の恐怖ゆえに、マイサラは家族を連れ出し、トルコ領内に残してきたのだ。そこで、私とノラとアブー・イブラーヒーム、アイユーシュと二人の老婆だけになった。大家族に連なるある者はやってきて、ある者は去っていく。夜話をともにしに来たりもした。家が破壊されたり、住んでいる地域に爆撃が続いていたりして、しばらくこの大きな家に逗留する者もいた。だが彼らはつねの住民ではない。概して家は親戚や友人知人に対して開放されていて、私とアイユーシュは避難民たちの家を訪問していた。アイユーシュは移ってきた家族に自宅の地下室を与えていた。

翌日の朝、私たちは避難した家族と爆撃を受けた場所の調査に出かけた。交通整理の警官がいる。行政は大変な困難と問題を抱えながら町中を整理しようとしている。道は変わってしまい、瓦礫が増えていた。建築工務店は破壊された部分を修復しようとしている。サラーキブの壁に、マフムード・ダルウィーシュ(パレスティナの詩人。一九四一—二〇〇八)の詩の一節が書かれているのに気づいた。その傍らにヌスラ戦線とアフラール・シャーム(巻末の用語一覧参照)運動を称える文が書かれているのを初めて見つけた。太々とした文字で「ヌスラ戦線とアフラール・シャーム運動は心臓の拍動である」と記されている。

警官は大隊から給料を受け取っている。警官が交通違反切符を切ると、その軍の大隊が罰する。イスラーム法廷は裁判官とシャイフ(ここではイスラーム の有識者の呼称)によって構成されている。ここでの法律はイスラーム法と宗教で、ヌスラ戦線がイスラーム法廷を統括している。治安部隊はというと、多くの大隊によって構成され、そのなかには「シャームのハヤブサ」や「山岳の盾」や「シリア殉教者団」もいる。アイユーシュは、爆撃が続いていて車で町を回るのは危険だからもう町全体を見せてやれない、だから避難民たちに会いに行くべきだと言った。そう言いつつも、彼女は破壊された家に立ち寄り、私に話をしてくれた。ドアがない家、屋根が、壁がない家。石の小山のように、ただ石くれの堆積物となっているもの。

「ここでアブー・ムハンマドと子どもたちが亡くなったのよ」

そして別の家を指し示す。

「次のミサイルは私たちの親戚の家に当たったの。まだ小さい男の子が亡くなった。これが壊された家。連中はここの家族を殺したの」私たちは家の前に立ち止まり、写真を撮った。それから車に戻る。アイユーシュは車を持っていて、年齢は五十歳を超えている。

避難民たちがいる地下室に着いたとき、ふいに上空に飛行機が現われた。私たちは急いで駆け出した。地下室は広いホールで、家族ごとに区切るシーツが並べられている。だが人びとは四隅に散らばっていた。母親は赤みを帯びた肌の美しい人で、周りに大学生二人を含む四人の娘がいる。長女は結婚していて、三人の子どもを連れていた。また別の親戚たちも地下室にいる。いろいろなものが散在している。二羽の小鳥が入った小さな鳥籠があり、マットがあり、何客かのティーカップがある。突然、天井が震え出し、すさまじい轟音が聞こえた。私たちは恐怖に身をすくめた。飛行機が隣家にミサイルを投下したのだ。ほんの数メートルしか離れていない。私たちが話を交わしていた女性たちの家だ。彼女たちは昨夜、年若い息子の命を奪ったミサイルのガラス片をかき集め、水でその場を洗って爆撃の跡を「清めて」いた。次のミサイルが発射されたとき、私たちは地下室に残り、じっとしていた。一台の戦車が家のごく近くにあった。大隊長がそこに停めたのだが、その戦車の周りが爆撃されている。これが連中のいつもやることだ。大隊は人間の盾にするために民間人の家の周囲に集まり、その家を連中が爆撃する。ミサイル爆発の衝撃で、剝がれたペンキ片が雪の欠片のように頭上に降り注ぐなか、私は震えながらその母親に避難したときの様子を尋ねた。彼女は言いよどむこともなく語り出した。

「革命の初めのころ、連中が私たちのところに砲撃をかけてきました。村の前にレンガ工場があって、その工場がシャッビーハと軍隊の拠点になっていたんです。砲撃で、アール・ナアサーン家の一族の多くの人が殺されました。ミサイルはオリーブの林にも撃ち込まれて、働いていた人や奥さんや子どもたちが死にました。お父さんが水を取りにいっとき離れて、戻ってきたらオリーブ林のなかで大勢死んでいたそうです。一度、シャッビーハが別のオリーブ林に来たら、そこに住んでいる一家がいなくなったんです。村の男たちが、一家全員が殺されているのを見つけました。お母さん、娘たち、兄弟、小さな子ども、義理の娘も。

私は家を出たくありませんでした。でも、軍隊がマストゥーマ村に入ったから、シャッビーハが来るからと、自由シリア軍が私たちに村から出ていくように言ったんです。娘たちが襲われるんじゃないかと怖くなって、脱出を手引きする男に七千五百リラ支払いました。家はミサイルで破壊されてしまったし、もう私たちには何も残っていなかった。村の前のレンガ工場からも砲撃される。あっちには革命青年連合（シャビーバ。シリアの政権党であるアラブ社会主義復興党、通称バアス党の青年部の名称）の宿営地があるから、アサド軍がそこを拠点にして村を爆撃するんです。私たちのアミーナース村もあらゆる方角から爆撃を受けました。連中はマストゥーマ村に入ったとき、何家族も皆殺しにしたんです。目の前で息子を殺されて泣いた母親がいました。そうしたら連中は母親を殺したんです、泣いたからと言って！　私たちが脱出した日にはタフタナズに向けて三百発ものミサイルが発射されました。

脱出は夜中でした。皆、裸足で、何人かは半裸で。爆撃がずっと続いていました。夜、革命家たちが私たちのところに来て、スフール（ラマダーン月の日昇前にとる軽い朝食）のための食事を出してくれたんです。ラマダーン月だったから。脱出の最中に女の人が一人出産しました。別の女の人は目が見えなくて、爆撃で怪我もしていました。私たちは歩き回った。夫も夫の八人の兄弟も、みんな同じように進んでいきました。私の兄の家の上にロケット砲が着弾して、皆、兄さんは死体になってしまったと思ったんです。ところが瓦礫の下から兄が出てきて、『俺に命をくれたお方にしか俺の命は取れないぜ』って怒鳴って。あのときは、そりゃあもう笑いました。

軍の兵舎になったレンガ工場からときどきシャッビーハが忍び寄ってくるんです。あるときうちの息子が捕まって、見つけ出したときには両目をえぐり抜かれ、指を切り落とされていました。でも息子は死ななかった。別の男の人は真っ赤に焼けた石炭のグリルの上に座らされて、背中を焼肉のように黒く焦がされたんです。彼の奥さんは、逃げ出しました……」

また轟音が響いた。二発目のミサイルだ。女性は話すのをやめ、剝がれたペンキ片がまた落ちてきた。地下室は湿度が高く、ひび割れもある。建物が震えるたびに、白い欠片が私たちの頭上に降り注いだ。二羽の小鳥が鳥籠のなかでばさばさと羽ばたくと、娘が籠ごと腕に抱きかかえ、「小鳥も危険を感じているのね」と言った。それから鳥籠の扉を開け、二羽を摑むと胸元に抱え込んだ。

彼女は母親に代わって、すぐ近くのミサイルも知らぬふうに話を継いだ。

「ねえ、あなたは私が話すことを全部書いてくれる?」

私は答えた。「ええ、書くわ」

美しい娘だった。瞳は緑色で、頰には赤みが差している。ほっそりとした二十歳の娘。頭にはシンプルな彩色のヒジャーブを着けていた。指は細く、やわらかい。彼女が立つ周りを弟たちが包むように囲んでいる。八人の子どもたち。彼女は弟たちをどかし、片手を私の頭に載せて言った。

「神さまにかけて誓う?　私が言うことを、世界中に伝えてくれるって」

「誓うわ」

彼女は言った。「あなたが胸にしまっている一番大切な秘密にかけて誓って」

私は自分の秘密にかけて誓った。彼女の手のひらの重みが、頭を砕く岩ほどに感じられた。彼女は手を下ろし、私は絵を描くのが好き、詩も書いているの、と言った。彼女はノートブックを開き、言葉を継いだ。「アミーナース村について書いてね……私はそこで生まれたの」彼女はノートブックに書いた自分の日記を読み始めた。私はそれを書き取っていった。


「二〇一三年一月五日。こんなことが起きた。六人の娘と若者とその奥さんが、さらわれて殺されたという報せがあった。同じ日にある家族が殺された。その家族はオリーブの収穫に出かけた先で、奥さんと二人の息子が殺された。私たちの住む村でもアブー・アーミル家の人たちが殺された。アブー・アムル家の人たちも一緒にいた労働者たちも頭を撃ち抜かれた。

アブー・アーミル家の人たちはまずさらわれて拷問にかけられ、それからアブー・アムル家の人たちと同じように頭を撃ち抜かれた。妊娠九か月だったアブー・アーミル家の奥さんは、一族が殺戮されているさなかに出産した。アブー・アーミル家の人びとの遺体を引き上げに行った私たちの家の男たちが、奥さんも赤ん坊も殺されていたと話してくれた。オリーブ林のなかに何家族分かの遺体が点々とあり、どれも同じ方法で、頭を撃ち抜かれて殺されていた」

娘はアーモンドのような瞳で私を見つめながらそう言うと、ノートブックの言葉を確かめる。私は彼女が先を話してくれるまで待つ。

「シャッビーハがやったのだ。なのに、彼らは〝自由シリア軍〟と書かれた車に乗っていた。私たちは知っている。彼らはシャッビーハだ。出ていく前、彼らは土地を荒らし尽くし、木々を引き抜いて、途中で見かけたものを全部破壊していった。出ていく前、彼らは自分たちが殺した遺体や瓦礫の写真を撮り、自由シリア軍がこんなことをしたのだというキャプションをつけて写真をインターネット上にばら撒いた」

「最後まで続けてもいい？」彼女は恥じらいと不安の入り混じった声で尋ねる。

「もちろんよ……お願い」私がそう答えると、彼女の目はきらりと輝き、話を続ける。

「一月十二日、二時半。私たちは、アビーン村の親戚一家のところにいる。アミーナースを脱出して、眠らず逃げまどううちに数日が経っていた。連中が私たちの村を爆撃して、革命家たちを殺すという報せがあったのだ。夜の十時、戦車隊の車列と軍隊が、革命家たちが包囲する空港を目指してタフタナズに向かい、その途上で村を通過するという情報が入った。夜の十一時に私たちは脱出した。皆、恐怖にかられていた。小さなオート三輪を一台持ち出して荷物の一部を乗せ、車が不調で停まると、押しながら歩き続けた。怖気が私たちの心を蝕んでいた。夜通し、何のあてもなく進んだ。サルミーンの村を通過し、それから長い高速道路を歩き、モーターが完全に止まってしまったとき、私たちは道の真ん中で立ち止まった。そのあと、私たちは行き当たりばったりに最初にたどり着いた村に入った。まず目についた家に向うと、家主は扉を開けずに、出ていってくれと言った。それから次の家を目指したが、そこも開けてくれなかった。三軒目の家の人たちは私たちを歓迎し、今晩はうちで過ごしていくといいと言ってくれたが、母は拒み、『ここでは安心できない』と言った。母は父に、あなたの友だちがいるカファル・アミームまで皆で行きましょう、ねえ、と頼んだ。時刻は夜中の一時を回っていた。野犬たちが吠え立てて怖かった。暗闇を追ってくる犬の甲高い吠え声！　夜の二時、カファル・アミームにたどり着いた。そこでも私たちは家から家へと移り歩いた」

ミサイルが落ちる音にも言葉を切ることなく、彼女は話し続ける。私も書き留める手を止めない。

「二月十三日。私たちは移り歩き、ふらふらさまよい、惑い果てていた。毎日、爆撃やミサイルに怯えながら一か所に固まって眠る。こんなことが起きるなんて予想もしなかった。けれど、この放浪生活のおかげで私は、周囲のあらゆる方角の村々にすっかり詳しくなった」

ノートブックを持ったまま、彼女は私を見る。二羽の小鳥は彼女の胸に抱かれ、頭だけ覗かせている。

「そのあとは？」私が促すと、震える声で彼女は続ける。母親は紅茶をカップに注ぎ、その間ずっと、「神によっての他いかなる力もなし」「慈悲深く慈愛あまねき神の御名において」と呟いている。

「二月十五日。三時十分ちょうどに私たちはサラーキブに着いた。私たちはまた荷物をまとめて、アビーンの村を発っていた。親類縁者たちが私たちと合流していた。サラーキブに着くためには、タフタナズかビニシュを無事に通過しなくてはならなかった」

娘はアイユーシュを見て言った。「あなたがわたしたちにしてくれたように、神があなたをお護りくださいますように！」そして話を続けた。

「その日は、大学に行って、試験を受けなきゃならない日だったの。でも道は寸断されていて安全じゃなかったから……あの、私、あともう二日分だけ話したいの。もし、なんだったら、あなたの時間を無駄にしないように、そこの部分は、カットしていいんだけど」

「二日分ともカットなんかしないわよ」と私は応じ、涙をいっぱいに浮かべた彼女の険しい両目を見つめた。もう一度、ノートブックを開き、彼女は読み始めた。

「これはサラーキブに入ってから二日目。二月十六日。アイユーシュが来て、私たちが必要としているものを紙に書きつけ、それを若い男の人に渡した。そうした後、彼女は私たちに毛布を持ってきた。私たちは毛布を床に広げた。その場所は変わっていて、壁の塗装がぼろぼろ剝がれている。たびたび心が痛む。父の目に、卑屈で打ちひしがれたまなざしが浮かぶことに。そして、食事やパンを持ってきてくれる人にくどくどお礼を繰り返すことに。かつて私たちは、豊かに穏やかに暮らしていた。なのに今では他の誰かが施してくれる食事やパンの上に生きている。今の私たちは乞食なのだ。惨めだと感じる。私たちには薪ストーブがある。この場所は寒くて湿っていて、薪は使い果たされてしまう。ときどき、空腹でお腹が鳴る。でも誰も食べ物が欲しいとは言わず、沈黙を守っている。ロケット砲が私たちの近く、近所の墓地に落ちた。弟たちはそこで遊んでいた。私たちは駆け出して弟たちを連れ、皆で隅に寄り集まった。弟たちの目に恐怖と無感動が浮かんでいた。

二月十九日。二羽の小鳥が私のものになった。巣が作られ、卵が生まれ、ひとつの卵から小さなひなが生まれた。私たちは真ん中に鳥籠を置いている。弟たちは出ていき、姿を消した。雄の小鳥と雌の小鳥は助け合って卵を産み、小さなくちばしでひなに餌を与えている。今日は大学に行かなければならなかった。大学の級友たちが、明日イドリブの大学に課題を提出しに行くと言っていた。私は、ここで家族と身動きが取れずにいる。すぐ近くにミサイルが落ちる。すると鳥籠のなかで雌の小鳥が飛び立つ。翼でばたばたと鳥籠を打ちつけ、恐怖のあまりひなから遠ざかる。それから雄の小鳥に近づいていく。爆撃が止むまで小鳥たちは落ち着かない。私は級友に電話をかけて、私が行き損ねた講義の記録を届けてほしいと頼んだ。父は講義録を受け取れるように私を修理したオート三輪に乗せていってくれた。だが車はまたしても故障し、すっかり遅れて到着したときには友だちは帰ってしまっていた。私は泣きじゃくった。講義に出ることや大学に課題を提出することにあんなにこだわってきたのに。でもそれは不可能だ。私たちは避難所に戻り、真ん中にある柱を囲んで座る。その晩、私たちは黙っている」

彼女は読むのをやめて、耳障りな声をあげた。私の両手を握ってこう言った。

「これで十分。今、私たちが死んでも、世界中が私たちの物語を知るのよね。そうでしょ？」

ためらいなく、慰める口調でもなく、私は答えた。

「そのとおりよ」

私は娘と彼女の家族のところから離れ、二階の、焼けてしまったアイユーシュの家へと上っていった。家にミサイルが落ちて焼けてしまったのだ。彼女はいくばくかのものを集め、それが何かを説明し始めた。私には真っ黒い棒きれか四角形にしか見えなかったが、彼女は自信たっぷりに言う。「これはソファの一部。これはコーヒーカップ。これは箪笥の端っこ……」

三発目のミサイルの音が響いたとき、彼女は言った。「そろそろ家に帰らないと。今日は十分でしょ」

私たちはもう一度地下室を通った。私は心のなかで呟いた。「もし小説を書くとしたら、あの娘を主役の一人にしよう。こんなふうに描こう。つややかな赤毛の娘。その胸には軽やかに飛び立つ二つの翼が育ちつつある。瞳にはオリーブの三本の枝が現われ、その周りに無造作に盛られた山のように、小さな弟たちが集まっている。弟は彼女の首に抱きついて、爆撃よりも頻繁に自分たちの一日を邪魔してくる好奇心いっぱいの女性客から注意を逸らし、自分たちに向けようとしている。そのたびに彼女は弟を手で包んでやり、上着のなかで小鳥たちと一緒に抱きしめるのだ。弟たちを指の間に渡してやる。彼女には弟たちが傷ついた小鳥たちのように見えているだろう」

けれど、私の手のなかにあるのは小説ではない。現実なのだ。

サラーキブのメディアセンターは市場の真ん中にある。アサド政権軍の戦闘機はそこに集中して爆撃をかけている。若者たちに私はセンターの場所を変えるべきだと言った。この場所は危険だ。まず必要なのは生き延びることではないか。

センターに集まっている若者たちは圧迫に耐えている。センターの壁の一部は四か月にわたり爆撃にさらされてきた。ジャーナリストがやってきて、また別のジャーナリストが去っていく。ここには報道カメラマンも、戦闘員も、支援物資を配布するスタッフもいる。シリア人ジャーナリストはここには来ていなかった。外国人のジャーナリストは何人か来たが、アラブ人はイドリブ郊外の完全解放に向かって突進しつつあった。

二〇一二年八月に村を歩き回っていたとき、それらの村は完全には解放されていなかった。そのため、私たちは政権軍の検問所を避けるためにいくつもの道や小路を使って迂回していた。サラーキブ自体、完全に解放されてはいなかった。

現在、私たちは自由に地上を歩くことができるが、空は依然として向こうに押さえられている。若者たちは、もし対空砲さえ持てたら俺たちは勝てるのにと言っている。新聞「オリーブ」紙の編集人をしている若者は――この新聞は解放後に発刊された――こう言う。「革命は戦闘や戦争ではない。我々が求めているのは人間の確立だ。だが我々は徒手空拳で、絶え間ない爆撃のせいでろくに身動きもできない。革命の一環として市民活動も始まったが、大きな困難に直面している。その最たるものは、財的支援や間断ない爆撃ではない。もっとも危険なのはタクフィール主義(巻末の用語一覧参照)の部隊が入ってきて、人びとの生活を統括し、万事に介入してくることだ」

新聞編集人は疲弊していた。彼の周りの若者たちもそうだった。彼らは皆、疲れ知らずで働いている。

写真を「暴露し」、殉死者の数を確定し、人道的活動の団体に連絡して住民の問題を説明する。ミサイルの数や性能、種類を推定する。彼らのなかから、のちにサラーキブに落とされた化学兵器についての書類を整え、世界中の政府機関に送付する者も出てきた。しかし、希望は見出せなくなっている。彼らの活動は何ひとつ成果を挙げていない、世界は彼らを孤立させたまま見捨てたのだ。

アブー・ワヒードがやってきた。私たちはマンハルとムハンマドと一緒にマアッラ・ヌウマーンに行かなければならない。爆撃の音は遠い。今日、私たちの誰かが引き当てる死の割り当て分も遠い。

自由シリア軍大隊長のアブー・ワヒードは私たちを乗せて車を運転する。人がごった返す市場は、崩落した建物や爆撃でえぐられた通りさえなければ、何事もないかのようだ。爆弾が投下され、何人かが死ぬ。そして一時間もすれば人びとは普段の生活に、食べ物や飲み物といったわずかな生活必需品へと戻っていく。

通りに女性はいない。夫と連れ立って歩く女性を一人見ただけだ。彼女はヒマール（背中あたりまでを覆うベール）で顔と頭を覆っていた。それが私がサラーキブで初めて見たヒマール姿だった。普段は女性は頭髪を包む布くらいで良しとしているからだ。私たちはガスボンベを買いに店に立ち寄った。マンハルが店番の少年にボンベの値段を尋ねると、彼は答えた。「二千五百五十リラだよ。去年はたった二百七十リラだったけど」

アブー・ワヒードは四十代半ばの妻帯者でかつては建設業者だった。彼は自作の大砲を移送しようとしていて、ピックアップ・トラックを必要としている。街道は安全だった。平坦な道で両脇に小さな糸杉が並んでいる。道のあちこちで子どもたちが野菜を売ったり、マゾート（石油燃料）のドラム缶やガソリンのタンクを置いたりしている。ドラム缶には「黒色マゾート」「赤色マゾート」と説明が書かれていた。どんなものにも値段がついている。廉価の粗悪品は燃焼時に毒性の物質が出る。私たちは大隊の拠点に立ち寄った。若者たちが戦闘員と話し合っている。どうも私たちは彼らが作った大砲を見せてもらうことになっているようだ。太陽は灼けつくほどだが、ふっと冷たい風を感じる。一人が言う。

「これは二月の太陽だな……なあ、マダム、俺たちは正義を求めてるんだ。それで俺たちは我が手に犂《すき》を取ったのさ。どんな国であれ、よその国に俺たちのことに首を突っ込んでほしくない。放っておいてくれて、俺たちだけでバッシャールに立ち向かっていたら、連中が介入してこなかったら、もっとましな状況になっていたと思う。連中はバッシャールにばかり肩入れするからね。見てのとおり、俺たちはまだ犂を手放していない。俺は裕福だった。建設業をやっていて、法律を勉強していた。演劇学校で学びたかったんだが、そうもいかなくてね。それでも演劇やTVドラマを見続けているよ、そうだな、芸術がとても好きなんだ」そう言って彼はあははと笑う。

私たちは子どもたちのいるところに着いた。アレッポ－ダマスカス間の高速道路には、軍隊のように十人の少年たちが並び、マゾートやガソリンのタンクを前に並べている。爆撃が続いているせいで、たいていの子どもたちは学校に通えていない。私たちはアサド政権軍の検問所から戦闘員たちが解放したハーン・サブル村に到着した。そこには大きな石切り場があった。私たちの前には自由シリア軍の検問所があり、ピックアップ・トラックが一台ぽつんとある。トラックのなかにはマシンガンを携行した戦闘員が三人座っていた。ハーン・サブル村の住民は、アサド政権軍が出ていった後、村に戻っていた。

ジャッラーダ村に着くと、私は若者たちに言った。「石造りの村ね！」ジャバル・ザーウィヤに点在するローマ時代の多くの遺跡とともに、ここには遡ること数千年の古代ローマの墓所が今も残っているのだ（アレッポ県とイドリブ県の間の古代村落群は二〇一一年に世界遺産に指定された。ジャバル・ザーウィヤもその一部）。ローマ時代の柱頭や巨大な列柱。ジハード主義の大隊は概してその重要性を認めず、自分たちの信条の一環として遺跡を荒らしてきた。彼らの信条によれば、文明はイスラーム以後に始まったのだ。ジャッラーダ村はマアッラ・ヌウマーン郊外にある。石造りの遺跡の合間に真っ赤なアネモネ《ヌウマーン》が咲き乱れている。それは岩石の向こうに延びていき、そこから目の前にルワイハ村の景色が開けた。ルワイハ村の家も石造りで、小さな宮殿のようなローマ時代の墓所が村のそこかしこにある。若者たちが言うように、その大半は荒らされていたが。

軍の検問所の向こうに一人の女性と三人の子どもの姿が見えた。ここの住民は羊の放牧とオリーブの収穫で生計を立てている。土は赤く、大きな岩がごろごろしている。それからアリーハ（イドリブ県南部の町。ヨルダンのイェリコとは異なる。二〇一二年当時、自由シリア軍とアサド政権軍との交戦地になっていた）のもうひとつの面が見えてきた。「レンガ工場」から政権側が爆撃をかけているところだ。

サルジャでは赤土は見えなくなり、岩砂漠が広がっている。さまざまな大隊に属する検問所があり、それぞれ実効支配勢力がどこかを誇示している。デイル・スィンベル村はシリア革命戦線のジャマール・マアルーフ（シリア北部を勢力範囲とする反体制派の有力指導者。シリア革命戦線を率いたが、二〇一四年にヌスラ戦線に敗れ、トルコに逃亡した）の支配下にあり、戦車と武装検問所が置かれている。デイル・スィンベル村に入る前にも武装勢力の検問所に行き当たった。彼らはヌスラ戦線とアフラール・シャーム運動に属している。

自由シリア軍のアブー・ワヒードは、政権が打倒されれば外国人のムジャーヒドがそれぞれの祖国に帰るといまだに信じている。私は彼に賛成できず、彼は「まあ、今にわかるさ！」と言った。私は彼に言った。「彼らの祖国は、宗教信条にあるのよ」

道行きは順調だった。アブー・ワヒードの顔がきくからだ。顔のきく大隊メンバーが同行していなければ、安全な移動はまず難しい。目の前に避難民用のテントを積んだ大きなトラックが現われた。道端には完全に破壊された家々があり、その間にアーモンドやオリーブの木々が立ち並ぶ。私たちはラビーアに着いた。そこも地下にローマ時代の墓所が点在し、今は洞窟になっていた。その洞窟に避難民たちが住んでいる。私たちはそこで立ち止まった。私は同行者たちに、女性たちの名前と、洞窟で暮らす家族の状況を記録するよう頼んだ。オリーブ林がローマ時代の墓所を囲み、墓石は頭を切り落とされたり、燃やされたりしていた。避難民の多くは燃料を得るためにやむをえずオリーブの木を伐採する。オリーブ畑は爆撃で焼かれてしまったが、三十もの家族が住まう洞窟の周りには、まだいくらか残っていた。そこには六つか七つ程度の洞窟があった。それぞれの洞窟は黒々と深い入口から始まり、土の朽ちた階段が地中の窟内へと続いている。そのなかで私たちは八人の子どもと母親から成る家族の洞窟を訪問した。母親は向かいの洞窟に住む男の第二夫人で、男はもう一人の妻との間に五人の子どもがいる。彼女の十六歳になる娘は洞窟の入口の前に座っていたが、両足を失っていた。片足は腿から先がなく、もう片足は膝から先がない。ミサイルが直撃したのだ。彼女はヒジャーブを被っていたが、その目は澄んでいた。彼女は私に、子どもたちに絵の描き方を教えているけれど、絵の具がないの、と言った。彼女はこの先、何度も手術を受ける必要がある。傷口が炎症を起こしていて、じき全身に毒が回る恐れがあるからだ。この娘は私たちの動きに対して無反応で、私たちが洞窟のなかに降りていくのをじっと見守っていたが、首を傾げ、またぬかるんだ地面に絵を描き始めた。

洞窟の内部に光はまったく射し込まない。夜も昼も彼らは空の薬瓶に油を満たし、燈心となる糸をつけて明かりを灯す。それは不完全燃焼のせいでいやな臭いを放っていた。子どもたちが私の周りに並んで好奇心いっぱいに見つめている。私は子どもたち一人一人に、この長いお休みの間、何をするのと話しかけた。彼らの年齢は十三歳から十五歳といったところだろう。母親は私に、この子どもたちのもとに届いた援助物資を夫が取ってもう一人の妻にあげてしまったと告げた。彼女は赤ん坊を抱え、その腹は膨らんでいる。これが九番目の赤ん坊となるが、八人の子どもたちは粘土の床で、冬には雨漏りする屋根の洞窟で暮らしている。灯しつけたろうそくの周りを囲み、子どもと一緒に、彼女は苦労して一日に一度の食事を取る。子どもたちは金髪色白で、瞳は群青色だが、皮膚は乾いてひび割れ、足の指は血と膿にまみれ、どの顔にも鼻汁が糊のようにこびりついていた。厳しい寒さのなか、彼らのお腹は石だらけの丘のように見える。この家族はカファルワマー村の出身だ。母親はウンム・ムスタファと呼ばれている。彼女の真ん中の娘は、間近に爆撃を受けたせいで聾になった。娘は、両足を失った姉を心配し、恐怖のあまりぎゅっと指を握りしめていた。陰惨たる光景だ。それにもかかわらず、この二人の娘は奇妙に魅力があり、その顔は美しく、蠱惑的に輝いている。この美しさは醜悪のなかにこそ生まれるのだろう。アブー・ワヒードに、夫のアブー・ムスタファは彼女から援助物資を横取りしたそうよ、と告げると、彼は大笑いしたが私は笑えなかった。

別の洞窟も事態は大差なかった。地底の暗闇に放心した人間たち。今際のときに自らの墓穴を掘るという動物のようだ。床には人の手が加わっておらず、自然のままのありさまだった。洞窟の前に子どもたちがこしらえた小さな窓状のものがあった。泥にまみれつつ黄色いボールを操り、蹴り込むためのゴールだ。これだけが人間の存在を示すものだった。彼らは地底でぼろぼろの服をまとい、飢えながら暮らしている。下に敷いている泥のせいで彼らからはひどい臭いがして、とても耐えられなかった。これは地獄でもごく稀な段階だろう。ここはさまよえる魂のための場ではなく、悪魔が作った代物だ。

私たちは車に乗り、黙りこくっていた。まだあちこちに墓所があり、その間に黒い裂け目が見えた。洞窟には何十もの家族が暮らしている。すぐ前に地面と同じ高さまでぺしゃんこにされた家々があった。完全に破壊されている。タイムマシンに乗り込んで一瞬で石器時代に戻ってしまったかと見まごうほどの場所だ。

　爆撃を受けているハース村に入った。そのときも空は青く、いよいよ輝きを増していた。ヌスラ戦線の大隊はここに駐留し、のちに退却した。ハース村の次には、高い糸杉の塊のようにハーミディーヤ村が見えてきた。アブー・ワヒードは、「大隊長や非暴力の活動家の多くは殉死し、逮捕されてしまった。ごく良い奴は死んでしまったな」と言い、その一人一人がどんな人だったかを数え上げた。些細ではあっても具体的な話ばかりで、私は心を奪われた。若者たちの名前、年齢、経験。遠くに糸杉が高くそびえ、白い雲を遮っているように見える。その景色のなかで彼らがどうして死んだかという話が続いた。私は頷き、道を眺めながら、ミサイルが降り注ぐ空の轟音を聞いていた。

　タクラー村は様子が違った。この村の名前は、聖女タクラー（一世紀シリアのキリスト教徒の女性。迫害を逃れてマアルーラに至った際、目の前の山が割れ、逃げ延びることができたという奇跡譚を残す）に由来するアラム語から採られている。オリーブの木がぎっしりと植えられた小高い丘に谷。貧しい農村だった。私たちはアブー・ワヒードの大隊、自由殉教者大隊に立ち寄った。これ以上待てそうにない。好奇心が嵩じて彼らが自作したという大砲を一目見たくなったのだ。アブー・ワヒードが言う。

「これらの大砲はイランの支援を受けている軍の兵器工場のと比べてどこで匹敵するだろうか。でも俺たちは戦う。他に選択肢はないんだ。死ぬか、戦うか。自由殉教者大隊のメンバーは皆、住民を守るために集結した村の若者だ。普通の人間だよ。わかるだろうけど、他の集団だと話は違ってくる。財政支援に依存していたり、武装を強化してくれるところに従ったり。俺たちが志向するのは自国主義だ。アサド政権との戦いも自国のものでありたい。他の集団はわからない。あいつらは誰なのか、俺たちの国にどうやって植えつけられたのかね！」

アブー・ワヒードが作った大砲は、戦車の部品でできている。オリーブの木々のなかで、大砲の黒い砲口は高く上げられている。その周りを回ってみた。ごく単純な道具を使って、彼は小さな大砲を作った。指を黒い砲口に突っ込んでみる。ここから死が飛び出し、ここから死が死と戦う！　革命の初めのころは戦車を見るとひどく怖かった。今はどうだろう、指を大砲の筒に突っ込んでいるではないか。戦車の車部分は大きなもので、戦場の残骸から手に入れたという。作動させるには地面に埋めておく必要があったが、まったく金はかからない。戦車製作に必要なものはすべて寄付か戦争の残骸で賄った。彼らには資金がない。

「この大砲は射程距離十四キロ。飛距離を正確に合わせるのにはグーグルを使う。いくつかのパーツはここで自作した。兵器製作所も作ったんだ。まあ難しいこともあるけど、こういうのにはどうにか用が足りる。持ち物は全部革命につぎ込んでしまったよ。国と総額五百万リラものプロジェクトを手がけていたんだが、全部手を引いてしまった。連中が俺たちを爆撃し、子どもたちを殺し、家族を追い払ったからだ。だから俺たちは連中と戦う。俺たちは自分たちを守りたいだけだ。連中を攻撃しているわけじゃない。俺は奴らが戦闘機のなかで話す内容を聞いている。俺たちは奴らの会話を収集しているんだ。あいつらは俺たちを皆殺しにしたがっている！」とアブー・ワヒードは言った。

「死の道具が、皆が生きていくうえで一番重要なものになる事態なんか俺は望んでいない。これは正しいことじゃない！」と言う彼に、そうね、と私は応じた。アブー・ワヒードと若者たちは沈黙する。心のなかで私はこうも言う。

「何が正しいのかは、きっと道義的な問題ではないはず」

アブー・ワヒードの家での話は終わった。彼の奥さんや子どもたち、母親も一緒に食事をとった。水はなく、電気も止まっているが、彼らは私たちに豊かな食事を出してくれた。どこであれ私たちが客の地位を占めているとき、もてなす側がもっとも大切に思うことは、あたうかぎり最良の、客人のための食事を供することだ。持っているのはこれきりだろうと私が確信するときでさえ、彼らは出してしまう。料理の皿の周りに足を組んで座り、パンの切れ端を肉汁に浸しながら、アブー・ワヒードは言った。「政権が打倒されたら俺たちは武器を放棄する。それからあとは人間らしく生きたい。誰も人死には好きじゃないからね、子どもたちを養い、育てたいんだ。だが、ここでは皆が金を出して食糧や武器を買っているし、あそこには武器商人や強盗がいる。俺は家のなかでも全然眠らない。俺は戦闘員だから、前線ではそうでなければならない。俺の家そのものを狙って爆撃があって、あらゆる方向から撃ってくる。信じられるかい、政府が、国が、その国民を爆撃するなんてありうるのか？　わけがわからんよ、こんなこと。一生かけてもわからない！」

口から言葉が溢れるごとにアブー・ワヒードの怒りは激しくなり、食事を中断する。

「この破れた天井を見てくれ。家のすぐそばにミサイルが落ちたんだ。数メートルだけ逸れて、家族は殺されずに済んだ。家のなかに逃げ場なんかあるか、無事で済んだのはひとえに神の采配だ。爆発で家が揺さぶられるなか、いったいどこに行けばいい？　飲み水を買っているんだ。信じられるか、子どもたちの飲み水に毎月四千リラも必要だなんて。うちの農場は、皆にただで井戸を解放していたくらいなのに……生も死も一緒に分かち合うことになるだろう。連中は多連装ロケット砲で俺たちを爆撃し、ハーン・シャイフーン（イドリブ県マアッラ・ヌウマーン内の地域名）を取った。あれさえなければ、あそこで俺たちは負けなかった。奴らは地上では俺たちと戦えない臆病者だ。だから爆撃で俺たちの村を破壊した。

大事なことだ、あなたも知るべきだ。どの地域もそれぞれ独自の行政組織を持つようになり、どの村にも独自の規則ができた。今は、どの村も他の村とは違っている。ばらばらになっている。何もかもがおかしい、人さえ集めれば、どこにでもある程度の国ができるなんて」

「でも今、圧政の後にあるのは廃墟だけじゃありませんか！」と私は言った。

彼は言った。「おかしなことが俺たちに降りかかっている。イスラーム教での戦利品の扱いを考えてみてくれ。戦利品の扱いについてのファトワー（法的勧告。特定の事案について、有識者がコーランなどのイスラームの法源に則して与える助言のこと）が出されて、大隊による略奪は許されることになってしまった。たとえば、カファルワマーの住民は、革命のためではなく、戦利品を獲得するために戦闘を始めるようになった。大砲は数百万に相当する、これを入手したら大儲けだ。だから、戦利品獲得のためだけの戦闘がこれからは起こる！　俺たちの村の人口は五千人だった。いまや避難民の数は二万五千人になった。今、理論的にひとつのシリアを俺たちは語れない。何もかもが変わってしまったんだ」

　今朝の爆撃は遠いから、二人の老婆と一緒にアーラーとその姉弟を思い出しながらたっぷり時間をかけて話し合える。母方の叔母にあたる老婆は、姉である大家族の母親の隣に座っている。これまでも、そしてこれからもずっとその姿でいるかのようだ。二人は私から根掘り葉掘り話を聞き出し、私も二人から根掘り葉掘り聞き出す。私たちの間には、かつてアーラーとの間にあったのと同じ、ひそやかな合意のようなものがある。この一家は話し好きの家系のようだ。二人とも私が出かけてマアッラ・ヌウマーンに向かうのがつまらなさそうだったが、帰ったら夜のお喋りをしましょうと約束をした。叔母のほうが、じゃあ私が若い時分の話をするからね、と言った。

　メディアセンターに寄って、解放地域の市民団体の活動家たちに配布する印刷物を持っていかなくてはならない。爆撃は受けていても、解放地域には国作りの施策が形成されつつあった。革命はその時点までは、困難な道のりであれ進行していたのだ。私は、ムハンマドや若者たちと通過する村々に新聞を配布することになっている。市場はいつでも爆撃の標的になるので、なかに入るのは危険きわまる暴挙でしかない。でも人びとは毎日のようにそこに向かう。恐ろしいのは、死が生きていくことの一部になっていくという、そんな死との繋がり方だ。私たちはフラットな目でそれを見つめる。死んでしまった人は何が起きたかを感じることはない。ミサイルが彼ないし彼女をさらい、粉々にするかばらばらにする。死がすばやく、まっしぐらに来てくれるなら最高だろう。手足が四散するのを感じさせないほどに。いつでも私は幸せな死を思い描いている。たとえば頭上からミサイルに直撃され、何が起きたか感づく隙さえないような死に方。あるいは髪一本も残らぬほどに木っ端みじんにされ、無と一体化するような死に方。

若者たちが印刷物を持ってきた。子ども新聞もある。この先の道行きで配布する。「シャーム」紙もある。「オリーブ」紙も何号か、それらも村に配る。

マアッラ・ヌウマーンは戦闘の前線だ。入るには最前線から十キロの地点を渡らねばならない。そこでは政権側と反体制側の銃撃戦が続いていて、アサド政権軍の戦闘機が間断なく爆撃をかけ、一キロの距離に狙撃手たちが展開している。

空は澄み渡り、日が照っている。それは爆撃機が村に出撃するということだ。村人たちは、爆撃にうってつけの時間がいつなのかを覚えてしまった。子どもたちはロケット砲や戦車の種類を覚え、どうやって狙撃されるかを学んでしまった。二日前、男性が一人、狙撃されて死んだ。それでも私たちは前に進むしかない。

木々に花が咲き誇り、地面は赤や黄の花弁に彩られる。私たちの前方に「北方の旗《バヤーリク・アッシマール》旅団」の検問所がある。若者たちが警備の兵士にこの先まで行ってもいいかと尋ねると、一人が答えた。「命がいくらあっても足りねえよ」そう言って検問所に腰を下ろした。銃を胸元にかけ、兵士は絶望しきった醒めたまなざしで私たちを見つめた。

私たちは頭を低く下げ、マンハルがすさまじいスピードで車を飛ばした。銃声が聞こえる。その場に硬直し、身動きができない。ようやくみんなが笑い出し、「生きてるよ！」と言った。頭を上げると、一瞬、ずっと悪夢を見ながら熟睡していたような気がした。

たぶん廃墟の光景は似たり寄ったりだろう。私自身、同じような描写を繰り返しているのはわかっている。

けれど、私がマアッラ・ヌウマーンで見たもの、あれは恐怖そのものだった。

目の前に小さな白いトラックが停まっていた。荷台には母親と四人の娘が座っていて、一番年長の女の子は十代、四人ともヒジャーブを被り、母親は黒のベールをゆるく纏っていた。そのトラックはミサイルの爆撃にさらされていた。建物群が地面に向かって傾いでいた。見たことのない壊され方、鉄もセメントもどろどろの物体に変貌し、四階建ての建物の屋根が、舞台に下がる幕のようにふにゃりと歩道に垂れかかっている。その下に人間の塊が隠れている。人肉は団子状になり、セメントと鉄が生き物のようにうごめいていた。町のあちこちで恐ろしいごみ屑が積み上がって山を成し、建物は互いにもたれかかりながら傾き、仲良く眠りについている。マアッラ・ヌウマーンは完全に破壊され尽くされた。若者たちが言う。ここが前線だ、と。マアッラ・ヌウマーンへの爆撃は止まない。

ちょうどそのとき、ミサイルの音が響いた。眼前に爆撃が迫っている。私たちは小路に逃げ込んだ。どの道も穴だらけでところどころ吹き飛ばされている。建物の鉄筋が空へ伸び、爆撃に震え、凄惨で壮絶な轟音を一時の休みもなく上げ続けている。

　女性が一人、娘と一緒にいるのが見えた。奇妙に思えた。外出する女性を目にすることはめったにない。そこにグランド・モスクがある。グランド・モスクは古くからの歴史的建造物であるが、破壊され、市場もまた破壊されていた。子どもたちは走り回り、女性は小路に入る。グランド・モスクのミナレットも爆撃を受け、基底部分に石やガラスの破片がうずたかく積もっていた。ミナレットは再度爆撃に遭った。狙い撃ちにされたのだ。グランド・モスクの建物の歴史は、キリスト教以前の時代に遡る。かつては神殿で、次に教会と聖堂に転用された。装飾も柱頭もキリスト教や一神教到来以前の信仰の名残をとどめている。宗教書の書庫も破壊され、コーランなどの書物の紙片が舞い散っていた。

　グランド・モスクの中庭を、爆撃で壊された礼拝の間へと向かっていたとき、戦闘機の轟音が聞こえた。私たちは駆け出した。マアッラ・ヌウマーンの若者が、「ここにミサイルが落ちたんです。古い市場があったんですが、抉られたところに降りてみたら、市場の入口が見えました。市場もキリスト教の時代より前に遡ると言われていて、そこに門や店舗の遺跡があったんですよ」と言う。

　廃墟の光景のなか、何本もの電線が鉄杭や棒きれに絡まっている。セメントの壁は互いに折り重なるように倒壊し、パン種のように、ほぼ一山の塊になっている。私は何枚も写真を撮り、一枚一枚にキャプションをつけた。ミサイル一発ごとの被弾の様子を熱心に撮っていると、ちょっと待ってくれと言われた。前線のほうにはさらに、これこそ破壊だという景色があるのだから、と。そこに行く前に、中東で有数のモザイクの博物館だったマアッラ・ヌウマーン博物館も見に行かねばならない。

　グランド・モスクの前、市場の入口の手前に年寄りが立っていた。私に「見ろよ……見てみろ……」と言って、ミナレットを指さした。「あれがバッシャールの改革だ……俺たちは何もやってない……ほんの少し権利を求めただけだ……少しだけだ、神もご存知だ……見ろよ……」と言うと年寄りは泣き出した。若者が抱きかかえて連れていった。市場への爆撃で三人の息子を失った父親だった。彼はここに残り、泣きながら立ち尽くしている。

市場の壁には太々とした書体で、「この包囲に対してもここで断固抵抗する」と書かれていた。

博物館に入る前に、詩人アブー・アルアラー・マアッリー（十二世紀に活躍したマアッラ・ヌウマーン出身の盲目の大詩人）の首を落とされた彫像が見えた。タクフィール主義の大隊がここに来て、彫像を壊したのだ。若者たちに待ってもらい、それを撮影した。頭部は見当たらず、下半身だけが残っている。あとでミサイルが彫像に着弾したのだとも言われたけれど、彫像の傷はそのようではない。ある若者は「頭部は盗まれて売り飛ばされた」と言い、また別の若者は爆弾の破片で頭が落とされたと言う。ある若者は、ヌスラ戦線が彫像の頭を斬り落とした、人物の彫像は不信仰にあたるからだ、と教えてくれたが、別の若者が苛立たしげに言い返す。「少なくとも、あの連中は彫像の首は斬り落としても、バッシャールがやったみたいに人間の首は斬り落とさないぜ！」

「この先の段階で、連中は非常に暴力的になる。ジハード主義の組織は、いずれ斬首の場面や死体を見せながら人びとを脅迫するだろう。それが連中特有のプロパガンダなんだ」と、同行するジャーナリストのフィダー・アイターニーが言う。

イドリブ郊外を回っている間、国外の世界へ伝わっている情報に深刻な混乱が生じているのがわかった。事実、一般の人びとと異なる行動様式を採るジハード主義の武装集団は複数あり、彼らはすでにいくつかの地域を支配し始めていた。しかし、問題は国外から来たタクフィール主義の大隊に潜んでいるのだ。危険が多いからと止めながらも、私が行動するときは誰もがあらゆる出来事から進んで私を守り、タクフィール主義の大隊から遠ざけてくれていた。しかし彼らはアサド政権から解放された地域に入り込み、いよいよ占領という形をとるまでになった。

解放地域の北部は、ジハード主義の大隊が「戦利品」として分配する地域に変貌してしまった。それは場当たり的に進められた事業ではなく、きちんと秩序立てて計画され、行なわれたのだ。自由シリア軍の大隊は、ただ手をこまねいて見ていたわけではない。多くは依然として革命の志を堅持していた。だが彼らは弱体化し始めていた。

オスマン朝時代の建築物であるマアッラ・ヌウマーン博物館は、かつてはムラト・パシャの隊商宿（ハーン）として、イスタンブルからダマスカスへと向かうメッカ大巡礼の隊列が身を休めたところであり、一九七八年に博物館に改装された。それは四つの回廊に囲まれ、それぞれの回廊に歴史的な遺物がある。コーラン読誦のための建物《タキエ》もあり、稀覯書のコレクションがあった。二千四百平方メートルものモザイクの壁画は倉庫群に埋もれて見えなくなっていた。そこがどうなっているのか、現在もまったくわからない。表に見えているモザイクは千六百平方メートル、シリアの重要文化財に指定されている。アッカド時代に遡るもので、今も一部が壁面に残っている。

博物館の門扉は、マゾートのドラム缶を並べて封鎖され、その傍にはくっきりとした太字で「マアッラ殉教者旅団」と大きく書かれていた。なかに入ると、モザイク画のすぐ脇にマゾートのドラム缶が散らばり、黒い液体が流れ出ている。アーチの下に、兎が一匹、静かにうずくまっていた。本当は静かどころではないのだ。ミナレットの下に降ってきた若者たちの臓物を見れば、そこで狂気の光景が繰り広げられたことがわかる。兎はじっと動かず、静かに座っている。誰も寄せつけないまま草を食んでいる。

戦闘員として私たちの道行きに同行している軍集団司令官のサラーフッディーンは、獰猛そうな顔をした粗野な外見ではあったけれど、見かけとは異なり親切な人だった。彼は回廊沿いの部屋で、自分たちは今、残っていた陶器の皿や壊れたグラスやポット類を集め、保管しているのだと語った。

マアッラ・ヌウマーンの活動家の二人はこうした話には関心がないようで、沈黙している。列柱や柱頭は壊され、引き倒されて床の上でぼろぼろになっていた。紀元二世紀にまで遡る大理石もある。壁面に掛けられた絵画も銃撃や榴散弾で焼け焦げていた。書物の類は、アサド政権軍がマアッラ・ヌウマーンに入り、博物館を破壊し尽くしたときに燃やされた。魅惑的な彫刻を施されたローマ時代の墓所はその場に残っている。墓所はあまりに重量が大きく、盗むこともできない。コーラン読誦用の建物は壊され、書物は燃やされ、その後に爆撃があった。焼け残った書物には埃が積もっている。数多ある書物のタイトルは、ザマフシャリー著『啓示の深奥の真理と解釈の要点における見解の泉の開示者』（十二世紀に書かれたコーラン注釈書）、アブドゥッラフマーン・アフマド著『ホサリーの言行における真珠の星』、何冊かの『アラブ考古学年報』、『大辞海《ムヒート》』（アラビア語辞典）、そしてラーズィー著『大注釈』（ラーズィーは神学者。一一五〇頃―一二一〇。九世紀の著名な化学者のラーズィーとは別人。本書はコーラン注釈学の本）――第一三八版、東洋文明出版社刊（アラブ世界では版の定義が異なり、これは一三八刷と同じ）。

半分焼けた書物もその場にたくさん残っていた。司令官が言う。「俺たちは戦闘で忙しい。本までは守れない」爆撃の轟音が響いた。すぐ近くだ。

博物館の中庭に彫像は見当たらなかった。盗まれている。ガラス器の部屋も荒らされ、何もかも盗み去られていた。玄武岩でできた墓扉は手つかずだ。部屋の真ん中に、紀元前二千年まで遡るモザイク画が完全な状態で残っていた。マズキヤ村で発見された、恩寵の葡萄樹を描いたものだ。

博物館の中庭でレモンの木の下に私は座った。自分の頭で、この歴史の破壊をきちんと受け止めなくてはならない。目の前に「アッラーの他に神なし。マアッラ殉教者旅団」というスローガンが書かれていた。

またミサイルが落下する。司令官が「奴ら、めちゃくちゃに爆撃してきやがる」と言う。

彼は私たちをかつて隊商宿では厩舎として使われていた「秣置場《まぐさおきば》」に連れていく。そこもあらゆる遺物が盗み去られていた。「秣置場」自体は壊され、ローマ時代の柱頭がいくつも中庭に転がっている。壁のなかにはミサイルの欠片がまだ残っていた。司令官は博物館の真ん中に停めた装甲車を指し示して言う。「あれはワーディー・ダイフで撃滅したときに軍の車列からぶん捕ってきた戦利品だよ」軍司令官は心底真面目に語り出した。

「俺の話を聞いてほしい、妹よ。俺たちは自由シリア軍として前線にいた。戻ってきたときにこう聞いたんだ。ヌスラ戦線がアブー・アルアラー・マアッリーの彫像の首を切ったと。偶像の存在は禁忌にあたるからだそうだ。この話についてはあんたからいずれ訊かれると思ってね」私は黙ったままでいた。

博物館から出てマアッラ・ヌウマーン刑務所に向かった。銃撃を浴びたセメントの山や、鉄骨や、遺物や死体などの残骸の下から、女性や子どもの声が聞こえてきた。いくつかの部屋はまだ無事で、その瓦礫の下で暮らしているのだ。本でこんな光景のことを読んだとしても、とても信じられないだろう。男たちは窓から散らばったガラス片を拾い集めている。昨晩、ミサイルが落とされた。そして今日は何発ものミサイルが敵対する戦線に落とされる。

「さあ、刑務所に行こう」と司令官が言う。

子どもが一人、二階の壁沿いに置かれたクローゼットから、吊り下げられた衣服を集めている。服は色とり鮮やかで、奇跡的にきれいなまま、埃も被っていないようだ。クローゼットに長い洗濯紐のように下がっている。子どもが一枚のシャツの袖をつかもうとしたとき、なかで母親が叫び声をあげた。クローゼットが倒れ、壁が崩れ落ちてきたのだ！　子どもは駆け出した。私は悲鳴を上げ、思わず目を閉じた。ほとんど吠え声みたいな悲鳴。そうでもしなければ脳が爆発しそうだった。

目を開けたら、壁に潰された子どもの死体を見るだろうと思った。ところがその子どもは、決まり悪そうなからかうような目で私を見ていた！　ミサイルの音が聞こえなかったら、子どもが二つの翼を使って廃墟の上に舞い上がったかと思っただろう。そんなことでしかこの子が助かった説明はつかない。だが、ミサイルの音はそうした空想をさせてくれなかった。

軍集団司令官のサラーフッディーンは私たちを刑務所と市役所に連れていった。個人のＩＤ番号や人口統計記録は焼けてしまっていた。市役所は爆撃のせいで屋根が落ち、そのまま放置されている。司令官は何が起きたのかを説明しようとする。自分たちがどのようにして政権軍から市役所を解放したのか、どのように職員たちが逃げていったか、その後、どうやって刑務所を襲撃したか。十九人の戦闘員を拘束したところ、そのうち二名は自分たちの大隊に加わった。捕虜となったうち十一名は、イスラーム法廷で死刑判決が下された。二名は無罪になり、家族のもとに帰った。残る四人の運命は、どうなったのかわからない。

「ラッカ出身が二人、地中海沿岸地域から一人、バーブの町から一人、残りはデリゾールの出身だった……俺たちは十二人の戦闘員を殺したんだ」軍集団司令官のサラーフッディーンが言う。自分たちは法を遵守したと言いたいのだ。

私は、「戦争では、こういうことはいつも起こるものね」と答えた。サラーフッディーンは言った。

「これは戦争じゃない」

私はすぐに言い足した。「あなたたちとバッシャール・アサドの戦争よ」

すると彼は「君の戦争じゃないのか?」と訊いてきた。私は答えた。「もちろん、私の戦争よ。でも私は自分のやり方で戦う。私にはペンがあるから。私は作家で、ジャーナリストなの」

彼は微笑んで、「武器を手に取りたいと思うかい?」と言った。私はこう答えた。

「思わない。前に、武器の使い方を教わって護身用にリボルバーを持つことにしたけれど、あとでそれはやめたの。絶対に武装はしない。そう決心するまで、ずいぶん考えたのよ。こういうところに丸腰で残るのは本当に無謀なことでしょうね。でも、しっかり守ってくれる若者たちもついているし、ちっとも怖くはない」

私たちは地下通路に入った。地下通路は長くて暗く、汚れている。軍集団司令官はつつましい男で、革命前には建設業者だった。武器を手に取ることなど一日たりとも考えたことがなかったという。やむをえずだよ、と。誰もがそう言うのだ。だが結局は武器を取る! そしてひどい混乱状況にもかかわらず法を遵守しようとしている。彼は何かよそのことが気にかかるというように、私をごく中立的に見つめている。こういう人が勇敢だと言える人だ。彼は両側に監房が立ち並ぶ黒い隘路へと私たちを誘いながら言った。「俺たちが解放したとき、刑務所は空っぽだった。奴らは囚人を連れていったんだ」

両側に並ぶ小さな監房群。その上にこのような文言が掲げられている。

「時よ、汝は欺く」

「アブー・ラウディー、薔薇《ワルディー》のごとき。汝は我が命、我が宿命、我が選びしもの」……

恐ろしく不潔な監房のなか、壁に詩句が書かれていた。

「汝《な》がありて時世は吾を苛むや/汝《な》は獅子にて群狼は吾を喰らいたる」（獅子laythと単語は異なるが、アサド大統領の「アサド」は獅子を意味する。時世への嘆きを表わした詩）。

床には囚人たちの日用品が散らばっていた。ズボン、シャツ、股引……監房のなかから、焼けたものの臭いが漂ってきた。天井いっぱいに煤が覆っている。刑務所で大きな火事があったようだ。軍集団司令官が言った。「解放後に爆撃を受けて刑務所も市役所の建物も燃えた」私は一番汚れていなさそうな監房のところで立ちすくんだ。服がびりびりに破けている。でも、私が恐怖に身を凍らせたのは、その服が清潔だったことだ。あれだけの災厄に見舞われながら、監房の主の持ち物だったものはかなり整頓されていた。靴、破れたマット、何本かのスプーン、傍らに黒いズボン、何枚かの紙。紙の半分は焼けていて、残り半分は煤で黒くなっている。その紙を拾い上げ、汚れを拭ってみた。すると紙は粉々に砕け散り、手のなかで灰になってしまった。至高なるアッラーの御名はどの壁にも彫り付けられていた。そして、どの監房の隅にも蠟結染めのような乾いた血痕があった。幾多の足に踏みにじられて、消えてしまったものもある。その上を踏まないように避けていく。そこを踏めば、かつてそこにあった死体を踏んでいくことになるからだ。何十人もの遺体が放つ死臭のような、喉を絞めつける臭い。割れたガラスは踏んでいくしかなかった。力のかぎり目を凝らすと少し視界ができる。刑務所の地下通路の果てから、弱々しい光の筋が射している。それを頼りに光の点に向かって私たちは出ていく。太陽の鋭い光にしばし目が眩んだ。そのとき私は躓《つまず》き、地べたに転んだ。鼻が乾いた血痕に当たった。まるで死体を呑み込んだような気分になって、がばと跳ね起きた。幸い、こんなさまは誰にも見られずに済み、全員の最後尾について私は陽の下に出た。軍集団司令官が言った。「では、若者たちが君たちを前線までお連れする。別の区画なのでね。危険だから注意してくれ」

アラーと、私たちに同行したもう一人の若者は、人道支援の相互援助団体で物的支援と医療の中心となっている「希望の微笑み」協会の会員だった。彼らは市民活動へと移行した革命参加者だ。武装闘争が始まったころ、彼らのなかにはヌスラ戦線の思想に傾倒する者もいた。私はそうした人たちとは論争しなかったが、あの「戦線」に対するはっきりとした敵意を隠すこともなかった。

前線に向かって進む。大きな手摺壁《パラペット》が風に揺れている。

それを見たとき、幽霊映画のワンシーンを見ているのではないかと思った。風にさらされ、幽霊映画にぴったりと嵌る。四階は部屋の中身を虚空にぶちまけ、廃墟と化した建物の残存物が当たり、耳をつんざくような恐ろしい音を立てていた。セメント造りの建物は熟れた果実のように真っ二つに割れ、ぽっかり半身をさらしている。二階には寝室、三階には棚の上に鍋や皿が並んでいる。隣はお風呂場、女物の下着が干しっ放しだ。年若い花嫁のものを思わせる赤色が埃にまみれ、色あせていた。一階は寝室に大きなベッドが据えられている。隣に木製の小さなベッドと子どものおもちゃ。パジャマが掛かっている。金色の刺繍のあるベッドカバーは黒ずんでいる。人間の生活、そして彼らのまさに私的な部分が虚空にさらされていた。ミサイルが住居を真っ二つに割ったのだ。住居の残り半分は消失した。

アラーが言った。「ミサイルが何発も続けざまに当たった。マアッラ・ヌウマーンの東半分は完全に放棄された。生き物がいた痕跡すらない。あの有名なマアッラの戦闘（二〇一一年秋の戦闘）の後も爆撃は止まなかった。俺たちがマアッラを解放して連中を地上から追い払ったあとも、上空から爆撃してきた」

マアッラ・ヌウマーンの人口はもとは十二万人いた。わずかな間に一人の生存者すらいなくなってしまった。住民は難を逃れて脱出し、あてのない放浪生活に入った。しばらく経つと彼らは戻ってきた。飢えと放浪より、自分の家で死ぬほうを選んだのだ。

爆撃が始まった。どこか近くの小路に隠れなければならない。爆撃地から遠ざかろうとしたとき、目の前を薪の袋を引きずりながら女性が横切っていった。彼女の後には同じように袋を引きずった三人の子どもと、黒衣をゆるく羽織った三人の女性。電気は止められ、水道も断水しているので、人びとは井戸水に頼っていた。私たちはハムザ・ブン・アブドゥルムッタリブ金曜モスクに着いた。モスクは完全に倒壊している。円蓋も落ち、更地になっていた。一山の瓦礫の向こうに更地が広がる。この瓦礫の山の上にある何もかもが非現実的で、奇妙なものに見える。「ここが前線だ。警戒を怠るな」とアラーが言う。破壊され尽くしたセメントの山のなかを進むと、まるでモスクの円蓋へと延びる岩山があるようだ。円蓋は、丁寧に置かれた一枚の皿のように優美な彫刻と装飾を帯びたままそこにあった。だが、若者たちは私たちを円蓋までは登らせなかった。爆撃が始まったのだ。ここに落ちた不発弾は大隊で再利用されていた。「たまにそういうこともある。向こうが撃ったロケット砲が不発で、俺たちがそれを投げ返すなんてことがね。俺たちは前線から七百メートルのところにいるんだ」とアラーは続けた。

前線は糸杉の森のなかだ。私たちは金曜モスクの瓦礫の山と円蓋の陰に隠れた。これ以上進むのは絶対だめだと若者たちが繰り返し、私たちは急いで引き返した。そこを唐突に子どもが目の前を過ぎていくではないか。「こんなところで何しているの?!」と思わず叫ぶ。六歳くらいの子で、手押し車に自動車のタイヤを三つ積んでいた。タイヤはパンクしてホイールだけだが、小型ドラム缶の補強に使える。それでマゾートを売るのだ。私たちの誰もが無言のままその子どもをやり過ごし、マアッラ・ヌウマーンの広場にたどり着く。右手にマアッラ殉教者旅団の大隊の拠点がある。

爆音はずっと聞こえているが、爆撃地からは遠ざかった。怯えつつおぞましい瓦礫の山のなかを動き回る。車が協会の建物に着くと、ムハンマドが叫び出した。

「サラーキブが爆撃されている……すぐにネットに接続しなければ……でなけりゃ、帰らないと」サラーキブと、サラーキブで今起きていることを案じるムハンマドには誰ひとり応じようとしなかった。彼は、私が知り合ったなかでも、生まれ育った土地にとりわけ深い愛着を抱いている。サラーキブから離れるなど考えることさえできない。あるとき私が、頭の負傷のせいで見えなくなった目の手術を受けるためにはここから出るべきだと訴えたら、ムハンマドは激しく拒絶した。彼はこう言った。「革命が頓挫した以上、もう元には戻らないとはわかっている。だが、運命に立ち向かう人たちを俺は決して見捨てない。治療の最後の手段が町の外にあるとしても、出ていけない。出ていきたくない」そうしてムハンマドは隻眼で見続けている。車が停まるや否や、彼は「希望の微笑み」協会のビルに駆け込んだ。そこでは大人数がきちんと仕事をしている。若者も女も男も子どもも皆、地元の人間だ。医者は薬を配り、女性が手伝い、若者たちが周りに集まっている。それから私たちを迎えに駆け出してくる。なんて気前のいい人たちだろう、食事と飲み物を用意しようとしていた。そこは円蓋のついた大きな部屋だった。一人の若者がパンの詰まった袋をいくつも運び込んできた。監督する医師が言う。「パン不足には参っています。皆パンを食べたがっているのに、パンがない。マゾートもない。ほとんどいつも停電しているし、水もそうです。考えてみてください、我々生きている者はどうやって凌いだらいいのか。この十五日間、マアッラを去っていった避難民たちが戻ってきています。難を逃れて出た十二万人のうち、いまやここには一万から一万五千人が戻ってきている。負傷者も大勢いる。子どもたちも。我々には三つの手術室がある民営の病院があります。そこで麻酔もしています」

この手術室とは、銃弾を摘出し負傷部を縫合する手術ができるだけの貧弱な空間のことだった。マアッラ・ヌウマーンの若者たちはここで眠る。負傷者を救出したり、死者や爆撃の被害の数を記録したりするグループだ。半壊の家が多数、あと少しでほぼ全戸になるだろう。全壊の家はというと、その数は一千を超えたと言われている。

何人かがハーミディーヤの前線に設置した負傷者救出用の基地から戻ってきた。仲間のアブー・ラウダが爆弾の直撃を受けたという。アブー・ラウダは支援者として「希望の微笑み」協会で活動していた。二十二歳で、片親の子だった。若者が二杯目の紅茶を注ぎながら言う。「アサド政権軍の戦闘機は一日に二十八発ものミサイルを俺たちに撃ち込んできた。しばらくそんな状態が続いたけど、二機ほど撃墜したらそのあとは少なくなったね」

彼らが笑いながら周りに集まってくる。ささやき合い、私を見つめていたが、落ち着きくつろいで話をしたがっているように見えた。私は女性の立場について尋ね、女性たちに会いたいと頼んでみた。女性のためのセンター設立の計画についても話した。彼らは殉死者の未亡人の支援にも乗り気だったので、何時間も私たちは話し合った。ムハンマドがついにしびれを切らして、行ったり来たりし始めた。遅れて入ってきた若者が言った。

「スカッドミサイルを撃ち込まれたよ……まあ、よくあることだけど。俺たちは地上では勝利を収めた。奴らは臆病者だから飛行機で爆撃をかけてきやがるんだ」

二十代の別の若者が、「マアッラは対政権軍の最前線だ。俺たちはたとえここで命を失うことになろうと、絶対にこの町を手放さない。対空砲がありさえすれば、とうの昔にアサド政権は崩壊していたさ」と言う。

この言葉は、戦闘員も活動家も、住民、女たち、子どもたちまでもが繰り返し語ってきたものだ。皆が例外なくこの言葉を使う。地上を解放することはできても、戦闘機が解放地域を廃墟へと変えてしまうことを彼らは知っているのだ。

狙撃音と爆撃の唸りのなかで私たちは語り続ける。子どもたちがなかの部屋に通してくれた。部屋にはコンピュータの置かれた一角があり、向かいにはパンの袋を積み上げたテーブルがある。活動は継続している。私たちは何十人とともに円陣を組んでいるのだ。

外から若者が入ってきて立ち止まり、私に話しかけた。「ヌスラ戦線こそ最良の戦闘員だ」仲間のなかには彼に同意しない者もいたが、しまいまで言わせることにしたようだ。「最初は外国人ばかりだったけれど、今ではシリア人もたくさん加入している。武器を持っているからね」別の若者が言う。「じゃあ、最近加わってきたチェチェン人はどうなんだ？　なんであいつらは来たんだ？」また別の若者が、「それもさ、イスラームにおいては不信仰者と戦う同胞だよ」と答える。そこまで聞いて、私は女性と子どもと教育の話題に話を戻した。「このまま何年も同じ状態が続いたとしたら、私たちは何をすべきかしら？」と。けれどまたもや若者が話を遮って言った。「おれはアフラール・シャーム運動を推す。他の大隊と違って、彼らは盗まないから」別の若者が遮る。「そりゃそうだ、奴らはもう十分盗んだんだから……神はお見通しさ！」戸口に立っていたムハンマドが声を張り上げた。「サラーキブに帰らないと！」懇願するまなざしだった。私たちはすぐ出発した。

マアッラ・ヌウマーンを発ってからも爆音は増すばかりだ。

「空、空……まだ裏切るつもり……！」大声で叫んだ。

車のライトを消し、これから数キロに渡る危険地帯を越えていく。無灯火は危険だが、夜闇のなかで撃たれて死んだり、ハイエナの餌食になったりするよりはましだ。私はサラーキブの家や、ノラやアイユーシュ、二人の老婆を思い、自分を待つあたたかい家族のことを考えた。私を案じているに違いない。ムハンマドが言う。「連絡によれば、まずいことになっているようだ。まずまっすぐ爆撃を受けたところに行かないと。何人か瓦礫の下敷きになっている」

ムハンマドは狂ったように猛スピードで車を走らせた。皆、黙りこくっていた。彼の不安を感じ取っている。ムハンマドだけがその間ずっと独り言を喋り、私たちはひたすら無言を通した。サラーキブに到着した途端、目に入ったのは、爆撃でなぎ倒されたオリーブの木々だった。根こそぎひっくり返され、一軒の家の壁のそばに倒れている。そのすぐそばに、直撃を受けて真っ二つに壊された農業用トラクターの破片が通りを塞いでいる。私たちは別の通りに向かった。恐ろしい光景。車から降りて歩き出した私たちは駆け足になり、次の爆撃地に急行した。若者が怒鳴っていた。「墓を開けているんだ……日没前に埋葬を済ませないと」

倒壊した建物は三階建てだった。そこに何発ものミサイルが打ち込まれた。女児が一人助かったが、母親も兄も死んでしまった。今は四歳の娘の捜索が進められている。倒壊して一盛りの山に変貌した建物に若者が何十人も入り、屋根を引き上げるためブルドーザーを持ち出してきた。父親は歩道に座りこんでいる。顔中に埃を浴び、煙草がわずかに揺れていなければ、彫像と見間違えそうだ。ふっさりと分厚い埃の層が、髪も衣服も覆い尽くしている。爆弾が落ちたとき、彼は家の外にいた。それから瓦礫のなかに分け入り、妻と娘と息子の身体を引き上げた。四歳の娘は行方不明のまま。昨晩、若者たちは夜中の一時まで、破壊された自宅の下敷きになった老人とその妻の身体を探し続けていた。夜、様子を見に行くと、彼らはガス灯とろうそくの明かりを頼りに同じように作業をしていた。空が白み始めても二人の身体は見つからなかった。二時間ほど、どこか遠く深いところでうめき声が聞こえると彼らは言い、どちらか一人でも生きて引き上げることができればと希望を繋いでいた。しかし時間が経つにつれ、彼らの希望は失われていった。

今日も同じことが繰り返された。だがそれは四歳の女の子だ。作業する若者たちの間から首を伸ばし、私は自分がこの何十人もの男たちのなかで女ひとりだということを忘れていた。この二日間、近所の女性たちからこの点を言い聞かされてきたというのに。爆撃のときや行方不明者を探しているとき、男の群れのなかに入り込んではいけない。そんなことをするとあなたに変な噂が立つから、と。大隊の拠点近くの家にミサイルが落ちると、私はそんな警告を忘れ、その場に残って何が出てくるのかを知ろうとした。ふと、自分が積み上がった石くれの下につかみ当てたのが、湿った生々しい指と髪の毛束だと気づき、私は金切り声をあげた。男たちが私に気づいて、若者にこの人をここから連れ出してくれと頼んだ。

二十歳にもならないほどの若者が近づいてきた。額に「アッラーの他に神なし」と染め抜いた黒い鉢巻をしている。彼は一緒にいた男を怒鳴りつけた。「お前ら、ここからこの女を連れ出せ。女の居場所は、男たちのなかにはない。至大なる神よ、お赦しあれ」

もし私が彼はシリア人ではないと気づかなかったら、それはそれだけで終わる話だ。私は彼の目をまじまじと見た。彼の発音は奇妙だった。私はその場に立ち尽くし、改めて彼を見つめた。ダーイシュの外国人戦闘員だ。彼が近寄っても私は後ずさりはしなかった。まさにそのとき、私たちの前に若者たちの車が停まった。そこから一人が歩み寄り、私にすぐ車に乗るよう促した。「あの子が見つからないのね。捜索を続けるのでしょうね」車に乗りながら私は言った。瓦礫のなかからムハンマドが現われた。手にプラスチックのおもちゃを持っている。嗄れ声で、唇は動いているがよく聞き取れない。彼が人形をぎゅっと押すと、変な音が聞こえた。彼はもう一度押した。するとぐわっぐわっという鳴き声が聞こえた。ムハンマドが言った。「心が焼けそうだ。あの子を探していたら、石とセメントの間からこのアヒルが見つかった。あの子のアヒルだ」

サラーキブは絶えず爆撃されている。ここは政権軍にとって重要な戦略地点にあたり、不安定な状況にしておくのが肝要なのだ。それでも朝になればサラーキブの人びとは殉死者の遺体を埋葬するだろう。電気は止まり、遺体は腐り出す。殉死者たちの墓地はいくつか墓石があるだけのところだ。かつて幾度かここは公園になった。また未来のいつか、ここは公園になるだろう。目につくかぎりの場所に小さな薔薇の木が植えられる。

墓地に埋葬された人びとは皆サラーキブの住民だ。アムジャド・フサインもここに埋葬されている。アムジャドは最初の越境のときに出会った戦闘員だ。私は生きている彼の顔を記憶にとどめておこうとした。彼という存在は、自由と尊厳のための革命でシリア人が成したすべての縮図だった。なのに私はあるとき彼を見て、特段の理由もなくそこに死の影を見出した。テヘラン出身の比類なき男、勇敢な人だった。革命の初期、私たちは長い時間議論を戦わせた。彼の向こう見ずなところが私を不安にさせた。彼の墓は、今、私の目の前にある。土を撫で、私は語りかけた。

「こんばんは、アムジャド」

頭のなかではっきりとアムジャドの声が聞き取れた。彼のように死んでいった多くの若者の声も。

左手に新しい墓を掘る二人の若者がいた。互いに寄り添うような二つの墓のそばに、水に浸した布にくるまれた新しい苗木が植えられている。そんなときでも空は非情だ。墓地からは遠いが、爆撃の音が聞こえる。二人の若者はなおも仕事を続けた。村の墓地は遠すぎて、革命後はここが殉死者の墓地となった。革命以来、シリア人の墓地のあり方は変わってしまった。死者を家の中庭に埋葬するようになり、公園も墓地に変えられた。殉死者は木々の間に埋葬され、簡素な墓石が置かれた。長い壕を掘り進め、そこに何十人もの死者を一緒に埋葬する。たまに家並みの後ろの小さな区画が家の子どもたちの墓場に変わることもある。市街地では家に爆撃を受けたら、死者を埋葬するために手近な空き地を探すのだ。

家々の間に広がりはびこっていく酒場や通りのように、人びとの間にいくつもの墓地が生まれた。虐殺に次ぐ虐殺で、土の地面はシリア人の遺体で窪んだ穴ぼこへと変わっていった。

「墓地はここね。きちんと整えられている」と大きな声で言う。「死んだのは皆、仲間だからね!」深い穴の底から、土を穿って穴を掘っている若者が答える。私は黙った。墓地を歩きながら、フィダー・アイターニーは写真を撮りためている。のちにフィダーが撮った一群の写真に、私たちの背後にあった太陽を見出した。墓石が立ち並ぶ向こうの、恐ろしく大きな太陽。私たちの影も見えた。私、ムハンマド、若者たち。私たちが墓石の群れのなかを歩き回る姿。腐った果実のように首を垂れている。町は見えず、黒い線になっている。それから私たちはぐったり崩れ落ちそうな身体で、重たくぐらぐらした足取りのまま歩いていく。この身体もまたこんなふうにいつ爆撃され、死んでしまってもおかしくない。誰にも見られていないとき、身体は嘘をつかない。光や風や土との関係から言えば、私たちもまた死んでいるのだ。ここでは死は実にたやすい。ごく身近にいて親しい存在、呼吸するよりもずっと自然でさえある。死は、人びとのこまごまとした話のなかに生きていて、そこから不意に襲いかかってくる。かつて家政プロジェクトのためにともに働いていたサラーキブの女性は、彼女の夫が戦死する前、「自分と夫の関係は、子どもが二人生まれた後、かなり変わってしまった」と語ったことがある。彼女は私にささやいた。「たくさんの死があって……たくさんの愛をもたらすのよ」

イドリブ郊外に広がる村落で家に残された女性たちを訪問しているとき、私の注意を引いたのは、常時断水しているというのに彼女たちの家がとても清潔なことだった。貧しさにもかかわらず、部屋には清掃用品の匂いが漂っている。もっとも貧しい家のなかでさえ、安物の粗悪な石鹼の匂いがしていたものだ。半ば壊れた家屋で暮らす貧困にあえぐ避難民を見ると、女たちはまた別のやり方で家事をこなしていた。

彼女たちは破れた衣服でつねに埃を拭い、水で湿らせたタオルで子どもたちの顔を拭いてやっていた。野宿の女たちであれば、また話は違ってくる。

墓を掘る若者が、土を穿ちながら穴のなかから言った。「この墓地は安息の場だからね、壁を壊して、もっと広げるつもりなんだ。そうしたら土の下で俺たちの仲間が安心して眠れるから」ムハンマドと若者たちはまるで自分の家のように墓地を歩き回っている。はっとして墓掘りの若者を見ると、彼は「土は全部、俺たちの子どもたちの肉体からできているんだ」と言葉を継いだが、それを言い終わらないうちにミサイルの爆音が轟いた。私たちは駆け出した。これは戦闘機の爆撃ではない、大砲だ。一番手近の小路にたどり着いた途端、隣の家屋の上でミサイルが爆発した。上空にもうもうと埃が立ち込め、夜闇が私たちにのしかかってきた。

そうしている間にも、瓦礫から掘り起こされた遺体、埋葬されていく遺体、今にも遺体になっていく人間がいるのだ。この虐殺の渦のなかで、どうして考えることなどできるだろう？

あらゆる方角から人びとが爆音がしたほうへと駆けていった。爆撃の標的はアフラール・シャーム運動の大隊の拠点にされている小学校だとわかった。

そのとき私たちは集合しながら、二人の戦闘員の話を聞いた。ワーディー・ダイフの戦闘（二〇一二年十月から反政権軍がマアッラ・ヌウマーン郊外のワーディー・ダイフおよびハーミディーヤの軍事基地に対して実施した包囲戦）で何が起きたのかを聞いて、理解したかったのだ。瓦礫のなかを捜索している間、若いほうの戦闘員がこう話した。「ワーディー・ダイフの戦闘は、もっと前に終えられたはずだった。なのに、資金援助を受けていた大隊がもっと儲けてやろうと戦闘を長引かせたんだ」年かさの戦闘員は反論し、マーヘル・ヌアイミー（自由シリア軍将校）とシリア殉教者団の大隊との間に起きたアブー・ドゥフール空港での出来事（二〇一二年九月二十二日、政権軍の補給路を断つべく自由シリア軍らが中心となって実施したアブー・ドゥフール空港包囲戦）について説明し出した。若いほうの戦闘員は唾を吐いた。「ペッ……こんなことのために俺たちは革命に乗り出したのか？　貧乏人をダシにするために？　皆、ほんの少しの金のために死んでいくじゃないか。それで誰がツケを払う？　それも貧乏人たちじゃないか！」そうして彼は怒りながら瓦礫の山を登り出す。

隣人の誰かが叫んでいるだけで、ふたたび沈黙が満ちた。車は爆撃の標的になる町の中心部から離れ、小路に入った。私たちはできるだけ遠くへ離れると車を停め、若者たちの友人の家に入った。彼らはろうそくの灯のなかで座っていた。挨拶をするとすぐに夕飯の支度が始まった。私は誰か女性を、特に羊毛製品のアトリエを開きたがっていたある殉死者の妻を訪問したいと思っていたのだが、彼女を訪ねることは不可能なように思われた。長い一日だったし、突然押しかけた家の家族も、夕飯も取らずに出発はさせないと言い出している。

どうやって居場所を知ったのか、私の身を案じてノラが電話をかけてきた。

「特別扱いしないでちょうだい！」と言うと、彼女は答えた。

「だめよ。神に誓って、あなたは誰よりも大切な人。私たちはあなたの保護者なのよ」夕食に口をつける前に飲み込まされた、この最後の絞り出すような言葉は、私の喉元をナイフのように抉った。

もしノラとの朝の会話がなかったら、これらの似たり寄ったりで繰り返されるばかりの話を記録するのは無駄なことだと思っただろう。

避難所で私たちは爆音を気にしながらコーヒーを飲んでいた。ノラはダマスカスの出身で、マイサラの兄嫁、そしてサラーキブでの私の家族である。この家族の心には影の差すところがない。太陽のぬくもりでいっぱいだ。毎度私が帰りたくなるのは、そのあたたかさがあるからなのだ。私はフランスを発ってシリア北部に落ち着くためサラーキブかカファル・ナブルに家を探そうとしていたのだが、事態は日ごとに悪化していき、自分の行動が若者たちの負担になっていくのを感じるようになった。彼らは、また私が出会ったあらゆる家族は、私が怪我をするのではと心配し、進んで保護してくれた。その後、日が経つにつれ、そうした苦痛の入り混じった歓待にますますつらい思いがつきまとうようになった。

私たちは朝、避難所の階段の下でコーヒーを飲み、一時の憩いを得る。それから私の好きな食べ物などこまごましたことを語り合う。マイサラの長兄のアブー・イブラーヒームはブルガリアに留学したエンジニアで、今は自分の土地と農業プロジェクトを運営している。彼は非暴力デモに参加して革命初期に投獄されたが、その後、釈放されてからも、倦むこと飽くことなく革命家とその家族を支援し続けている。ノラもまたそうなのだ。彼女はダマスカスの出だったのだが、アブー・イブラーヒームが彼の姉のもとを訪れたときに恋が芽生えた。ノラはダマスっ子が言うところのまさに「非の打ち所のない女性」で、何でも期待どおりのエレガントさと完璧さでこなしてみせる。爆撃の真っ最中でも、水の入ったグラス、幾片かのお菓子と金で象嵌されたコーヒーカップをお盆に載せて運んでくる。そして私が発つときにはお土産を持たせてくれる。彼女は私に毛糸のショールを編み、私の娘のために小さなビーズ細工の財布を作ってくれた。毎日、私が若者たちと出かけるときには、家の戸口に立ち、空を見上げて「神よ、彼女をお守りください。彼女の心をお守りください。ああ、主よ。彼らを無事に帰してくださいますように」と祈り、その後、手を振ってくれたものだ。私は彼女の祈願を心待ちにしていた。だがノラは爆撃を怖がり、慣れる様子もなかった。爆撃の音を聞くと彼女は震えっ放しで、恐怖のあまり我を失った。そんな彼女の様子を見ると私はいつも黙ってしまい、そういう沈黙が身についた。今朝、ノラは外の玄関には出てこなかった。爆撃が続いていたからだ。

私たちはカファル・ナブルへと向かう。帰国し、解放地域で仕事をしようと決意したラザーンに会うために。

夜、カファル・ナブルに入った。メディアセンターに着くとすでに若者たちとラザーンが待っていた。世界各地に届けるポスターや横断幕を作っているメディアセンターは、あばら家同然ではあるが、その一室に若者や活動家、戦闘員たちが古いマゾートストーブの周りに集まってクッションやプラスチックのマットに座っている。他の二室は空き部屋で、カファル・ナブルの画家アフマド・ジャラルが描いた有名なポスターが部屋のドアのそばの壊れた椅子の上に広げられていた。メディアセンターは外の世界と連絡を取ろうとするすべての人に開放されていた。電話は断線している。インターネット環境は、現況を外の世界に伝えられるだけのパケットを購入した携帯電話のみ。センターの一室のストーブを取り囲むように、私たち、つまり私とマンハル、アブー・ワヒード、フィダー、ムハンマド、ラザーン、ラーイド、マフムード、ハーリド・イーサーがいた。さらに三人の活動家が一時間ほどいたが、その後出ていった。彼らは自分の周りの出来事には構わず、膝の上に乗せたパソコンを操作していた。

私は精神を集中させ、自分は革命の産物についての映画や連載小説のキャラクターではないのだと自ら言い聞かせた。真っ先に視界に入った光景が、歴史の本で読んだ市民革命のそれのようで、あまりにロマンティックで、理想的に見えたせいだ。絶望が私の心を捉えている。外の世界は、今、現実に起きていることの真の姿を見ようとしない。外の世界は、私たち全員がイスラーム過激派に属する理性では測りがたい野蛮人の集団であると思いたがっている。各国政府、そして全世界の大勢にしてみれば、この事態は、相食む闘争状態にある各党派がこれだけの残虐さを持ち合わせていたということでしかない。私は二つの世界に生きていた。シリアにいるときと、シリアの外にいるときの。世界中の都市で私は講演している。

シリアで何が起こっているのかを説明し、私たちに目を向けてもらう方法を探り出そうとしている。それから私はシリアに戻り、革命家や人びとともに暮らす。すると、絶望と、圧しかかるほどの不正を押しつけてくる人びとやその悪業への怒りに苛まれていく。自分の心がぽっかり空いた底なしの穴のような虚しさに落ち込んでいくのを実感する。その虚しさから救われるためには、ここに戻ってくるより他にないのだ。

ストーブの周りで私たちは胡坐をかいていた。ストーブの上では薬缶がしゅんしゅん沸いている。若者たちは皆、私たちの議論に加わり、熱く語り合っている。

ラーイドは政権軍が出ていった後から混乱状態になったと考えている。大隊や兵器調達が混乱した結果、ヌスラ戦線は組織力を獲得し、人員・資金・兵器の豊かさで傑出するようになった。「あいつらがどこから資金や兵器を獲得しているかって？　誰が知るものか。サラーキブは事情が違うのだから」とマンハルを見ながらラーイドは言う。アフラール・シャーム運動が資金や兵器支援に乗り出し、メンバーが人びとの社会生活にまで介入するようになってしまったのだ。

次に帰国したとき、私は正反対の事態を知ることになったのだが、当時はまだヌスラ戦線はその手の介入を行なっていなかった。私はラーイドにイスラームのカリフ制樹立計画について尋ねた。彼はカリフ制樹立を望む声があることを認め、アサド政権の壮絶な暴力がその原因だと言った。皆、ヌスラ戦線に安全と敬虔さを感じている。来世で安楽な生活を送れるよう死ぬ以外に選択肢がないからだ。神と近しくありたいと思う神秘主義的な思想から、サラフ主義思想に転換しつつある。サラフ主義者は子どもたちを訓練して戦闘員に仕立て上げている。「これも危険なことでしょう」と私は言った。若者たちも同意した。カファル・ナブルの画家アフマドは「俺たちが革命を始めたのに、革命は連中の手に渡りつつある」と言った。

私たちは紅茶を飲み、爆撃の音に耳を澄ました。別の若者が「ここ数日、爆撃が少ないな」と言い、ラーイドは私に向かって発言した。

「この事態は、信仰やイスラームに対する無知のせいだ。過激派の根源にあるのは無知なんだ」

マンハルはこれだけが原因だとは思っていない。彼は、ビニシュの例のように、一族意識や氏族意識など、シリアの社会構造につながる要素も重要だと述べる。ビニシュでは、二つの家族の対立がヌスラ戦線による支配の原因となった。タフタナズが破壊されたとき、ビニシュとハイシュの住民は分裂したまま何もできなかった。そのため破壊はいっそう深刻なものとなったのだ。

私は言った。「祖国のために力を尽くす文化もないし、国民意識の文化もない。だから地域間対立や党派・集団で殺し合う闘争が増えている。これは全体主義政権がもたらしたものよ。このままでは私たちの社会は分裂と崩壊に瀕してしまう」

「俺たちは始まりのころに回帰するしかない」と、楽天家ではないものの悲観主義者でもないラーイドが応じる。マンハルが言い足す。「市民革命的な側面はとうに蔑ろにされているがね」

私たちが語り合っている間に、若者たちはラザーンと夕飯の支度をしている。イドリブ郊外の人びとの気前の良さともてなしぶりには際限がない。

ラーイドは苦しそうな表情を浮かべた。彼は概して寡黙な性質だが、若者たちは彼の言葉に耳を傾ける。ラーイドは悲しげに顔を上げ、私を見る。「そうだ。俺たちは過ちを犯した。だが、どうしたら間違えずに済む？　俺たちは皆や避難民の支援のために全力を尽くしてきた。そうしている間に俺たちの家が俺たちの頭上に崩れ落ちてきた」

ラーイドの声が高くなるなか、私たちは床の上で若者たちが用意してくれた夕食をとり始めた。ラーイドを囲んで熱い紅茶を啜り、パンをちぎって呑み込む。尽きることのない会話。ラーイドは続けた。「支援活動は俺たちの手に余るようになった。人びとの信頼関係は危機に瀕している。誰もが、支援活動に携わる人まで皆が裏切るようになった。飢えのせいなんだ。俺たちは、革命の推移を余さず伝えていた最初の頃のように、情報の透明性を維持しなくてはならない。カファル・ナブルの同胞に語りかけ、祖国意識を創造するためのラジオ局が欲しい。シリア国民評議会（亡命シリア人を中心とした反体制組織。二〇一二年十一月にシリア国民連合への合流を決定したが、二〇一四年一月に離脱した）にもシリア国民連合（反体制派の統一組織。二〇一二年十一月に結成された）にもそれを要求しているんだ！　特に、いまやヌスラ戦線は、アレッポやデリゾールの場合と同じようにパンやマゾートの支給を通して支援の分野に介入し始めている。恐ろしいことになりつつある」

　夕飯の皿を囲んで彼らが笑ったり、破壊や殺人が目の前で行なわれる現状で何をすべきか議論したりするのを私は見守っていたが、狭いところに集まっているので息苦しくなってきた。

　そこにアブー・アルマジュドが入ってきて、空気が一変した。皆がぱあっと喜び出した。

アブー・アルマジュドは、政治や広報関係の活動家ではない。彼はアサド政権軍から離反した中佐で、フルサーン・ハック旅団の大隊長だ。パソコンを持ってきている。絶えず微笑みを浮かべ、容貌に司令官の風体を見出そうとしてもまったくそんな感じはしない。その後の何か月かで、私は軍の司令官がこんなにもひどくシニカルな精神を持つのはどういうことなのかを知るようになった。彼は笑いながら私たちを見つめて言う。

「平安あれ、若者たちよ。さっきまで支援集団にいたんだ。で、今はここでネットを使って世界の出来事を知りに来たのさ」

ラーイドが急かすように訊く。「デモに参加しに来たんじゃないのか？」

アブー・アルマジュドは、「俺は軍人だよ。非暴力デモで俺にやれることなんかないだろう。Facebookに君たちそう書かなかったっけ？　ところでお客はどちらさま？」と私たちに笑いかけ、ラーイドが私たちのファーストネームと職業を紹介した。若者が一人近寄って何かを耳打ちすると、彼は私を見つめて言った。

「俺たちは皆ひとつの国の同胞だ。神は同根の者たちを蘇らせたもう。ようこそ、我が妹よ」

彼は足を引きずっていた。治療を受けるためにトルコに渡り、最近帰ってきた。直近の戦闘で負傷したのだ。いかなる資金援助も受けず、過激な宗教集団の部隊にも与せず、金満実業家の資本から溢れる湾岸マネーにもなびかない。年齢は五十代半ばだ。大隊は破産状態にある。

「フルサーン・ハック旅団には千九百人の戦闘員がいる。そのはずなんだが、実際出動して戦っているのは二百二十人だ。残りは家にいる。武器もないし、国内外からの支援もないからな。わずかな援助物資がカファル・ナブルの住民から来るが、それでは現状維持がやっとだ。つまり、狼は死なず羊も消えない！　俺の足を見てくれよ、あっちで治療を受けた。十分な保健サービスにありつけたよ」

自分がまだ生き延びているのを実感し、彼は喜んでいた。彼は私を凝視する。

「戦闘を見たいかい？　俺たちは前線で戦っているよ」

「もちろんよ」私は熱を込めて答えたが、若者たちが反対した。アブー・アルマジュドは笑いながら「皆、俺や俺の部隊が彼女を真剣に守らないとでも思っているのか？」と言い、一人が答えた。

「いや、守ってくれるだろう。でも前線では彼女もろともミサイルで木っ端みじんにされちまうだろ。今度は神が天空であんた方二人をお守りくださるだろうけど」

私たちは大笑いし、アブー・アルマジュドは言った。「ここだって同じさ、たぶんミサイルで吹っ飛ばされる」

私はアブー・アルマジュドに、貴重な証言として記録したいので話をしてくれないかと頼んだ。すると彼はラップトップを閉じ、静かに尋ねた。

「俺について書くつもりかい？」

「ええ。あなたのことを書くわ」と私は答えた。彼は悲しげに微笑み、頷いた。若者たちは自分たちのプロジェクトに取りかかり始めた。両足を伸ばし、壁にもたれてアブー・アルマジュドは語った。

「俺は政権軍で中佐の階級にあった。専門は航空工学でデリゾール空港で任務についていた。エンジニアだ。俺は着任一か月目に離反した。

二〇一一年六月の初め、俺たちはデリゾール空港制圧の計画を立て始めた。アサド政権側がその話を嗅ぎつけたせいで投獄されたが、連中は俺が空港制圧計画に参画した容疑を固めることができなかった。メッゼ（ダマスカス西部の地区）の刑務所に一年間収監されたがね。行動をともにしていた士官たちは七年の刑を宣告された。出てくると俺はすぐに自分の持ち場に戻り、仕事に復帰したよ。

そして俺はダマスカスにいたある大佐と連絡を取った。その後、大佐は自機に搭乗したまま離反してアンマン（隣国ヨルダンの首都）に脱出した。俺は士官たちと合流して作戦室を設立し、デリゾール解放に着手した。三艘の船でユーフラテス川を渡って食料を輸送したり、政権軍の検問所を燃やしたりしていた。これが昨年七月にやったことだ。

また投獄されて相当な拷問を受けたが、俺は容疑を認めなかった。拘束されて四日間、両手首は手錠をかけられて足首に固定されたままだ。電流を使った拷問もあったよ」

彼は笑う。どことなく弱々しいその顔は、むしろ作家や芸術家のそれに近い。話は続く。

「もし容疑を認めていたら出獄できなかっただろう。俺にはわかっていた。ムハーバラートが俺に目をつけているのは、ひとえにヨルダンに行った離反戦闘機をシリアに戻すためだとね。連中は俺が例の離反したパイロットと話をして帰任するよう説得してくれると思い込んでいたから、欺いて俺は出てきたわけだ。カファル・ナブルに行き、俺たちは検問所の〝解放〟を開始した。村落を解放したのは、ああいった過激派の外国人連中だと思うかい？　いや、俺たちだ。俺たちが解放したのさ。その後にあいつらがやってきたんだ。俺たちは自らの、そして仲間の血を流しながら村々を解放した。ハイシュであいつらが支援を求めてきたとき、俺たちはカファル・ナブルを解放して、それから駆けつけた。だがあいつらはアサド政権軍から調達した戦闘機でハイシュに爆撃をかけてきた」

若者たちはパソコンで作業を続けている。メディアセンターはかつてはさまざまな文化活動の中心だった。戦闘員が一人入ってきて、アブー・アルマジュドに前線に向かう若者たちに別れを告げなくてはと伝える。するとアブー・アルマジュドが言う。「こちらのご婦人に、大隊にいる離反兵について話してやれ」いぶかしげに戦闘員が見返すと、アブー・アルマジュドは言った。「このお姉さんはアラウィーだよ」

私は愕然とした。怒気を含んで「なんでそんなことを言うの？」と訴えると、彼は興奮した口調で答えた。「俺たちがひとつの人民だとわかってもらうためだ」さらに怒りが込み上げてきた。若者たちの一人がこちらに顔を向け、あざけるように言う。

「俺たちはひとつじゃないさ。彼女がいても、そこは何ひとつ変わらないよ」

座ろうともせずにアブー・アルマジュドに出発するよう急かしていた若者が口を開く。

「仲間にはあらゆる宗派の離反兵がいました。ドルーズ派（巻末の用語一覧参照）、キリスト教徒、アラウィー派も……まだ何人かは一緒にいます。でも問題もあって……つまり、そういう仲間を怖いと思う気持ちがあるんです」

アブー・アルマジュドが遮って言った。「ヌスラ戦線はイスラームのカリフ制を志向しているが、それは多宗教のシリアでは不可能だ、困難きわまる……これは、シリア人全員の革命なんだ」彼はすでに立ち上がり、部屋の若者たちも別れの挨拶をするため立ち上がっていた。彼は私に語りかけた。

「俺たちはひとつだ。世界は俺たちを見捨てた、ヒズブッラー（レバノンに本拠を置くシーア派系政治組織）はアサド政権と手を組み、俺たちと戦っている。これからどうなるか、確証は持てない」

戦闘員がドアを開けた。冷たい風が吹き込んでくる。「どこに行くの？」と尋ねると、もう身体が半分ドアの向こうに隠れた状態から戦闘員が向き直って答えた。

「我々は、これから十一人の戦闘員と一台の戦車を擁する検問所の解放に向かう」

アブー・アルマジュドは彼とともに出ていった。別れを告げるとき彼は握手せず、手を自分の胸にあてた。

「神が生き延びることをお許しになったら、また近いうちに会いましょう」

私はとまどい、立ち尽くした。若者たちが「どうぞご無事で……神がお守りくださいますように」と声をかける。

二人が出ていった後、ラーイドが言った。「アブー・アルマジュドは最高の士官だ。けれど、士官がみんな彼のようだというわけじゃない。士官たちは軍隊の腐敗をここに持ち込んできた。そして、ここの大隊は全員軍人というわけでもないんだ、文民もいる。俺たちは四つの旅団に三十の大隊を擁していて、高位の士官が十人いる。そのなかにはここでアサド政権軍のやり口をもう一回やろうとしたのもいたが、俺たちが許さなかった。少なくとも今まではね。俺たちの治安維持部隊も、一部は離反する前に国の治安維持機関に属していたから、そういうことがある。だから俺たちは規律を正すため革命軍法会議も設けている。なのに皆はそれでも満足しない。もう誰も信用していないんだ。いまや俺たちが不信の対象なんだ」

ラーイドは話を止めた。カファル・ナブルの画家アフマドが暇乞いをして、婚約者に会いに行くんだ、と言うと歓声が上がった。私とラザーンは子どもたちの学校設立の計画について話し合うため、声が収まるのを待った。そのとき私は、どんな困難があろうとも、自分たちの手で革命を完遂しようと望んでいた。

あの晩、アイン・ラールーズからの帰途、私たちは戦闘員の集団に行き会った。そのなかにはマアンと彼の父方の従兄弟のムスタファがいた。爆撃のさなか、村で私たちは彼らのもてなしを受けた。すぐ近隣のバイルーン村は空爆にさらされている。それだけに私たちはとても静かに、女性のためのプロジェクトについて話し合うつもりでいた。二〇一三年二月のことだ。私はイドリブ郊外の女性の環境改善のための当初の計画を中断することにした。どうしても打開できない困難があったからだ。それは女性の事情によるものではなく、シリアの農村全般に共通する事情のせいだった。近年、シリアの農村は危機的な段階にまで衰退しつつある。経済的レベルのみならず、社会的・文化的なレベルでも転落の一途にあるのだ。この内戦でもっとも大きな代償を支払う羽目になったのは女性だった。シリア社会にとって異質な過激派の武装組織が入り込み、これまでと異なる生活文化を押しつけようとしている。この今の事態はかつてなく危険なものだと思える。弁護士のムスタファと、自分の村で支援や教育や広報活動を続けている活動家と席をともにして、私はどうすれば自力で経済的にも文化的にも成長可能な市民センターを創り出せるか、どうすれば各地のセンターが自立した機関になれるかについて考えを巡らせていた。「解放地域に対して、政権軍が爆撃を止めないかぎりまず不可能だ。アサド政権軍は地上からは出ていったが、空から戻ってくる」とムスタファが言った。

家は二部屋に分かれていて、戦闘員は小部屋のほうにいた。マアンはこの村に駐在する大隊の長として十人の戦闘員を率いている。そのうちの二人はスウェイダー（シリア南西部の県。ドルーズ派の住民が多い）出身で、彼らはドルーズやアラウィーの戦闘員もいることを誇っている。ドルーズの戦闘員は、自分は士官だったが誰も殺したくなかったから離反したのだと言った。もはや正しい側につくことしか自分にはできない。けれど、どの大隊でも物事がそのように運ぶわけではない。マイノリティの宗派出身の戦闘員を受け入れてくれる大隊はわずかだ、と。ある戦闘員は冷笑し、こう言い捨てた。「あいつらは俺たちとともに戦うために出撃したか？　俺たちはあいつらを追放したか？　あいつらが俺たちスンナ派を孤立させたんじゃないか」彼は憤っていた。まだ口髭も生え揃わないのに、胸元には機関銃を抱えていた。

ムスタファの妻が心づくしの料理を出してくれた。彼女は私たちと同席しないので、やむなく私はしばらく女部屋に行って腰を落ち着け、それから男部屋に戻ることにした。ここのしきたりでは男女の同席は許されない。ムスタファの妻は法学を学んでいたが、内戦勃発のため学業を中断していた。次に訪問したときには妊娠四か月になっていた。私は食事の支度を手伝い、村の女性たちを訪問するということで彼女と合意した。

木々は花盛りのときを迎えていた。私は二つの小部屋が建っている丘に出た。空は澄み渡り、爆音は遠く、地平線にも煙は上がっていない。室内の戦闘員たちは大隊の分裂問題について話し合っている。丘の向こう側では一人の女性がロッキングチェアを揺らしている。ロッキングチェアは青色で、分厚いカバーが掛けられていた。彼女の向こうにはいくらかのオリーブの林を抱く岩山が見える。山の麓には、爆撃をまだ受けていない石造りの家並みがオリーブ林の合間を縫うように点在している。話を交わす戦闘員たちの声が高くなる。マアンは耳を傾けているが、ムスタファは私に紅茶のグラスを持って出てきた。

「俺たちの国はなんて美しいんだろう。心配するなよ、俺たちは国を建て直すんだ」

ムスタファはそう言うと立ち去った。私は一言もなかった。ときに私は言葉を失ってしまう。まったく口をきかないまま何日か過ごすこともよくある。今はもう舌を動かせない。彼らはヌスラ戦線と、自爆作戦や攻撃作戦を喧伝しているヌスラ戦線付きの広報センター「マナーラ・バイダー（「白いミナレット」の意）」の話に長い時間を費やしていた。彼らの話に耳を澄ました。「この恐るべき資金調達網とムジャーヒドの徴兵力がひとりでにできたものとは思えない。そんなのは無理だ！　俺たちが困窮し、武器の支援もないというのも偶然のことじゃない」とマアンは言い、それから締めくくりの一言を発した。

「だが俺たちは決して諦めない」

私は背後の壁越しに、もしくは窓ガラス越しに彼らの話を聞いている。声が溢れてくる。ささやき声になったり音が低くなったりするときは、私の話をしているのだとわかる。マアンがそのあとで怒鳴るからだ。「サマルさん、何か不足はありますかね？！」

それで私は答える。「いいえ、ありがとう」

彼らの部屋に戻ると、話題は爆撃のせいで停電・断水している村落への燃料輸送や電線の延伸という具体的な内容になっていた。爆撃の後、授業が行なわれなくなった学校は、軍事拠点へと転換されているが、ある戦闘員はそのことに対して抗議していた。アブー・ワヒードが彼らに対案を考えるよう指示した。戦闘員がムスタファの家に続々とやってきた。入りきらないので何人かが辞去していく。彼らの話題はシリア国民連合とシリア国民評議会と〝公式の〟政治的反体制派のことになり、そこで資金源の国の利益のためにどのように票が買収されているかという話になった。

私は隅に座り、彼らの話を聞いている。ばらばらの年齢層の人たち。人生のあらゆるものを投げうち、革命のため戦闘や社会事業に一命を賭した。彼らは来るべき破滅から解放地域を救い出そうとしている。年齢は十七歳から五十歳まで、大学教育を受けた人もいれば読み書きがやっとの人もいる。ジャルジャナズから戦闘員が一人到着し、会話に加わる。ジャルジャナズの状況はジャバル・ザーウィヤよりも良くないようだ。ジャバル・ザーウィヤでは多数の部隊が駐留し、地域を変え始めている。この先、この問題は変わらず続き、より明瞭になっていく。私が「思惑が異なる資金援助は、同時に腐敗をもたらすものになる」と言うと、彼らは同意するが、でも援助はつねにこちらになびけという条件付きなのだと告げる。たいてい、そこには大っぴらな見て見ぬふりがある。「これが革命なのね」と私は言った。

するとマアンは、「だが、もはや武装集団にも市民集団にもどのレベルにおいても、まったく信頼関係が存在していない。これは危険だ」と言った。

煙草を吸うため、ふたたび外に出た。話は緊迫の度合いを増していく。目の前で、丘の麓を三人の武装した男が通り過ぎた。空には二機の飛行機がつかず離れずの距離で旋回していた。そのすべてがごく当たり前のように見える。武装した一人が言った。「無線であいつらの話を聞いたんだが、この飛行隊はアレッポに行くんだとよ」

一人の老人が私のそばに現われて尋ねた。

「わしは昨夜、ミグに家を爆撃されたんだ。あんたはどこの家の娘かい？　お嬢さん？」

私は答えた。「おじさん。私はよそ者よ」

もう一度、繰り返した。「私はよそ者よ」

老人は武装した三人のほうへと丘を下っていき、彼らに「もしこの飛行隊が爆撃してきたら？」と尋ねた。なかの一人が「いいや、あれはアレッポに行くんだよ」と答えた。バイルーン村でミサイルのすさまじい爆音が轟いた。晩になって知ったが、十三人が亡くなったそうだ。老人はあざ笑うような目で武装した三人を見て言った。

「あんたらは爆撃はないと言ったな……なあ、爆撃はないって……なあ……なあ！」

足で地べたを叩くように踏みつけ、言葉を絞り出す。

「家がなくなったじゃないか……子どもの母親は死んだ……子どもたちも逝ってしまった……何もかもなくなってしまった……神さま！」

両手を天に向かって突き上げ、彼は叫んだ。

「神、さ、まあああああああああ」

そして麓を下っていった。

爆撃を受けているとき、私はいつも存在の軽さを感じている。空虚なまでの軽さに耐えかね、私は彫像のようにその場に立ち尽くし、老人の遠ざかっていく背中を見つめていた。

国境の近くにいる数多の老人たちはアイン・ラールーズ村のあの老人に似ている。彼らは越境のチャンスをうかがいながら私の前に並んでいた。私はミサイルの前に落ちてきた風船がどんな形をしていたかを思い出そうとするが（風船爆弾。ミサイルが爆発する前に風船が破裂して燃え上がり、強烈な閃光と熱を発する）、ロケット砲の種類も、ミサイルの種類も覚えられなかった。

野は緑。なだらかな丘へと続き、こんもりとしたオリーブの木々が植わっている。今回はバッワーバ・ガナムからの国境越えだ。私は恐怖を感じていた。出国するまでの短い間は、根無し草になった気分が濃縮されていく時間だ。私と一緒に、ムハンマドとアブドゥッラーが車のなかで待っている。警邏隊のトルコ兵が待ち伏せしていて、行ったり来たりしては気のない視線をシリア人の集団に向けている。シリア人たちが木の下に座り、フェンスを隅々まで眺めている。何人かはトルコ兵の前に立ち、また何人かはパトロールに合わせて行ったり来たり動き回っている。さまざまな形、さまざまな種類の車がバッワーバ・ガナムの道の両側に並んでいる。勢ぞろいした家族たちがわずかな必要品を携え、じっと待っていた。道の両側にはオリーブ林が広がり、そこからもときどき銃撃される。

アブドゥッラーは戦闘員だ。戦闘での負傷がもとで、片足をつねに引きずっている。私は国境の病院で初めて彼と知り合いになった。いつも笑ってばかりいるが、婚約者のことを思い、早々に未亡人にはしたくないと案じていた。「俺は死と隣り合わせに生きている。足も負傷してしまったし。それでも俺は戦闘員だから、バッシャール・アサドとの戦いを止めるつもりはない。だけど、女の子に不実を働きたくもないんだ」

車と車の合間に子どもたちが散らばり、商品を広げている。ガスライター、パン、サングラス……子どもたちの年齢は五歳から十五歳までさまざまで、冷たいジュースや炭酸飲料、コーヒー、紅茶など思いつくかぎりのすべてを売っている。人びとは朝からやってきて晩まで、国境を越え脱出するタイミングを待っている。彼らのなかには密航屋に支払えるだけの持ち合わせがない者もいるので、夜の訪れを待ち、這うように国境を越えるのだ。これは儲けを減らしたくない密航屋たちには面白くない事態だ。だから彼らは貧しい脱出者たちを密告する。

あるとき密航屋は年寄りとその息子を追い返した。年寄りは爆撃で家を破壊され、逃げてきたのだ。彼は幾晩もの間、トルコとシリアの国境線の前にとどまるほかなく、厳しい寒さから病気になった。年寄りはトルコ国内の病院に搬送され、そうして入国を果たした。

シリアでの最後の日は陽光あふれる二月だった。ここ二日間で私はかなり疲弊した。ジャバル・ザーウィヤで女性たちの家を回ったからでも、爆撃から逃げ続けたからでもない。今日の朝を迎える、前夜のせいだ。

向こう側の密航屋はムハンマドに、トルコ兵から丸見えの丘の頂上で私を待つと伝えてきた。「どうしてオリーブ林に隠れないの？　遠回りだから？」と尋ねると、ムハンマドは私を落ち着かせようとして、トルコ兵は威嚇射撃しかしないからと言った。私は言った。

「わかってるわ。でも不思議よね。トルコ兵は戦闘員は全員シリアに通してしまうんだから」

子どもたちが群がって私のアバーヤ（裾の長い衣服）の裾を摑み、商品を買ってちょうだいと訴えかけてくる。それから、なかの一人が私の後ろに立つ女性のほうに進み、同じように彼女を引っ張る。小さな賊みたいな彼は、一人ぼっちで取り残されたことを責めているように見えた。この子から何か買おうと思いついて顔を向けたところ、何十人もの子どもが殺到してきた。彼らはまるで、間断なく爆撃を受け放棄された村で、道端のそこここに生えてくる雑草のようだ。彼らはマゾートやガソリンを売る。あるいは爆撃を受けた家のあちらこちらで、瓦礫のなか何か売れるものはないかと探す。武装組織の大隊のそばでは戦闘に加わるチャンスを待つ。オリーブ林のなかの地べたで眠る。あらゆる場所が子どもだらけだ。唐突に一人ぼっちの存在として取り残され、誰かの子どもだったことなんて一日もなかったかのように。そのようにして子どもたちは……思いがけない出会いを待っている。きっと、いくつもの運命のいたずらが起こり、地べたから自分を引き抜き、ここよりもいい世界へと放り投げてくれるはずだ、と。

アブドゥッラーを車中に残し、私はムハンマドと進み出た。いくつもの列を越え、向こう側のトルコ兵たちの前で立ち止まった。そこでもさまざまな人種の人びとが匍匐している。最近、国境で爆破事件が増加しているため、シリアからの密入国者に対する監視が増えたと聞いた。

私は小さな鞄を背負い、持ち物は少しばかりの服にとどめた。密航屋が丘を下りてきて、オリーブの木々の間から姿を現わした。彼は遠くから私に国境を越えろと頭をしゃくった。すさまじい恐怖を覚えた。根無し草として異郷に暮らすのだと思うと、身体が震える。ムハンマドはもうこれ以上は進めない。空は青いままだ。太陽はぎらぎらと冷たく輝く。けれど突き刺すような寒さで気分が澄んできた。

ノラは私の背中の荷物を足してくれた。私の娘と、私への贈り物。一家の女たちもできるかぎりの贈り物を集めてくれた。私は自分の服を道に捨て、彼女たちからの贈り物をしまい込んだ。それから鞄を背負ったのだ。

私はムハンマドから遠ざかった。毎回、別れを告げてきた他の若者たちのように、私がいない間に彼が死んでしまうのではないかと思うと怖い。彼はそのまま待ち続けていた。密航屋がすぐに私を受け入れ、出発の合図をした。葦の茎のようにやせ細った男だ。金歯をのぞかせた遊牧民で早口で喋る。置いていかれそうになり、ついていくには走らなければならなくなった。

トルコ兵が叫んだ。身体が凍りつく。もう動けなかった。密航屋は立ち止まり、頭を低くして私についてこいと指示した。私たちは丘を迂回した。脱出を図る人びとが忍び込むのが見えてきた。老いも若きも、おしなべて貧しい人びとだ。全身を黒衣で覆った女性もいる。密航屋は走り、ちゃんとついてこいと手で合図した。私も小高い丘を駆け上がったが、そこでつまずいて転んでしまった。

「代わりに荷物を持ってほしいの、お願い」

そう言ったが、彼は不快そうに私を見ただけでその場を動かなかった。私は言った。

「そうしたら、好きなだけお金を払うから」

彼は国境を見た。そのとき、私も同じ方向を見た。

ムハンマドとアブドゥッラーが私たちを見ていた。二人は、はるか遠くの二本の白樺の木のように見えた。もし彼らがこのふるまいを知ったら、密航屋を殴り飛ばしただろう。私にはわかる。密航屋は歩み寄り、クソッ、ついてねえな、とぶつぶつ言いながら私の鞄を持った。けれど私は動けなかった。脱出者の群れが丘を登り始めていた。気がつくと一人きりになっている。急いで駆け出した。我慢できないほど足首が痛い。骨折している。足を引きずりながら進んでいった。頂上で私は手を高く振り、それから丘を下っていった。

そこがトルコだ。そして私の背後にシリアはあった。

「戻ります、近いうちに！」

声を限りに、私はそう言った。

三度目の門

二〇一三年七月—八月

ふたたび、戻ってきている。

空港のロビーにはシリアからの避難民が溢れかえっていた。彼らのほとんどは中産階級の人びとだ。貧しい人たちは国境のキャンプ地にとどまっている。子どもたちは、空から各地の空港にはらはらと落ちてくる小さな破片のようで、そのまなざしは行く先々でひとつの穴のようにシリアの人びとを寄せ集めていく。

ある場所を越えて考えを突き詰めると、それがもとの場所のようになってしまうことがある。こんなふうに思えてくるのだ。シリアの人びとが国内の地獄から脱出し、越境していく。国境の各地点はその越境の縮図だが、同時に、これはひとつの階層からまた別の階層へと開け放たれる地獄の門なのではないか。

ここは空港、シリア北部が同じレベルでさまざまな救済と死に向けて開かれているところだ。私は地獄の小さな門に向き合っていた。これから新たに迷走、分裂、内戦という地獄へ行くのだ。ここで私は、数か月の間にどれだけの変化が起きたかを推し測ることができる。

待合室で、右隣にヨルダン人戦闘員が座った。大柄で、じっと携帯を見つめている。顎鬚はぱやぱやと長く滑稽な感じで、細い芋虫が生えているみたいだ。厚かましいほど大胆にその戦闘員を観察していると、四人の男がその隣に座った。武装した男たちは暗褐色の肌で、目は真ん丸く、コフル（アイシャドー）で縁取られたようだった。一人は、機内で私の近くに座ったときにイエメン人だと見てとった男だ。四人は軍服を着て、旅客が驚いて顔を上げるのにもかまわず歩き回っている。旅客たちは男たちを見つめている。彼らは巨大なリュックサックを背負っている。初めて気づいたが、こうした戦闘員の姿はシャッビーハの顔や体軀にかなり似通っている。盛り上がった筋肉、無感動なまなざし。どの目も、その方向を向くだけで何も見ていない気がする。ちょうど、革命当初の数か月間に私が見たシャッビーハのように。彼らは一切を無に帰することでその場を圧殺しているかのようだ。二つの無が、今、対決している。アサド政権の憎むべき不正な圧政によって生じた無と、死のなかに来世での再生を見出す、殉教による無が。前者による無こそが、後者による無を生み出したのだ。

アンタキヤ空港の大量の戦闘員を見て重くなっていた心が、不意に軽くなった。空港の到着ロビーの前に、マイサラとアーラーとルハーが現われたのだ。私の大切な物語を一緒に作ってくれる人たち。この物語はジン（イスラーム世界に広く知られる精霊。特殊な能力を持つ）が語る非現実的なまやかしではなく、魔法の水晶玉のなかに現われる遠く離れた場所の話なのだ。シリアが視界から失われたとき、彼らの姿も見えなくなったが、シリアに戻ってきたら彼らはまた現われた。少女たちは一歳ずつ年を取っていた。アーラーは再会の間ずっと私にキスの雨を降らせ、胸元にぎゅっとしがみついて離れない。それから私に、戦闘員の父親とどうやって逃げ延び、トウモロコシ畑を越えてレイハンルに落ち着くに至ったかを語り出す。朝の逃避行だった。密航屋の一人が弟を背負い、ぬかるんだ畑に飛び込んだという。二人の少女は痩せていた。母親は沈黙し、ほとんど声が聞きとれない。サラーキブの我が家を捨てざるを得なくなって以来、母親もまた痩せ細り言葉少なで、目に悲しみを湛えるようになっていた。

一家はわずかな衣服を背負い、国境に向かってトウモロコシ畑を走った。

空港に到着した後、家に向かう道中でアーラーはトルコへの脱出を語った。恐ろしさに叫び声をあげ、父親の胸にしがみついたとき、自分がどんなだったのか。もう八時を過ぎていた。彼女の巻き毛の髪は乱れ、爪は色とりどりに塗られている。

「ジャンダルマに見つかってしまったから水路に隠れなきゃならなくなって、出てきたときは泥まみれ、汚れ放題。泥人形みたいになっていたのよ」そう言いながらアーラーは笑い、小さな手のひらで顔を覆った。私たちは生死をともにした友だちだ。この一年、私たちはともに成長してきた。爆撃から逃れるために家の階段下の空間に潜み、地下室に他の女たちや子どもたちと集まっていたとき、アーラーと私は友だちになるのだとわかった。アーラーへの贈り物はきちんと包んで鞄のなかに入れ、すてきなものがあなたを待っているからね、と目くばせで伝えた。彼女は笑い、逃避行の話を続けた。

「それから走ったの。本当に辛くてきつかった。でも走って、泥、銃声、密航屋が急げって叫んで！」

夜になるまでアーラーと家族は国境をまたぐトウモロコシ畑のぬかるんだ水路にいた。それから見つからぬよう灯をつけずに、真っ暗闇を黙ったまま静かに進んだ。戦闘員であれば真昼間に国境を越えられるのに。アーラーの家族が抜けられる道はいくつかあったのだが、うまくいかず、大麻の密輸人が先に通過するのを待つことになってしまった。そのなかには服に大麻を隠し持った女の密輸人も二人いた。家族は真夜中までトウモロコシ畑のなかの鉄条網の前にとどまった。

「というのも、ジャンダルマがあの二人の女を捕まえたからなのよ。辺り一帯を見張るようになっちゃった」

アーラーはそう語った。私は皆が沈黙していたその時間のことを考えていた。きっと、葦の葉がざわめくとき小さく咳ができるのだろう。アーラーは「息を止めっ放しで窒息するかと思った。また叫び出したりしないように、手のひらで口を塞いでいたの」と教えてくれた。姉のルハーが引き取って言う。

「何時間も待ち続けていたら、アトゥマから男の人たちが来て、苦労して私たちを水路から運んでくれたの。水と泥のなかを歩いて、あの人たちの足が泥のなかでゆっくりうごめくのを見ていたら、怖くなった。五人の密航屋が、お父さんが私たちを運ぶのを手伝ってくれた。水路は深くて危なくて、叫び出したいのを必死にこらえてた。あの人たちは私たちが水路の深みに落ち込まないように縁を歩いてくれた。夜が、真っ暗闇で、背中に小さなリュックを背負って、お母さんがとても遠くに見えて、へとへとになりながらのろのろと歩くのよ。水路に落ちて、泥と水でぐっしょり濡れた」ルハーは、父親を案じるあまり怖くなった。妹が叫び声をあげ、自分たちの存在を明かしてしまいそうになったとき、父親が怒ったせいだ。しかし、アーラーとムハンマドは恐怖を感じず、ターラーも怖くなかったと言う。彼らは私の腕のなかで飛び跳ねながら、そうささやいた。

「道は良くできていたのよ」

笑いながらルハーが言い足した。「そう、素晴らしかった。戦車がその前に何度もそこを通ったから、地ならしされていたの。私たちはついていた……戦車が地ならししてくれたなんてね。それでシリア国外の対岸にたどり着くことができたのよ」

「本当は、ずっと怖かったの」アーラーがひっそりと打ち明けた。

アーラーは顔色が悪かった。目は悲しみを帯びている。彼女の目からはあの鋭い輝きが消えていた。ルハーは実際の年齢よりも何歳も大人びて見える。

　家族と再会した後、私は国境に向かうことになっていた。サラーキブから私と同行するために来た若者たちも一緒だ。彼らはすでに待っていた。アブドゥッラーもいる。狙撃され片目を負傷したその弟も。家族を思うように、私は彼らとの再会を待ちわびていた。別れを告げるたびに、これが彼らに会える最後かもしれないと思う。それから私は、彼らのなかで永遠に生きていくかのように戻ってくる。

　アブドゥッラーとマイサラとアリーと新顔の若者。私たちはともに国境を越える。だが、今回はいつもと違い、爆撃でIDカードと身分証明書を失くしたシリア人と同様に、若者たちはアトゥマ村から越境することにしていた。そこにも私たちを待っている人がいた。アトゥマ村の国境は他と切り離されていて、舞台の一部のように見える。私たちはアトゥマ難民キャンプの検問所を越えてシリア領内に入れる。そこではトルコ政府が避難民の潜入や逃亡を防ぐために建てたチェックポイントを通過しなければならない。息苦しいほどの暑さのなかを、職員たちが大量に集まっている二つの小部屋に入り、そこからは徒歩で進むことになる。灼けつくような太陽の光と埃を浴びながら、長いジルバーブ（衣外）をまとい、分厚い眼鏡とヒジャーブで顔のほとんどを隠している。こういう身なりでいると自分が誰だかわからなくなる。でも、この顔を隠す慣行は、安全に通過するためには必要なことなのだ。

　若者たちは私に、彼らの姉だと言うようにと決めていた。危険なく国境を越えるための知恵だ。ジャンダルマの銃撃や有刺鉄線をかいくぐって丘を登り越えることに比べれば、燃えるような太陽はさほど暴力的でもない。私たちはアトゥマへと通じるシリア人用の通行検問所に到着した。七月半ばのことだ。女性と子どもの群れが姿を見せ始めた。何ひとつ、雲の白ささえ空の青さを乱さない。まだ二十歳にもならないような女性がいる。乳飲み児を抱え、もう一人の手を引いて、大きなお腹をしている。手を引かれた子どもは大きなサングラスをかけていた。子どもの頭は全体が焼けただれて禿げ、肌も火傷を負っていた。ぶつぶつに切られた腸のような、赤く盛り上がったかさぶたがいたるところにある。顔もプラスチックの仮面のようで、ひきつり、裂け目が入っていた。首と肩甲骨の間もかさぶたが糸のように連なっている。八歳にもなっていなさそうなのに、ミイラのように見えた。

熱風が吹きつけてくる。子どもは母親の後ろで身じろぎし、母親はその手を握る。多くの女たちが追い越していく。その母親の後ろから、右腕と右足を失った若者が兎のようにぴょんぴょん跳ねながら現われた。その後に全く同じように跳ねている二人の若者の姿があった。二人は小さな日陰の土手にたどり着こうと競い合うように進んでいる。私たちは窒息するほどの熱風を逃れ、そこに集まっていた。こんなところではゆっくり考えごとなどできそうにない。真昼、暗青色の空、四方八方へと向かう人、爆撃から逃れてきた人の群れ、手足を失った人たち、密航屋、出入国のブローカー、戦争で稼ぐ小商人、アラブや外国人のジハード主義の戦闘員たちを送り出す者。

大混雑のただなかで、なかなか歩を進めることができない。人の顔も見えなくなり、人間が単なる機械のようになる。十メートル進む、さらに何メートルか進む、と考えることだけが救いだ。道の両端に広がる平地まで、黄色い街路樹がびっしり圧しかかっているように見えてくる。ここにいたらクジラでさえ死んでしまいそうだ。私は生まれたばかりの赤ん坊のように、目の前を通り過ぎていく光景を驚きの目で見つめていた。ひとつの真理だけはわかっている。死は開け放たれた巨大な墓場であり、永久に満ち足りることはない。

名前を登録した後、私は車の前部座席に座った。若者たちは後部座席に寄り集まって座った。彼らは案内人か、私の考えをほぼ把握でもしているかのように、私がどうすべきかを決めていった。私たちは依然として信じている。自分たちだけが頼りなのだ。そして互いを、また私たちが実現のために立ち上がったあの哀れな自由と尊厳の思想を、守らなければならないのだと。私は彼らにとってひとつの思想そのもので、自分にとって相手もそうであると私にはわかっている。公正で自由な、民主主義のシリアという思想を彼らは体現している。革命に起きてしまった根底からの変化を前にして、この言葉は空を摑むかのごとく頼りなく思えるが、そんなときも灼熱の太陽の下、彼らは小さな椅子に寄り集まり、私の気持ちを楽にしてくれようとする。ごくりと唾を呑み込み、心のなかで私はお気に入りの言葉を繰り返す。「悲しんでいる暇なんかないのよ、永久に」そして手足を失った二人の若者に手を振って別れを告げた。

アブドゥッラーとマイサラとムハンマドとアリー、さらにアフマドとたくさんの人びと。彼らの間には皮肉を言い合う奇妙な関係ができていた。彼らは森羅万象、自分自身にまで皮肉を飛ばしているのだ。そうすることを私も彼らから学んだ。死をあざけり、突き刺すような荒っぽい皮肉を交えて語る。そういう関係に見出せるのは混乱と蛮勇だが、それが彼らが唯一続けられる抵抗の手段なのだ。死を蹴飛ばしていくのだ。

道中の会話では、過激派のジハード主義大隊の連中の黒ターバンやふるまいに若者たちは反感を見せていた。〝格好つけでやっている〟NGOのメンバーや国境近くで盛んに行なわれているトレーニング・ワークショップもあげつらう。ベテラン、実習生、ジャーナリストは現在の出来事を記録していく。「でも、戦闘や飢えや爆撃で死ぬ人たちに対して、あの人たちは何をやってんだ?」と、アブドゥッラーの弟のアリーが言う。彼は戦闘員で、戦場で片目を負傷した。トルコの病院から戻る途中、私たちと一緒になったのだ。

私たちはアトゥマに入った。若者たちによると、住民の大半はハマーから来た人びとだ。私たちは荷物を持って、太陽の下、ふたたび立ち止まっている避難民とともに入った。テントの間には小さな水路がある。泥が混じった水路は不潔な臭いを放ち、その上を蠅や害虫が飛び回っている。道の両端には早くも店舗が建てられていた。小型の市場の体をなし、食べ物が売られ、靴の修理屋があり、ガスボンベやガス灯が販売されている。店舗と言っても周りを石で囲っただけのテントだ。難民キャンプは夜に電気が通らない。キャンプ地には巨大な発電機があるが、それでも足りない。大きな貯水槽も何の役にも立っていない。太陽の照りつけるなか、テントが点在している。内部は清潔で、避難民のなかにはテントの周りに草木を植えている人もいる。周囲のオリーブの木々がテントを守っている。

難民キャンプを歩き回った。怖気が立つほどの貧困。痩せ衰えた人間、見る影もなく破れた衣服。かんかん照りの太陽の下、裸足で遊ぶ子どもがたくさんいた。女たちは皆ヒジャーブをまとい、ヒマールを被っている女性もいた。そのうちの一人に少しの間会うことができた。彼女の夫は長い会話までは許してくれなかったが、私は彼女に幼な妻と年寄りの結婚について実情を尋ね、彼女はそれはよくあることだと答えた。さらに私は彼女に、ある少女への取り次ぎを頼んでみた。その少女は結婚後一か月で離婚し、その後再婚して、今はヨルダン人の四十歳年上の男と三か月間生活をともにしているという。活動家の女性から少女の名前を聞いていたのでぜひ会わせてほしいと訴えたのだが、女性の夫にテントの前から追い払われてしまった。

私たちは歩き続けた。サラーキブまで一緒に行く若者たちを待つことになっていたが、彼らの到着は遅れた。町が激しい空爆を受け、爆撃が止むまで出られなかったそうだ。その爆撃では住民四人の命が奪われた。ヘリコプターが飛来し、四つの樽爆弾をさまざまな方向に投下していったという。私たちは大きなオリーブの木の下に座り、彼らの話を聞いていた。あの手足を失って兎のように飛び跳ねていた二十代の若者の姿が、まだ脳裏から離れない。私は彼を凝視していた。彼は打ちひしがれたまなざしで若い娘たちを見ていた。そのやり場のない男の矜持が私をも打ちのめした。

勇敢なアブドゥッラーの大声が私を我に返らせてくれた。今、進行中の爆撃の話を聞いて笑っている。

「実に不思議なもんだな、周りの家は全部爆撃されたのに、俺たちだけ爆撃されてないんだから」

私たちは笑いながら煙草に火をつけた。アブドゥッラーがさらに言う。

「ミグ公にも煙草をやらなきゃいかんな、俺たちの死を一緒に待つ仲間だろ。樽爆弾には何をやったらいいかな、はははは……俺たちは友だちでさえ見ず知らずの人みたいに埋葬してきたっていうのに。誰がどんな顔をしていたのかもうぐちゃぐちゃだよ。ミグの爆撃を逃げ延びた人も、二日後にはミサイルにやられてしまうんだから、せいぜいましな死に方を選ばないとな」

笑い声が消え、表情筋に皺を寄せると彼は言葉を継いだ。

「前に一度、スィナーア地区でミグに爆撃された。三十人が殺された。俺は一緒にいたのに死ななかった。毎回俺は助かってきた。だから俺はこの待ちぼうけの結末を見届けるんだ」

そしてまた高笑いを爆発させた。私たちが座る場所の向こうにダーイシュの軍事拠点がある。今回、この組織の存在が明らかになった。数か月間で、シリア北部にこの組織は姿を現わし始めた。サラーキブに向けて出発したとき、私たちの通行を止めた唯一の検問所はダーイシュの検問所だった。そのメンバーはモーリタニアとイラクの出身で、黒い肌をしていた。黒い服と黒いターバンを身につけた戦闘員が五人。私たちはフスハー（正則アラビア語）で会話を交わした（相手がシリア人ではないので、日常的に使う口語では会話をしない）。同行の若者が、自分たちがどの戦闘集団に属しているかを彼らに述べると、渋々ながらも通行が許可された。こんな外国人たちが、いったい何の権利があって私たちの国を占拠できるのだろう？　猛烈な怒りが込み上げてきて収まらなかった。彼らが私たちの道行きを止め、私たちのほうが身分を証明しなければならないとは。私たちの国に居座っているのは彼らのほうではないか。

私たちはアトゥマ村とアクラバート村の間にあるカーフ避難民キャンプを通りかかった。国境地帯は全域が避難民のキャンプ地になっている。密航に使われる戦車が増え、バーブ・ハワー国境通行所（イドリブ県内のシリア－トルコ国境）にはアフラール・シャーム運動と自由シリア軍司令部の大隊が駐屯していた。国境通行所を過ぎると、バーブ・ハワー避難民キャンプ地が見えてくる。灼熱の太陽の下、とりわけバーブ・ハワーの市場では、いたるところに子どもたちがいるのが見てとれる。子どもたちは市場のあらゆる仕事に従事しているらしい。ファールーク大隊がここの支配勢力だ。

マアッラ・マスリーンでは半キロの長さにわたって店舗が展開し、広大な区画に廃棄物が堆積している。軍用車両、ジープ、ランドローバーの大群。ナンバープレートが外されている。革命は多くの人びとに投資の対象となる市場を生み出した。市場を回して利益を得た者がいて、そうした人たちにはこの内戦がこのまま続くほうが得だったのだろう。

ガスやマゾートのドラム缶やタンクが路上に散らばっている。アトゥマ村のキャンプ地も同様だったが、こちらのほうが量的に膨大だった。これらを商うのは子どもたちだ。ダーイシュの警備兵がまた私たちを止め、若者たちに十分気をつけるよう命じた。ラマダーン月だから、煙草の匂いがしてはいけないのだ。斎戒を破ったとして拘束されたら何をされるかわからない。おそらく鞭打ち刑か死刑だろう。ダーイシュの戦闘員に、若者たちは私のことを仲間の姉で弟の看護に向かうところだと説明していた。私は彼らを見ないようにした。検問所に差しかかり、連中が私たちの道行きを止めるたびに、胸のなかに怒りが込み上げ、激しく咳き込みそうになる。

あと少しでサラーキブに到着するというところで、すぐそばに救急車が停まった。救急車のなかには爆撃で負傷した人たちがいた。容態は重い。救急車に乗った若者たちは、サラーキブは爆撃を受けている、今は入れないと言い残すと、大きな音を立て猛スピードで走り去っていった。

右手には向日葵畑が広がっている。陽も沈みかけている。見わたすかぎりの向日葵、花弁に囲まれた黄色い円盤がずっしりと重みで垂れさがっている。私たちの眼前にはもうもうたる埃、救急車の音と負傷者たちの叫び声が聞こえる。ふいに、道の反対側の小麦畑の真ん中からトラクターの音がした。トラクターに乗って土を耕している男は爆発の轟音を気にする様子もなく、麦わらをかき集めて道端で燃やしていた。

若者が訊いてきた。「俺たちはこれから爆撃地に向かうが、君はどうする？　行くかい？　それとも家のほうに向かう？」

「一緒に行きます」と私は答えた。

私たちは戦塵と火炎が待ち受けるサラーキブへと向かった。


翌朝、ノラの言いつけを守らず、私はまず中庭に出た。お気に入りの中庭から離れて、閉め切った部屋にとどまるようにときつく言われていたのだ。それはあまりに大げさに思えた。中庭に座っていたって、家のなかにさっと駆け込むくらいはできるのではないか。部屋のなかからノラが叫ぶ。

「中庭にいたら、ミサイルの破片で怪我をするわよ」

ドアをノックする音がした。ノラと一家の支援を受けている避難民の女性が入ってきて、そのまま中庭に向かった。

ノラは心配そうにしている。よその人が来て私の姿を見かけ、あれは誰かと訊いてきたら、噂話の種にならぬよう遠ざけようとする。私の平穏を守ろうとしているのだ。彼女はコーヒーカップを持ったまま中庭へと駆け出すと、私と避難民の女性の間に立った。老女たちの部屋にいるアブー・イブラーヒームが無線機を握りしめ、少し前にサルミーン村が被害を受けたと告げた。彼は言う。「戦闘機がでたらめに地域を爆撃しているのではないことは明らかだ。空爆だけでなく、過激派の大隊も整然とシリア北部の郊外地域を破壊する計画を進めている。俺はここに三か月前からいるが、今ほど連中の存在感が高まった時期はない。ここの社会は完全に変質しつつあり、別のものとして新たに形成されつつあるんだ」

女性たちの小さなプロジェクトに関し、カファル・ナブルに発つ前に済ませておくべき面会予定があった。そこで外出しようとしたら、武装した男も連れずに私とアイユーシュだけで外出するのはだめだとマイサラが反対した。

「いまや革命家よりも傭兵のほうが数が多い。君は連中が誘拐する格好の獲物になるだろう」

その少し後、天地が揺れ、街区の外れに粉塵がもうもうと立ち昇った。ミサイルが落ちた。その場が暗くなり、ノラが「早くなかに入って！」と叫んだ。磁力に引かれるように私は彼女の後を追った。もう一回だけ砲撃があった。飛行機の音はまったく聞こえなかった。無線機からの警報もない。ということはつまり、地上から大砲で砲撃しているのだ。

ドアの前。陽が高くなってきた。家の小さな庭では、爆撃が収まった後も子どもたちが遊ぼうとせず、空を凝視している。庭にはノラが小さな植え込みを作っていたが、そこの羊歯は埃にまみれ、飛び散った窓ガラスの破片を浴びている。私は日陰の羊歯の埃を拭い、少しだけ水を使って清めた。煙と埃の匂いが消えた。この殺戮の狂乱を生き延びるため、私たちは石になってしまったに違いない。アブー・イブラーヒームが来ると私は訊いた。

「ミサイルの音が聞こえないのはいつものことなの？」

「神こそが守り手……神こそが守り手だ……」アブー・イブラーヒームは答えた。無線機は「要《かなめ》」と呼ばれていて、半径約八十キロを繋ぐ中枢になる。住民は無線機を使って、支援物資や戦闘員や大隊を移送する飛行機の位置を特定したり、互いに連絡を取り合ったりする。けれどそれもそう頻繁ではない。人員自体が少ないのだ。上空に飛行機が飛んでいる様子がないので、アブー・イブラーヒームは私に外出できるかもしれないと言い、「爆撃なんてものは、もう神のみぞ知る話だからね」と空を指し示した。

家の女たちは日常の仕事に戻り、今日の食事を拵えにかかっている。数分で話は爆撃の話題から逸れ、市場に出回っている野菜の種類やどこに肉類が豊富にあるかに戻った。

パンの配布はいつあるの？ 今日かしら、明日かしら。発電機用のマゾートの配給はいつ？ 水不足のとき、どうやったらうまく服を洗濯できる？ こんな状況で家族は何日持ちこたえられるかしら？ 畑の収穫もなくなって、収入が途絶えてしまうのに。お世話が必要なおばあちゃんたちはしっかり者のアイユーシュに頼りきりね。

ムハンマドは家の入口に立ち、ムンタハーのところへ、女性たちに会いに行く私を待っている。彼女たちに会いたい、プロジェクトがどうなって、この先どのように展開していくかをずっと知りたいと思っていたのだ。往々にして私たちのプロジェクトは家計の影響を受けてしまう。伝統や慣習の圧力もあり、内戦も続いている。社会の混乱や誘拐が頻発していることもあり、女性たちは家にとどまらねばならない。未亡人であればなおさらだが、彼女たちの大半はその未亡人なのだ。

ムンタハーの家に向かう途中に、爆撃を逃れサラーキブを囲む農地へと歩いていく家族がいた。そこにもロケット砲は何発も撃ち込まれているが、死ぬ可能性は比較的少ない。

ムンタハーの家は町の中心部にある。近所にミサイルが二発落とされ、そのうち一発が寝室の屋根を木っ端みじんにしてしまった。家は女性たちでごった返している。十五人ほど、その半分は殉死者の妻で、あとは歯科医と薬剤師だ。

ムンタハーは父親が革命前に慈善協会を結成していたこともあり、倦まず弛まず活動と仕事に打ち込んでいる。結婚はしておらず、人道事業を志してさまざまな支援活動を全面的に推進していた。私の女性支援プロジェクトの力になってくれた人だ。私たちはあらゆる女性を対象とした計画を始めた。仕事の大半は羊毛や縫製や販売に関わるもので、食べ物やお菓子を作る小さな作業場もある。私たちが「蓄える家」と呼んでいたその作業場では、七人の女性が娘たちと一緒に働き、自活していた。女性たちの年齢は若く、二十八歳を越える人はいないが、全員に四、五人の子どもがいる。彼女たちの夫は戦死した。なかには七人の子持ちの女性もいた。夫は負傷者を救護しているときに爆撃に遭い、亡くなったという。少ししたら彼女のところも訪問することになっていたが、爆撃が始まった。

ムハンマドが固定電話に電話してきた。彼は、ムンタハーの家はもっとも空爆の標的になりやすい町の中心部で、非常に危険な地域にある、今日の仕事は延期すべきだと言ってきた。爆撃は止まない。つまり私たちの仕事はできないということだ。

「今の用事を済ませたら電話するわ」私はそう報せた。

ムハンマドは疲れ知らずの相棒だ。それでも心の底では憤っている。彼を絶えず不安にさせるものに対して。

一人の女性が、自分の子どもたちは教育を受けていないから、コーランを暗記させるためにサウジのムジャーヒドが招請されてきたと教えてくれた。彼女は何が起きているのかを理解していなかった。

私は女性たち一人一人とじっくり話した。ほとんどのことはそのとき知ったのだが、彼女たちの基本的な生活費の出所はアフラール・シャーム運動付設の慈善協会で、この協会は殉死者の未亡人たちに手当を支給し、病院やパン屋も保有しているという。アフラール・シャーム運動は金融機関を開設し始めた。メンバーの大半はこの町の出身だが、彼らは女性にヒマールを被るよう命じ、イスラームのカリフ制を復興し、将来、イスラーム共同体樹立の暁には大臣や顧問としてウラマー（イスラーム法学者）を招聘しようとしているという。女性たちは口をそろえて、あの協会がなかったら到底暮らしていけないと言い、だから手当を守るためにはすべて言われるとおりにするのだと語った。その一人で、アフラール・シャーム運動の戦闘員だった男の妻は、月に二百ドル支給されていた。

ここでは親愛の念も、資金を融通してくれるか支援してくれるかによって生まれる。アフラール・シャーム運動は、ラッカ（シリア北部の町）をダーイシュに明け渡して撤収する前に銀行を接収していた。このイドリブ郊外ではアフラール・シャーム運動が有力で、社会の網の目に入り込んでいる。多くのイスラーム武装勢力の司法権はイスラーム法機構にある。ここの金曜モスクについて尋ねると、金曜モスクの説教師（金曜モスクは集団礼拝に使われる。多くの住民が参加する集団礼拝後の説教には大きな影響力がある）はヌスラ戦線のアブー・クダーマとともにやって来たヨルダン人の男だと言われた。当時、ダーイシュとヌスラ戦線は町中に影響力を拡大していた。のちにサラーキブは彼らの支配下に入り、ダーイシュ、ヌスラ戦線、アフラール・シャーム運動、そして自由シリア軍の間で紛争が勃発した。この紛争はアフラール・シャーム運動がサラーキブを支配し、他の勢力が出ていったことで収束する。

イフタールが気前よくふるまわれた。私たちは数時間、女性たちとともに作業をした。次の家を訪問してプロジェクトの手伝いをする前に、休憩を取りに行ったほうがいい。爆撃の音は遠くない。護衛のムハンマドが私を待っている。

ムンタハーの家の前には小さな商店があった。不細工な男の子がいる。隣には何十人もの子どもたちが、目を見開いてこのよそ者――私――を見つめている。ほぼ盲目と思しきおばさんが立つ商店のなかは、粗悪なチョコレートバーとポテトチップスと風船がいくらかあるだけで、ほぼ空っぽだ。その左側に女の子が椅子に座っていた。視線を下げてその子を見たとき、私の目はその子の顔にくぎ付けになった。七歳ほどの女の子は、両手両足を失っている！　この大地は、人間の骨肉からできているようだ。慄然として立ち尽くし、呆けたようにその子を見つめた。ほんの数秒で、私の頭がぐらりと揺れ、あ、倒れる、と思った。だが、揺れたのは空のほうだった。子どもたちが屋内に駆け込んだ。「車に乗れ！」とムハンマドが怒鳴った。

頭のなかで裂け目が広がっていく。そこから蟻が這い出し、脊椎にそって下りていく。皆、ここでは死とともに生きている。この言葉はものの譬えなどではない！　天下の大事など誰も考えない。各軍の現状や政局を読み解いても、誰の得にもならない。考える余地などないのだ。彼らは格闘している、ただ生き延びるためだけに！　天下の大事ではない、こまごましたことを必死に考えている。パンを焼く小麦粉はいっぱいあるの？　コーヒーは十分ある？　紅茶で代用するしかない？　紅茶も足りないなんてことは？　お砂糖は？　朝、顔を洗うお水は確保できる？　何人ものお腹を満たすのに一食を分けるだけで足りる？　皆、天寿を全うできる？

ラマダーン月だった。家族の誰かの首が斬られても、ミサイルや樽爆弾に吹き飛ばされた我が子の欠片を父親が拾い集めることになっても、イフタールは取る。そんなことより重要なのは、爆撃が日常生活に入り込んで二年半が経ち、空に対して新たな習慣ができたことだ。ずっと空を見張っている。誰かが家を出るとき、必ず空を見上げるか、家の屋根に登って青空から訪れる死の気配を探す。

この繰り返しにどうして何らかの意味を探してしまうのか、自分でもわからない。この血の海のなか、私は意味のなさを感じ始めている。意味を探さないで済むように、この無意味さに溺れてしまったのだろうか。意味を探し続ければ、無意味さから逃れられるだろうか。私がここに繰り返しやってくるのは、死と格闘しながら死を迎えるためなのか。

帰宅するとノラが待っていて、「あなたが無事でよかった、神に称えあれ」と言いながら心配そうにキスしてくれた。無線機のそばにアブー・イブラーヒームが座っている。「戦闘機はここから去って行った。タフタナズのほうに向かった」と言い、私たちは深いため息をついた。意味のない、他愛もない質問は喉に引っかかって出てこなかった。ムハンマドは爆撃地を支援するために出立した。

「爆撃地で、私たちではない誰かが死んでいくのね」と私は言った。

大家族の一人一人が寄り集まって、二人の祖母を囲み、日々の仕事をやりくりしていく。誰が料理する？　誰が焼けた畑を見に行く？　私とノラはノラが縫った服の整理を再開する。ノラは裁縫が上手なので、私は女の子たちに縫物を教えて、小さな裁縫所を作ったらいいと勧めた。そこに無線の雑音が響き、私たちは手を止めた。

「サラーキブの住民の皆さん、サラーキブの革命家たちよ、ドラム缶を搭載したヘリコプターがサラーキブおよびタフタナズ方面に向かっている。ザザザ、ザ、ザザザ……ザ、ザ」

凍りつく。ドラム缶と聞いて、石のように固まった。ドラム缶と言えば、飲料水の補給か、ごみのコンテナか、あるいはダイナマイトと爆薬と鉄釘を入れマゾートを満たした樽爆弾のいずれかだ。樽爆弾が落ちれば瓦礫の下敷きになり、ほとんど助かる見込みはない。私たちは動きを止め、固まってしまった。ノラが叫び声をあげ、私は両手を額にあてる。無線機の音は続いていた。オーブンのなかでスライスしたじゃがいもが煮えたぎっている。駆けつけてガスを止めた。このうえ火事で焼け死んでしまってはかなわない！　二人の老婆はこわごわと私たちを見ている。無線機から戦闘員の声が聞こえる。

「飛行機を目視。六キロ上空を飛行中。撃墜できない」

サラーキブ攻撃を防ぐために発射された機関銃の音が聞こえてくる。無線の叫び声は高くなり、今やミグの轟音なのかヘリの飛行音なのか、ミサイルが投下されてからでないと区別しがたい。激しい爆発音。無線機が言う。

「神は偉大なり。樽爆弾は空中で爆発した。神は偉大なり。神は偉大なり」

死が去ったことは、ともあれ少しは歓迎すべきだ。私たちは活動を再開する。男たちは通りに出て行き、女たちは食事の支度をする。私はアイユーシュについて家の中庭に出て、空を見つめている。


二〇一三年七月二十日。この日を私は生涯忘れない。

忘れられるはずがない。〝無意味な〟仕事に飛び込み、無へと開いた門をなぎ倒す光が見えたことを！

私たちはメディアセンターにいた。センターは設備・電気機器および発電機部門と、インターネット機器および発信部門の二部屋に分かれている。私はインターネット部屋のほうにいた。そこには戦闘員が入ってこないからだ。この第二室はゲストハウス兼報道機関やジャーナリストの窓口で、ネット利用者の技術的案件に対応している。活動家たちは現地で何が起こっているのかを外の世界に伝えるため、町や村落にたくさんのメディアセンターを設立した。

　私はメールを何通か送信し、女性のプロジェクトで活用できそうなプランについて気づきの点をメモした。私の前には女性一人一人の身元と状況の詳細を記したたくさんの用紙がある。一見、何もかも難しく見え、力を失ってしまったような気がしてくる。顔を洗いたくなり、部屋から手洗いに立つ。自分はただの夢想家にすぎない、そんな気持ちになっていった。アサド政権軍の空爆は止まない。私たちは野生の獣のようにいつも走らされる。最近ではジハード主義集団の問題も顕在化してきた。彼らは、人びとの個人生活にまで介入し、新しい行動様式を押しつけるようになった。

　メディアセンターの第二室では男たちが動き回っている。ここでは女の存在が異質に見える。「さて、今日の予定の最初の女性の家に出発するまで、ちょっと待ちましょう」と私は独り言を呟いた。ミツバチの巣のようだ。男たちが部屋から部屋へと飛び回る。彼らの大半は三十代にもならない若者たちだ。一人は子ども向けの雑誌「オリーブくんとオリーブちゃん」の編集者で、もう一人はネット上に載せるサラーキブの情報ページの撮影担当だった。もう一人、報道メディア向けにネット上に動画をアップする人がいる。メディアセンターから二百メートルのところに拠点があるので、ときどきサラーキブ殉教者大隊の戦闘員がやってくる。今はラマダーン月。だからサラーキブの現地時間で日没の礼拝を呼びかけるアザーンが始まるまで、私たちは飲食物を口にしない。

　激しい爆発音が響き渡った。続けて何度も爆発音が聞こえ、窓ガラスが落下した。皆が外に飛び出す。クラスター爆弾が、メディアセンターの私たちの部屋の隣室の壁面に落とされたのだ。窓は壁にぽっかり空いたただの穴になった。空も、地面も、燃え上がった。「すぐに脱出しろ！」と若者たちが怒鳴った。だが、「まだ戦闘機が上空を旋回している、クラスター爆弾と樽爆弾が投下されている」と言う若者もいる。私は初めはその事態に怖さを感じなかった。避難所まで降りていくことはできなかった。クラスター爆弾は地上にいくつもの小球を放ち、それらの球が爆発する。ポーランド人のジャーナリスト、マルティン・スーデルと、名前は忘れてしまったが英国人のジャーナリスト、そして二人のシリア人ジャーナリストが一緒だった。マルティンはすぐさま通りに降り立ち、上空の写真を撮り始めた。私は鞄に書類をかき集め、「私も一緒に行く」と叫んだ。

私たちは車に乗った。クラスター爆弾の小球の爆発を避けるため、小路を通過しないようにした。

メディアセンター近くに落下したロケット砲が地面とその周囲を燃やしていく。続けざまに落とされた三発の樽爆弾に家屋がなぎ倒され、地面にぺしゃんこにされている。若者たちが負傷者を搬送する。跡形もなくなった。瓦礫の石ころと、石か泥のような色をして散らばっている遺体だけだ。何もかも単一の色になっている。写真を撮っていたら、若者が大声で言った。

「病院に行ってくれ、あんたたちが必要だ」

私たちは出発した。向かいの通りにクラスター爆弾が落ち、火災が発生していた。爆撃地から離れ迂回していくことにしたが、ムハンマドの手中にある無線機は、病院がクラスター爆弾の爆撃にさらされている、ロケット砲が隣家に落とされたと訴えている。病院に急行すると、通りはほぼ無人で、行き場のない人だけが右往左往していた。サラーキブから脱出しようと走る家族連れもいる。空には飛行隊の轟音が間断なく響いている。私は若者たちに言った。

「私たち、袋のネズミになったよう……バッシャール・アサドが大喜びで殺しまくってる」

若者たちは沈黙した。だが、実際のところこれが私の窮地の正確な表現なのだ。政権軍の飛行隊やロケット砲がこの町を攻撃している！　病院は町はずれの高速道路の近くにある。絶えず爆撃を受けている地点だ。

病院には多数の男たちがいた。どの顔も埃にまみれ、力尽きた様子で座り込む人もいる。椅子は血にまみれていた。出たり入ったりする人たちがぶつかり合う。混乱と恐怖の光景。若者たちの友人の医者が飛び出してきて、私たちを隣室に招じ入れた。サラーキブっ子で、三十歳のこの医者は憤っていた。

「医者たちは逃げ出した。皆、叫んでいる。出ていって何をしたらいいんだ？　十分な医薬品もないのに。皆、死にかけている……町の人たちは怒っている。じゃあ、俺は何をすべきなのか？」

ノックした男が「医者は来てくれ」と叫んだ。負傷した若者がいる。彼らはその若者を一室に入れたが、医薬品も医療設備も不足しているのだ。電気も、水も、何もかも。「隣の部屋に入ってくれ」と若者が叫ぶ。そこにはベッドが二つあり、二人の女性の遺体が安置されていた。遺体に近づくと看護師が言った。

「今日、樽爆弾の爆発で二人ともやられたんです」

「この人たちを見てもかまいませんか？」私が尋ねると、看護師はいぶかしげに「もちろん？」と答えた。私は近づき、一人目の顔から覆いを上げた。四十代くらいの女性で、顔に血痕さえなければ、まるで眠っているみたいだ。私は覆いを戻し、窓の外を見ると、もうひとつのベッドのそばに腰かけた。隣にもう一人の遺体があった。

空は戦闘機の轟音に満ちている。若者が叫んだ。

「ここで何をしている？」

気がつくと、私は二人の遺体の間に座っていて、遺体のひとつが身体に触れていた。私は静かに立ち上がった。私が私ではない。空虚な泡のなかに生きているおかげで、正気を保っていられる。

彼らについて死傷者のいる別の部屋に行った。医者はまだ繰り返している。

「俺は皆に何を与えられるんだ？！　何も与えられるものがない、皆、ここに運び捨てられて死ぬだけだ。神よ……神よ！」

病院の門の前に息子の遺体を背負った男がいた。「神に称えあれ、神に称えあれ……神よ……神よ……」と呟いている。病院の外門に停まった白いバンに近づいてみた。そうしている間にも隣の家が燃えている。病院の前で押し合いへし合いする人たち、叫喚と憤怒。バンの荷台には三人の遺体があった。母親と二人の子ども。どの遺体も穴が開いて破れたシーツに包まれている。真っ先に死ぬのは貧しい人たちだ。母親の足はむき出しになっていた。シーツが剝がれ、脚もずたずたにされていた。男の子のはちみつ色の髪の毛に大きな血痕が見える。小さな女の子はまだ一歳くらいだろう。この人たちは町の中心部に住んでいたのではない。それでも彼らの上に樽爆弾は落ちた。樽爆弾は上空で爆発し、飛散した破片が彼らを殺したのだ。小さなバンは隅々まで血まみれだった。一人の男性が病院の門を見ながら歩道の端に座り込んでいる。虚空を見つめている。何度も繰り返されている光景だ。瓦礫の傍らに、家族の遺体のそばに座り込む男たち。彼らは虚ろに見つめている。私はさらにバンに近づいた。

「神のお慈悲がありますように。ご冥福を」

「あなたに神の平安がありますように」男性は私を見て言った。そしてふたたび沈黙した。私はバンから遠ざかった。それから若者たちが三つの遺体を病院に運び込んでいったが、そのとき、小さなお下げ髪と顔が見えた。たぶん四歳にもなっていない。プラスチックの靴をつっかけているが、片足の指は跡形もない。見えるのは血管と大量の血液だけだ。若者たちの後を追い、覆いを引き上げると、指が切断された足を覆いのなかに差し込んだ。指が血で赤く染まった。

「六つ、樽爆弾が落ちた……」と若者が言い、私たちはすぐ向こうにもうもうと立ち昇る粉塵を見る。同じ戦闘機が町の中心部に七つ目の樽爆弾を落とし、それから旋回してもうひとつ投下する。視界が失われる。

「……地獄、……！」と叫ぶ、ぐるぐる回る。塵しか見えない。飛行機の轟音が耳をつんざく。ムハンマドが怒って言う。「家に連れて帰るよ、ここにいたら危ない」

「でも家だって爆撃にさらされているじゃない！」私は歩き回るのをやめてそう答える。

私たちは全員車に乗って移動していく。「ミグ機が化学兵器で爆撃した昔日に神のお慈悲がありますように。今となっては懐かしい。化学兵器を投下されたほうが、樽爆弾よりまだましだった。樽爆弾は何もかもぶっ壊す。助かる余地がない」医師がそう言う。その間ずっと押し黙り、若者たちと後部座席にもたれて座っていた戦闘員が続けた。「連中はここからレンガ工場へと至る通路を押さえたがっている。この一週間というもの激しい爆撃続きだ。ここから見えるはずだ、マダム！」

私は一言も言い返さなかった。口論する気はなかった。車がアブー・イブラーヒームの家の前に停まったとき、私は狂わんばかりに激怒した。「いつ戻ってくるの？」

彼らは答えた。「怪我人の救護をさせてくれ、君がいると混乱する。ここに残ってくれ。アブー・イブラーヒームの無線機を使ってまた連絡するから」

一日ごとに明らかになっていた。かつてはそのように思い描き、決意したけれど、ここで生きていこうなどと考えるのは不可能だ。私はフランス語を習わなかった。シリアに戻り、北部地域に落ち着こうと決めていたから。パリはその日までの通過点でしかなかったから。

私はノラとアイユーシュと老婆たちとともに残った。皆は前と同じ場所にいて、ノラは怯えている。全員、座ったままだ。避難所に降りていっても何にもならない。二人の老婆はいつもと同じように黙っている。ノラは辞を低くして神に祈っている。私もアイユーシュもそれぞれ互いの顔を見ている。キッチンに入り、コーヒーを一杯淹れた。その後、マイサラが入ってきて大声で言った。「さあ、さあ……サラーキブから脱出するぞ！」

彼らは私を他の女たちと一緒にサラーキブの外へ、マシュラヒーヤにアブー・イブラーヒームが建てた金曜モスクへと送り出した。彼らと一緒にいられないなんて。私は憤っていた。またあの光景だ。毎回、初めての出来事のように思える。死に直面し、無力さに直面している。ここで抗っても、身動きできないまま死に向かうだけだ。その後のこともわかっている。非武装の民間人が、大砲やロケット砲の攻撃や樽爆弾の爆発にさらされてどうするというのか。身を守る武器を何ひとつ持たずに。戦闘員の武器も脆弱だ。そして戦死者の大多数は民間人なのだ。

一時退去する道筋にはサラーキブから脱出する家族連れの集団が続いていた。無線機から、戦闘員がクラスター爆弾の分解に成功し、家に落ちた爆弾が爆発しなかったという報せが聞こえる。しかし私たちの右側には樽爆弾を落とされた多くの家がある。

爆撃が集中した地域の高速道路沿いに破壊された自動車販売店がある。無線から叫び声が響く。

「医者はどこだ！　外科医が必要なんだ、救急措置が必要な人がたくさんいる」

それからまた別の声。「サラーキブの住民の皆さん、サラーキブの住民の皆さん……警報です。飛行隊接近中……飛行隊接近中」

車の窓から、放心した顔の人びとが早足で歩いていくのを見つめていた。頭を前に突き出し、茫然自失したさまで歩いている。わずかな手荷物しか持っていない。通り過ぎるとき、三家族が私たちの車を見る。次は目の前に武装した男が現われ、私たちを止める。彼は私たちの通行目的を尋ね、それから通行を許可する。アブー・イブラーヒームが言う。

「昨晩、武装組織の連中が初めて女性を誘拐した。ふつう、女性は誘拐されないし、彼女は隣村の人だったのに、それでも誘拐された。路上で彼女の夫が殺されていた。連中は、車と妻を強奪したんだ！　俺たちも警戒しないといけない。あいつらは傭兵や強盗ばかりだ」

かなたにクレーン車が見える。家の屋根を引き上げようとしている。その家の下では五人が死に、女の子の遺体捜索が続いているのだ。瓦礫の前に家の住民が二人いる。一人は作業中のクレーン車の前に立ち、もう一人は歩道に座っている。私たちはしばし停車した。立っているほうの男は、三人の子どもの父親だ。子どもたちも妻も死んでしまった。座っている男は父親の弟だった。また別の方角では、子どもたちが爆発後に残った鉄杭を拾い集めている。まとめて売りさばくのだ。樽爆弾の中身の鉄杭は、半ジラーウ（尺腕）程度の長さで、それより短いこともある。子どもが一人、鉄杭を探しに瓦礫の山によじ登ると、若者たちがすぐに下りて戻れと怒鳴った。子どもは十三歳くらい。ぼろぼろに破れた服を着て、瞳は黒く、髪は埃にまみれている。鉄杭をできるだけいっぱい集めるために幾度となく瓦礫のなかに半身を突っ込んできたのだろう。その儲けでこの子はたぶんパンを買える。歩道に座る男が煙草に火をつけ、クレーン車を注視している。その睫毛から埃が舞い落ちる。彼の娘はまだ瓦礫の下にいたが、男たちはあの子はきっと死んでいると告げた。彼は瓦礫を除けるのを手伝ってくれと粘り強く頼まなくてはならない。

金曜モスクに着いた。この辺りは遊牧民の居住地域だったところだ。金曜モスクは広大で、繋いだシーツでいくつもの区画に区切られている。ここに私たちはしばらく滞在することになるのだ。きっと何日間も。この場所に避難した家族はたくさんいたようだ。持ち物が残っている。シーツ、プラスチックのマット、簡単な調理器具。私たちも炭酸飲料やパンやチーズや水を持ってきた。電気は通っていない。水場もない。けれど爆撃もない。

自分たちの場所の掃除を済ませたちょうどそのとき、二人の老婆がマイサラとスハイブに抱えられて運ばれてきた。これはサラーキブに戻るチャンスだ。私は彼らに拒否されても受けつけなかった。

「今起きていることから離れるためにここに戻ってきたんじゃないのよ！　聞き入れてくれないとだめよ」

断固としてそう主張すると、ついに彼らは受け入れてくれた！

二人の老婆が手に支えられて運ばれてきた。移動に次ぐ移動で、魂が重さを増し、身体が軽くなることがある。一族の男は年寄りを安全な場所に残し、自らは死に赴く。役割が入れ替わっている。一族の母親である老婆は怒り、家から離れるのは嫌だと言う。叔母にあたる老婆は黙っている。アイユーシュは両目いっぱいに涙を溜めて、家を出たくない、避難したくないと言った。尊厳を失くすくらいなら死んだほうがましよ。避難は私たちから尊厳を奪ってしまう。家で死ぬのが一番いい。けれど、男たちは女たちを一顧だにせず、彼女たちを金曜モスクに残していく。私は彼らとともにメディアセンターに戻る。

メディアセンターに着くと、人びとは活動を再開していた。時刻は夕方の五時ごろ、現時点でだいたい十七個の樽爆弾がサラーキブに投下され、爆発した。すべて民間人の住宅や市場に落とされている。ロケット砲やクラスター爆弾の数はわからなかったが、メディアセンターを登っていくと、いずれそれもわかりますよと若者たちが言った。私一人がセンターに入り、スハイブとマイサラは立ち去った。マルティン・スーデルと英国人ジャーナリストとまだ若いジャーナリストが二人、私を待っていた。若いジャーナリストの片方は負傷して足を骨折し、手当てを受けていた。マルティンは撮りためた写真を整理している。隣の部屋で若者たちが交わしている話に私の頭はどうかしてしまいそうだ。彼らは今日の爆撃で犠牲になった家族たちの名前を挙げていた。そこには腕を失った者がいて、脚を失った者もいる。瓦礫の下から遺体となって引き上げられた女の子も。

この地上では、革命は非日常の現実だ。革命の現況を記録するのも非日常のことである。

この現実を比較したり整理したりする必要はない。毎日の結果を知る必要すらない。必要なのは、毎時、神経を鎮め、諸事をこなしていくことだけ。爆撃から遠く、ごく安全な出口がわかっていて、医師や救命救急士が確実に駆けつけ、爆撃地点では活動家たちがすぐさまアサド政権の戦闘機やロケット砲による被害状況を確認する、という調子で。でも、そんなことは不可能だ。せめて接続できるように願いながら、ネット上で、世界の縁の外側で破壊と撃滅にさらされた小さな黒点を、ささやかな、だが注視すべき出来事として見守っていくしかない。そして、そうしたことよりはるかに大切なのは、互いに手を繋ぐことだ。引き裂かれた人間の手足や無惨に破壊された住居の前で正気を失わないように。一瞬であれ誰かが崩れれば、その周りの人が悲嘆にくれる。

やすやすと小さな指に近づいて瓦礫の下から拾い集めなければならない。さらに別の女の子のおもらしのぬくもりまで残った遺体を掘り出さないといけない。それからまた歩き出し、犠牲者探しを続けるのだ。犠牲者たちの顔を忘れないようにしなくてはいけない。樽爆弾が降り注ぎ、無料で死が振りまかれる空の下でどのように人間の瞳が完全に光を失い白くなっていったかを書き留め、語り、外の世界に向かって報せるために。

今起きている出来事を分析できたとしても、なぜ民間人の家々に爆弾を投下するのかを読み解けたとしても、意味はない。アサド政権がこの地域の破壊へと踏み出したのは、市民意識が育んだ革命を頓挫させ、活動家が男も女も解放地域へ戻って取り組んできた市民プロジェクトを潰すためなのか、あるいは軍隊の補給線を確保するためなのか。そんなことは何ひとつ重要ではない！　今、大切なのは、空が私たちに樽爆弾やクラスター爆弾を注ぐただなかでも、自分自身の足で一本の釘のようにしっかりと立つことだ。

空がふたたび燃え上がったとき、私はそんなことばかりを考えていた。クラスター爆弾に加えて、続けざまに三つの樽爆弾が投下された。私たちは大急ぎでセンターの階段を駆け下りた。マルティンと英国人ジャーナリストも足を骨折した若者を抱えて一緒に降りた。センターの門前に私たちは立ち尽くした。若者たちのグループも私たちの前に現われた。飛行機は上空にまだいる。どこに行けばいいのかわからなかった。

夜の帳が下り始める。近くにクラスター爆弾が落ちたようだ。男たちが私たちに一緒に来いと呼びかけた。けれど私はそれを断って、あの人たちは知らない人よとマルティンに告げた。

「私たちは戻ったほうがいい、誘拐が横行していると警告されているでしょう。出ていっても何もいいことはないわ。避難場所に降りなくては」

見知らぬ人たちは、避難場所では樽爆弾を防げないと反対した。マルティンは「僕は上に出て撮影する」と言った。他の若者たちは上に行って負傷者を搬送しなくてはならない。「じゃあ私も上がって待っているわ」と私は言った。マルティンは私を驚きのまなざしで見た。

私たちは階段を昇った。マルティンは二階まで上りきって屋根に出た。今、屋根に上がって飛行機を撮影するだなんて狂気の沙汰もいいところだ。多くの人びとが爆発時に飛び散ったミサイルの破片に当たって命を落としている。私はマルティンに追いつき、ともに屋根に出た。屋根に上るのは初めてだ。物慣れず、恐ろしい心地がする。それから私はふたたび、樽爆弾を投下していく飛行隊を目で追い始めた。爆弾を投下する飛行士の顔を想像した。彼も人間の形をしているはずだから、それを思い浮かべようとした。

空はまだ朱に染まっている。完全に夜にはなっていない。家並みが影絵のように浮かび上がる。爆撃の火が遠く近くに光っている。夕日に染まった地平線の真ん中に飛行機が旋回している。家々はしんと沈黙し、通りに人影はない。一瞬の景色は一幅の画のようだ。あちこちで、さっき投下された三つの樽爆弾の被害を調べに人びとが集まっていなければ、であるが。

飛行機が接近してくる。「すぐに降りましょう」と私はマルティンに言った。私たちは駆け出した。暗闇のなかで頼るよすがを手探りしていたら、マルティンに腕を摑まれて階段へ引っ張られ、ぐらりとバランスを崩した。爆発の轟音が響き、私たちはドアの前まで転げ落ちた。続けてもう一回爆発し、さらにもう一回。

死の刹那、身体の何百万もの感覚器は何かに触れたいと切望する。死に際、身体は自分の存在を確かにしてくれる何かに繋がりたいと強烈に求める。狂気と動物的な感性による本能的行動は、消滅に対し敵意の牙をむく。私の指は空を切りながら、生きた存在を探していた。両目が一時的に眩んで、亡霊めいた影しか見えない。マルティンと英国人ジャーナリストと私は向き合い、互いに肩を組んでいた。こんなすさまじい爆発の轟音の一瞬に、どうして自分たちが寄り集まったのかわからない。次いで沈黙が訪れると私たちは身体を離し、まるで何もなかったかのように駆け出した。誰も死にたくない。今は果敢さに何の意味もない。私たちは、空虚のなかで滅殺の手から逃れようとするただの怯えた人間だ。

通りを駆けに駆け、ようやく爆撃は止んだ。ムハンマドの車が到着していた。ムハンマドは負傷者の救命や記録に走り回っていた。私たちは車に乗り、爆撃範囲から外に出た。「町はずれのパン焼き窯で、うちの家族とメシを食いましょう」と若者が言った。

通りに人びとが破壊状況の確認に出ている。私は初めて、これほどの数のダーイシュの戦闘員を見た。戦闘員たちは武器を運んだりナイフを鞘から抜いたりしながら、爆撃地点の周りで皆と一緒にいた。彼らの存在はここの生活にそぐわない。異邦人のようだ。肌の色は青に近い暗褐色で、シリア人の薄い褐色とは似ても似つかない。私たちの車の前に立ちはだかった三人の男はモーリタニア出身で、また別の二人は片方がイエメン人、もう一人はサウジ人だった。若者たちの傍らに立っていたのはエジプト人だ。たいてい彼らはシリア人から好かれていない。今日も、彼らは少なくともイドリブ郊外では地域社会のネットワークの外にいる。アフラール・シャーム運動の構成員は地域社会の人的ネットワークの内部にいる。彼らの過半数はシリア人で、その村なり町なりの地元の人間だからだ。彼らは社会の一員で、自前の慈善協会や病院や学校を持っている。ただの武装部隊ではなく、宗教啓発運動でもあるのだ。

サラーキブ各地で対空射撃の音が聞こえる。上空に飛行機は見えないが、その後の爆発音が近い。私たちは車のスピードを上げた。走る男たちが見える。窓の右側に火炎と粉塵が上がったが、車は停まらなかった。私たちは黙っていた。料理を携えてひたすら道を進む。

夜の闇が深くなったころ、私たちは町はずれに着いた。広大な広場へと続くところのパン焼き窯の前に立つ。パン焼き窯にはコンクリートの屋根がついていて、周りには若者や男たちがいた。戦闘員や活動家たちだ。爆撃は続いている。それでも私たちは腰を落ち着け、床に食事を並べていった。

戦闘員たちはサラーキブ革命家戦線に所属している。彼らとともに年寄りが家族を連れてきていて、彼らの隣にも家族連れがいる。その後ほかの者たちも加わった。対空機関砲がすぐ目の前にある。私は気恥ずかしさを感じながらも、彼らの目の前で手を伸ばし、料理をよそった。この若者たちが今、死と無縁でいるだなんて考えられるだろうか。彼らの指はオリーブ油に濡れ、くたびれた顔をしている。その姿からも飢えて疲労困憊していることは明らかだったが、今だけは平穏に食べ物を詰め込む時間だ。だがあの音が、私の耳のなかで続いている。ミサイルと地響きの音が。

あまり多くは食べず、私は煙草を吸い始めた。いつものことだが、私は禁煙しなかった。ここ何年というもの、「いつか肺に煙を入れるのをやめる日は来るだろうけど、これまでの人生で、まだそうしたいと思ったことはない」と言ってきた。特に今は。煙草を見つめながら、こんなふうに知らない家で、爆撃を受けながら熱い紅茶のカップを手に取る、そんな人生で一番欲しいものは煙草だと思う。近くには対空機関砲、死を冗談にして笑う戦闘員たち。

金曜モスクに避難して無事ではいるだろうけれど、ノラやアイユーシュや老婆たちが気がかりだった。

「マダム、どうした？　大砲が怖いのか」アフマドが私を正気に戻してくれた。ムハンマドが咎めるように彼を見ている。

「そうね、怖いわよ。震えているでしょ」と答えると、私たちは笑った。

アフマドはサラーキブ出身の戦闘員だ。年齢は二十九歳で、手にダマスカス・ローズの刺青がある。商業学校で学び、兵役に就いた。笑うと歯が見えて、頬が膨らむ。彼は両手を天へと上げながら話しかけてきた。

「やれやれ、二〇一一年一月に除隊できたっていうのに、お楽しみはお預けさ……革命が始まったしね」彼は黙って食べ続ける。それから？　と私は先を促す。

「大勢と同じように俺も改革だけを要求して平和的に立ち上がったんだ。誓って本当さ」と彼は笑い出す。そして続ける。

「サラーキブで俺たちは拘束され、殺害され、家は焼き討ちされた。武装していなかったころさ。だから自分の家を守ろうとしただけだ。俺たちは三人、だがシャッビーハやムハーバラートから家や女子どもを守るためのライフル銃は一丁。友だちが一人殺されて、俺たちは二人になった。その後、俺は殉教者アスアド・ヒラールの大隊に加入した」

「武装することについてはどう思ったの?」

そう訊くと今度は笑わなかった。彼は長身で太っていて、胡坐をかこうとしていた。食事をやめて煙草に火をつけた。

「向こうにサラーキブ郊外のシャッビーハが一人いた。奴が俺たちに発砲したから、こっちの若者が撃ち返した。それで俺も自分の身を守ることを考えた。奴らは手当たり次第に撃ち出しているからな。俺たちは十五人から二十人くらいで町を守る自警団を作った。代わりに連中はサラーキブ周辺に軍隊とムハーバラート用に五つも検問所を設置した」

皆がアフマドの話を聞いている。もう食事はやめたようだ。爆撃も止んでいる。アフマドは一人、夕闇の沈黙のなかで話し出した。

「大隊に入ってからも人殺しをする気はなかったよ。戦闘状態でも、致命傷を与える箇所は狙わない、足を狙おうと皆で言っていた。でもその後、変わってしまった。わかるだろう? 爆撃をかけられ、拘束され、仲間を殺された。何もかも奪われた。連中の蛮性はすさまじい。そこからはどこを狙って撃つかなんてもう構わない。今、俺は生きている。親父もおふくろも弟も一緒だ。目の前で殺された友だちのために、バッシャール・アサドとの戦いからは絶対に退かない」

私は革命の道筋を歪めたイスラーム過激派の武装組織について尋ねた。彼は答えた。「君が彼らをどう思っているかはわからないけど、それぞれ別の組織だろう？　ダーイシュとヌスラ戦線とでも違いはあるしね……ずいぶん違うから」

一人の若者が割り込んできた。「一緒にするのは、違うね……ヌスラ戦線はすごくいい人たちだ。盗まないし、殺さない」

「それは違うな！」別の若者が言い返した。アフマドがそれを遮って言った。

「ヌスラ戦線をこき下ろす気はないよ。確かに誰にも害を与えていない。ダーイシュはイスラームにもシリアにも悪影響だな。あいつらは外国人だし、俺たちとは何の繋がりもない。それにイスラーム教徒にはイスラーム法に即して何が正しいかを自分で考える権利があるはずだ。女性がヒジャーブをまとうべきか、取るべきかに至るまでをさ」

この指摘に対して私は意見を述べなかった。こういう論争に加わりたくはなかった。彼は私のコメントを待っている。

「率直に言えば、たくさんの地域を解放したわけだから、俺もヌスラ戦線はよくやっていると思わざるを得ないんだがね」と言われ、私は「でも、彼らの政策はどうかしら」と言った。それを聞いて彼は答えた。「わからない……わからない、それは！　でもこれは言っておきたい。今は混乱期で、きれいごとの時代じゃない。何もかもが汚い。アサド政権、ジハード主義の大隊、ムハーバラートや治安維持機関、革命家も。世界中がだ。今、俺たちは汚れにまみれて生きている。家族も収入も投げうって、信仰のためにシリアに闘いに来た戦闘員と、ムハーバラートと結びついてアサド政権に我が身を売った隊長とでは、そりゃ違うだろう。そうさ、隊のなかには隊長同士が仲間割れしているところもある」

アフマドは大隊からささやかな手当てを得ている。千五百リラといったら煙草代程度だよ、と言い、彼は語る。「内戦はさらに長く続く。だから俺は結婚したいんだ」

アフマドはよく笑い、自分自身に至るまで何もかも皮肉のきいた笑い話にしてしまう。

「で、マダム、君はいったい何の罰が当たってこんなところに来たんだい？」と言ってまた笑う。戦場では何を感じる？ と訊くと彼は笑わない。真剣な顔をしてみせたら、彼もごく真面目に答えた。

「戦闘の最中、戦場には人間なんかいない。俺は獣だ。殺している奴も、殺される奴も、一切合切が……アラウィー派は全員親アサドなのに、スンナ派は一部しか革命家の側についてくれない、それは問題だな。なんでスンナ派の俺たちばかりが死んでいって、少数宗派が生き残るのか。彼らも同じシリア人なら、なぜ沈黙しているのか？ 俺にはまったく理解できないな。理解できない。将来について何も明確な形が見えてこない。俺は戦闘員だ、だけど人間が生んだ子どもだぜ。学校で勉強もしたし、殺し合いは嫌いだ。結婚もしたい、子どもだってほしい。だからこそ俺は戦うんだ、生きていくために。革命が頓挫したことも、周りのすべてが革命に反対しているのも知ってる。革命は、見捨てられて身寄りもいない貧しい未亡人みたいなものだ。ときどき自分がチェスの駒になってしまったような気分になる。でも、いいように使われていると知っていてもどうしたらいい？ 大隊に資金援助しているのは誰か？ 誰なのか？今、そんなことを知ったところでどうでもいい。それでも俺はバッシャール・アサドとの戦いは絶対にやめない。今起こっていることはまったく狂っているし、俺たちは皆、死に向かっている、それくらいわかる。けれど自分の身も守らずに死ねと言うのか？

二回、トルコに行ったことがある。トルコで、通りを歩いていたら変な感じがした。言いようもなく変な感じが。爆撃がない！ 戦闘機も飛んでいない！ ロケット砲が人を殺していない。わかるかい？ それが変だと感じたんだ。俺たちはただ死んでいく。俺たちは、ただ死んでいく……これが俺たちがやっていることだ！」

アフマドは話をやめた。

しばしの沈黙の後、「ねえ、煙草をくれる？」と私は言った。

さっき最後の一言を発したときには憤っていたのに、煙草を求めたときには彼はもう笑い出していた。

「何の成果も挙げないまま、俺たちは死んじまうんだな、もうちょっとしたらきっと！」アフマドは私の煙草に火をつけ、大笑いしながら喋った。

「なんでアブー・ナーセルについて書かないんだい？」と彼は、白い顔と不安げなまなざしの瘦せた青年を指し示した。そのとき初めて戦闘員のなかにいる彼に気づいた。彼は隅っこで、自分の周りの出来事にはあまり関心なさそうにしていた。私たちはプラスチックのマットの上に座り、そこにクッションをいっぱい転がしていた。模様が彫り込まれたコンクリートの床がマットの外側に見える。オリーブ油と石油の臭いが辺り一面に漂っている。自分は記憶力のいい、見えない登場人物なのだと肝に銘じる。私はどんな話であろうと鵜呑みにはしない。生涯決してそれはしない。今、私は記憶を定着させるために必要な樹脂を運ぶ動物なのだ。

アブー・ナーセルは一九九九年生まれの若者だ。三回、バカロレア（大学入試資格）を取ろうとしたが失敗している。恥ずかしがり屋で、話し出そうとせずに横目で私を見ている。

「アブー・ナーセル、恥ずかしがらないでよ。私の弟みたいね」

そう言うと、彼は消え入るような声で答えた。「マダムは姉貴よりすてきだよ、ほんとに」

そして彼は自分の話を始めた。「僕は、アフラール・シャーム運動付属のハッサーン・ブン・サービト大隊に所属して、神の道におけるジハードのために武器を取った。煙草をやめて大隊のメンバーとともに前線に行ったんだ。アレッポや、ハイイ・サイフッダウラ（アレッポ県内の地名）や、ラタキアのブスターン・バーシャーに何か月かいて、それからアァザーズ（アレッポ県内の地名）の空港に行った。

　で、僕はジャバル・アクラード（イドリブ県北部の地名）に行くために、アフラール・シャームをやめて独立系の武装集団に加入した。殉教した人の制服をもらったからそれを着ていたよ。僕は目の前で殉教した友だちの敵を討つためだけに銃を撃っていたんだ。だけどジャバル・アクラードでは戦闘への参加を断られてしまった。アミールが却下した。アミールはサラーキブ出身の大隊長だ。それで僕はその武装集団も抜けてここに戻った。

　僕は初めは武器を持たなかったけれど、アァザーズでライフル銃を入手していた。それで、サラーキブでそのアミールのところに行ったんだ。彼の仲間に加わるつもりでいた。僕は家族に大切にされてきたから、家族のそばにいたかったんだよ。

　アァザーズで僕にライフル銃をくれた人はメナグ（アレッポ県内の地名）空港に行くと言って、僕も合流すべきだと言ってきた。だから僕は彼らのところに戻った」

　私はアブー・ナーセルにその戻った武装集団について尋ねた。彼は答えた。

「独立組織だよ。そういうふうに活動していた集団もたくさんあった。僕たちは三か月間、一発も撃つことなく過ごした。政権軍は僕たちを攻撃して若者たちの頭を撃ち抜き、処刑していった。大隊長は嘘つきで、僕たちを戦場に残したまま姿をくらました。怒り狂ったよ。僕たちのアミールだと名乗っておきながら、どうして逃げ出せるんだ？　僕たちを見捨てていくとき、奴は僕のライフル銃も持っていった。あれは贈り物だったのに。奴はドラッグもやって煙草も吸っていた。禁忌とされることもたくさんやっていたとあとでわかった。

それで今度はサラーキブ革命家旅団の旅団長アブー・タラードがいる大隊に加わって、四か月間彼らと行動をともにしてきた。今はライフル銃はお預けだね。僕にはライフル銃を買う金がないから。一丁につき十三万リラ以上するんだ」

アブー・ナーセルは、学業を全うしたいと願う一方で戦い続けたいと思っている。かつて楽器の演奏を習ったそうで、バイオリンとウードを弾きこなす。笑いながらアフマドが割り込んでくる。

「アブー・ナーセルは素晴らしいウード奏者なんだよ」

アブー・ナーセルが首を振って、「もうウードは弾けないんだよ」と言うとアフマドは、「おい、嘘つくなよ！」と叫んだ。

「本当に、もうどう弾くのかわからなくなってしまったんだ。なぜかはわからない。僕はイスラーム教徒を殺す不信仰者たちと戦っていると考えてきた。でも今は不正に対して戦っていると言っている。僕が生き永らえて、バッシャール・アサドが打倒されたら、そのときは何もかも投げうって音楽の勉強をしにアメリカにいる兄弟のところに行くつもりだ。ウードが好きなんだ。今までは、天の楽園を得る殉教者として死ねないのが怖かったけれど、すでにアミールの嘘や言行不一致を見てしまったからね。あるとき……」声を絞り出し、彼は怒りのまなざしで私を見る。頬が紅潮し、両目をいっぱいに見開いている。

「あるとき、部隊の部下二人を連れて離反した大佐が、メナグ空港襲撃を支援してくれた。僕たちは空港を攻撃し、ゲートの直前まで到達した。ところが、アミールは僕たちの突入に反対し、進軍許可を出さなかった。こんなのは茶番じゃないか！」

アブー・ナーセルは椅子の上で背筋を伸ばした。興奮し、悲しみの色を浮かべた彼は、実年齢よりも歳を取って見えた。その声音には深い絶望があった。

「僕は結婚したいとはまったく思わない。いつ死んでしまうかもわからないのに、どうして結婚なんてできる？　わかるだろう、僕たちは日常的に爆撃の下で生きているんだ。なんとなれば正気だって失くしてしまう！　家族は心配で仕方がない。でもバッシャールが打倒されるまでは絶対に武器を捨てようなんて思わない。奴は僕たちを殺し続けているじゃないか。言っただろう、僕たちは非暴力デモに乗り出して、武器も持たなかったのに殺された。今もあいつらは僕たちを殺している、やめる気配すら見せない。あいつらが人殺しだから、僕たちは自分の身を守るんだ。

でも、あなたには言うけど、物事はそんなにうまく運んでいない。アレッポでは、酒を飲んだ男が見つかって公衆の面前で鞭打ち刑になった。人の首を掻き切ったり、焼き殺したり、鞭打ち刑にしたりするジハード主義の大隊がいる」

「そんなことをするのはどこなの？」そう尋ねると、彼は答えた。

「そんなのはどこでもいい。とにかく、彼らは相手がアラウィー派だからという理由で人の首を掻き切るし、神の法を実践しなかったという理由で鞭打ち刑に処すんだ」

朝六時。早起きの飛行隊がサラーキブを爆撃した。ミグ機であることは明らかだ。その音で判別できる。

大隊の拠点に近いほうの窓越しに、上空の飛行機に照準を合わせた十四・五ミリ機関砲の後ろに座る若者を見つめていた。小さなワゴン車の荷台にマシンガンが置かれている。機関砲の後ろに座っている戦闘員は私の知り合いだ。彼に手を振りながら、一緒に空を見上げているけれど、彼は別世界の人間だ。肌身離さずマシンガンを携行し発砲する。機関砲を恐れて飛行機は去ったと若者たちは言った。

もし俺たちが対空砲を持っていたら勝てただろうに。戦闘員は飽きることなく同じ言葉を繰り返す。無線が叫んでいる。「戦闘機が行った。仲間たちよ、神の助力があらんことを。注視を怠るな」

窓のところに戻ると、件の若者はそのまま持ち場について、煙草に火をつけ空を見張っている。もう一方の手に無線機を持って聞き入る彼が、一瞬、くつろいで幸せそうに見えた。メディアセンターのなか、私たちは大所帯だ。ダマスカス出身の若者は法学の博士号取得者で、地元を離れて仲間とともに技術・プログラミングの分野で活躍している。痩せぎすで意欲的で心配性だ。彼はずっと働きづめで、何日も部屋にこもったかと思うと出かけていく。他のたくさんの活動家たちも似たり寄ったりで頻繁に出入りしている。彼に言わせると「君みたいにね、君もじゃないか！」だそうだ。

スハイブはサラーキブっ子で、私が身を寄せている一族の一人だ。ヨーロッパに留学していたが、革命家たちと行動をともにするために大学生活を放棄して帰国した。今はアートやラジオを担当し、戦闘にも加わっている。戦闘で足を負傷し、引きずるようになった。だが、勇敢な戦闘員のまま死ぬまで離れるつもりはないとサラーキブからの脱出を拒否している。「死ぬか、勝つかさ」と彼は言う。山岳地域で車を走らせているときなどは特に、私は彼と延々論争してきた。純粋で珍しいほど勇敢な魂の持ち主だ。

アイハムは数学教師で、今までサラーキブを出たことがなく、このころもまず出る気はないと本人は言っていた。その少し後に去ることになったのだが。そのときまで彼は子どもたちに教えながら、学校教育を監督する兄とともに町に残り、鳩を育てていた。数か月後、彼は戦闘機の爆撃で命を落とした。

私の道行きにつねに付き添ってくれるムハンマド。そしてマンハル、マルティン・スーデル、アフラール・シャーム運動の若者、そして報道関係者。ここで、この小さな部屋で、彼らは革命は継続していくのだと夢想している。誰かが「必ず奇跡は起きる」と言う。

部屋の片隅では二人の若者が、戦利品獲得の原則を定めたイスラーム主義の大隊について話し合っていた。戦利品獲得としてレイプや窃盗、強盗の跳梁を容認する原則だ。他方、自由シリア軍の大隊はこれらの行為に対して戦いを挑み、犯罪であると明言してきた。

「けれど、結局はイスラーム主義者たちが勝利した」と若者が言う。彼は子ども向けの雑誌を編集・統括し、アレッポとイドリブ全域の北部郊外地域に配布している。彼らはこの仕事のプロだったわけではないが、スキルを身につけている。こういうのはよくあることだ。支援活動に従事する者が戦闘にも参加する。撮影し、文書を作成する者が、広報なり戦闘なり支援活動なりの案件を任される。

空気がこもっている気がしてきたので、アイハムとバディーウという若者に手伝いを頼んで、今いる部屋の掃除を始めた。この場所はあまり注目されてはいないが、何にでも使われている。ワークショップも休みなく続けられている。アイハムとバディーウは、最初はただの興味本位だったが、のちに手伝ってくれるようになった。一方は「避難してきた人を家族として手伝いに行くんだよ」と言い、もう一方は「外国のジャーナリストはここに来なきゃだめだ。実際に会わなくちゃ」と言っていた。サラーキブ地方議会は今日、町のさまざまな事柄を実施するためにここに招集される予定だ。この市民組織はいくつもの理由によって影響力を失い始めていた。イスラーム法機関の存在、資金援助がないこと、町の住民の間で顕在化した対立も理由の一部だった。何より重大な問題は、イスラーム法機関とイスラーム法廷が、イスラーム主義の大隊の保護下で武器の力と神の名によって自分たちの法を執行していることだ。

ふたたび飛行機が上空に現われた。私たちは部屋の持ち場から機関砲を見下ろす窓のほうへと駆け出した。機関砲が飛行機に狙いを定め、続けざまに迎撃していく。手のひらで耳をふさぎ、窓から離れた。三人の若者が出てきて機関砲のそばに立ち、紙飛行機でも眺めるように空を見つめている。いつものようにその光景は数分で終わった。

開け放されたドアからシャーヒルが現われた。シャーヒルは物静かな青年で、サラーキブ革命家戦線の隊員だ。人懐っこいがあまり喋らない。彼は部屋に入ってくるとこう言った。

「二名の遺体が見つかった。さあ皆、手伝ってくれ。身元を確認して埋葬しないと」

私はスカーフを頭に被り、「私も行く」と言った。おや、という顔で彼は私を見たが、いつもどおり何も言わなかった。私は彼らについていった。

ぎらぎらと太陽が燃えている。爆撃の音は遠く、町の反対側のほうから聞こえる。私たちは高速道路上で立ち止まった。糸杉の並木が続く。右手に小さな川があり、底に二体の遺体があった。嫌な臭いが一帯に広がっている。これ以上は進むなと言われたが、ちらりと一体の服の色を見た。二体とも頭がなかった。二体は互いに離れてはおらず、その上を小さな雲のように蠅の群れが飛び交っている。シャーヒルは到着前は明るくふるまっていたが、遺体のそばに来るとふたたび沈黙してしまった。二体は白骨しか残っていない。身元がわからなかったので、その場に彼らを埋葬すべきだということになった。

若者たちは小川に近づいていったが、私にはそれ以上進ませなかった。糸杉の木は細く、色は褪せた緑に近い。遠くで飛行機と爆撃の音。若者たちは穴を掘り始め、マスクをつけた。その瞬間、思った。地面に崩れ落ちそうだ。この死のせいで、死を目の当たりにし、知ってしまったせいで。

若く生気に溢れ、武器を持ったシャーヒル。彼は生粋の地元っ子だ。過激派でもなく、テロリストでもなく、自らを守るため武器を取り、戦っている。他方、傭兵もどきの外国人戦闘員たちは、信仰の名の下に首を斬り、私たちの国の占領軍のように検問所で私たちを足止めする。価値観が乱されていく。混乱が増していく。自らの手から離れつつある革命を守るため、若者たちは一命を賭す。アサド政権に対する戦い、生活を壊し始めたジハード主義組織との戦い……そうしたものすべてのせいで。

糸杉の根元に腰を下ろし、私は彼らを見守った。

「この破壊を、そのすべてを、どうしたら書き尽くせるだろう」

すさまじい臭い。後ろにいた若者が私がぶつぶつ繰り返すのを聞いて、かすかに身体を傾けて言った。

「マダム、何もかも見ることはないんだよ。絶対に。さあ、帰ろう」

視界が黄色くなってきた。シャーヒルと若者たちが私のほうにやってきて、行こう、と促す。どうにか立ち上がった。臭いは喉元を、斬り落とされた頭の残像は私の脳の全体を、くまなく占めている。殺したほうも殺されたほうも誰だかわからない。愚行と破壊に満ちた混乱。

帰り道でシャーヒルが言った。

「あれが俺たちの仲間だったとは思えない。きっと政権軍だろう」

「でもどうしてわかる? 誰であれ神のお慈悲を祈るのみだよ」別の若者がそう答えたが、向かい側にいた若者は、「もしバッシャール・アサド側の奴だったら、神もお慈悲を賜らないさ。地獄に落ちるがいい！」と言った。

私たちには何も残らない。突然、暗い想像がよぎった。

無は自らのなかで泳ぎまわり、自らを食らって広がっていく。

その瞬間、これは致命傷だと気づいた。私は、出会い、ともにいるこの人たちの家族ではない。連綿と続く死に私は耐えられない。次から次へと再生産される悪業にも、この地を呑み込むまでに育ち、膨らんでいくものにも敵わない！ もう決して、私はかつてのようには生きられない。

こんなのはいつものこと、そう考えて私はふたたび力を得る。だが、私を死のなかに押し込もうとする反発力はどんどん大きくなっていく。しなやかに訪れる死の甘さが私の心に忍び寄る。これから何をしようが、無意味ではないか！　頭が、ぞろぞろ入り込む蟻の巣穴のようになる。遠くの爆撃の音、遺体の上の蝿の羽音、瓦礫の下の女の子の顔。死に降伏する心地よさに溺れていく。

「メディアセンターに着いたよ」というシャーヒルの声で我に返った。

議会のメンバーたちは、すでにパンの欠乏問題に対処するためにセンターに集まっていた。昨夜、サラーキブにはパンがなくなった。彼らから離れ、私はムハンマドと話し合い、女性たちの家庭への訪問を調整した。文盲の撲滅や、女性センターの立地選定を進め、小さなプロジェクトを継続していくためには巡回しなければならない。でも、私の頭は空っぽだった。ムハンマドが言うことを機械的にメモしていくだけだ。

一人の若者が入ってきて、移住してきた外国人戦闘員がサラーキブの住民に結婚相手となる内戦未亡人を探してほしいと依頼し、報酬を支払っていると報せてきた。大半の住民はこの依頼を拒絶しているが、引き受ける人もいる。この問題を聞いたことがあった。つい昨晩のことだ。私たちはある殉死者の未亡人の家にいた。彼女はイエメンの戦闘員から結婚を申し込まれたと言い、同意するつもりだと告げた。三人の子どもがいて、アフラール・シャーム運動付属の慈善協会から得る手当のほか生計の手段がないからだ。しかし彼女は喜んで同意するのではない。私たちはその美しい女性と家庭で掃除用品や生理用品などを売る小さなプロジェクトを興すということで合意した。彼女は、プロジェクトでは十分は稼げないだろうけれど、おそらくイエメン人のジハード戦士と結婚せざるを得なくなる事態は避けられると断言した。その後、彼女は結婚話を断り、自活していくことになった。

若者が屋根の上のファンを修理している。発電機のファンだ。政権側が反抗する地域への通電を止めたので発電機が必要だ。ウマルとスハイブは、若者たちが設立した地元ラジオ局の案件に取り組み続けている。

アサド政権の支配から解放された後、現実に、地域には国家としての原型ができつつある。だが、この原型は姿を消してしまうだろう。絶え間ない爆撃や、過激なイスラーム主義大隊の展開によって首が絞められていく。それでもここでは、この見放された小さな場所では、革命は継続している……若者たちは市民社会を自主運営していく過程でこれまでにない経験を積んでいる。彼らは有能だ。しかし、彼らが民主的な市民革命を実現することを望まない人もいる。彼らもそれを知っている。北部郊外地域で発行されている新聞の仕事をしている二十一歳の若者が言った。

「今、あなたの目の前で起きていることは、何もかも民主主義革命を宗教戦争に変貌させるものなんだ。この手のタクフィール主義者たちは……自分が何をしているかわかっていない。彼らの指揮官だけがわかっているのさ」

若者は地面に唾を吐き捨てた。彼は二人の兄弟を爆撃で亡くしている。

メディアセンターをムンタハーの家のほうへと通り過ぎていこうとしたら、飛行機が一機、上空にふたたび現われたが、DShK38重機関銃と十四・五ミリ機関砲が攻撃を阻止した。私たちが入った小路に子どもたちが下りてくる。子どもたちは円を作って遊んだり笑ったりしている。私は笑わなかった。その頭上に現われ、ほんの数秒で彼らを木っ端みじんにしてしまう飛行機のことを考える。子どもたちの母親が二人、押し黙ったまま、家のドアの前にいる。玉ねぎの入った箱を抱えた男の人が、箱を持ったまま小路から出てくる。武器を持つ戦闘員が反対側の小路に入っていく。生活とはそうしたものだ。

私たちは女性たちの家の巡回を始めた。もうもうとした粉塵が壁や顔やあらゆるものを覆っていく。ついに私は、いつであろうと袖で顔を拭ってもいいことにした。

独り言を呟いた。

頭がおかしくなりそう。でも皆はどうやって正気を保つの？　こんなにも続けざまに死んでいく、そのすぐ近くで生きているのに。

今朝はぐったりして目を覚ました。アーラーとの夜の締めくくりのお喋りが恋しい。でも、これでいいのだという満足感があふれてくる。今、アーラーはシリア国外で安全なのだから。ここ二日で寝間着に具合の悪さを感じ始めた。寝間着のまま夜を過ごすのが怖かった。爆撃を受けたらほとんど裸で人前に出ていかざるを得ないではないか。だから、黒いアバーヤをそばに置いて眠ることにしている。ほぼいつもの話だけれど、この灼けつくような暑さと蚊のなかではうまく眠れない。ぼうっとしながら目を覚まし、何日もそんな状態でいる。爆撃は止んでいる。プロジェクトを進めるために、ムンタハーとディヤーの家と小学校に行かなくては。けれどその前にムハンマドは、現在市場の避難所となっているところを支援すべきだと言った。そこを女性のためのセンターにする予定なのだ。

市場はサラーキブの中心地にある。ふだんからそこは爆撃が集中していて、まるで民間人を可能なかぎりたくさん殺すために爆撃しているかのようだ。一時間ほど爆撃は止んでいて、私もムハンマドも少しだけほっとする。今日訪問する予定の殉死者の未亡人の名を数え始めると、ムハンマドがこれは難しいな、何日もかかるぞ、と言った。私は、避難民向けの学校プロジェクトのためにラザーンがいるカファル・ナブルに急ぎたかった。

市場は静かだった。動きもあまりない。いくつか開いている店もあり、そこで売り買いもしているが、ほとんどの店は爆発でドアが吹き飛ばされている。商店主たちは初めて砂袋を店のガラス張りのウィンドウの前に置くようになった。そのせいで市場は前線のように見える。私たちは中心に続いていそうな小路に入った。少し幸せな気分になった。爆撃もあるし、戦闘も包囲もあるけれど、ここでは人びとがごく当たり前の形で生活を続けようとしている。そして全員が、女も男も子どもも、そうしようと決意しているのだ。

無線が叫び出した。「ヘリが飛来……ザザザザ……ザ、ザ……どこだ？　クソ！　見てなかったのか？……なんで誰も警報を出さなかった？……」私は無線機を握りしめた。ムハンマドは運転を続ける。

「機関砲につけ……ほら！……飛行隊がサラーキブ上空に到達する」

ドズゥーーーーーーーーーーーッッ！！

轟音が響き、一帯が粉塵の雲に包み込まれた。ムハンマドは車を停めて車窓を閉めた。私は両手で耳をふさぎ、叫び声をあげた。まだ生き延びていることを耳から実感したかった、人間の叫び声、それは動物の咆哮と少しも変わらない。それからふたたび轟音。

ドゥッッッッッジュッッッーーーーー！！！

もうもうとした粉塵が目前に迫り、視界はほとんどきかない。負傷した子どもを抱え、必死に走る男性がちらっと見えた。泣きながら、叫びながら、走っている。声は聞こえなかった。耳鳴りが鋭い痛みに変わる。もう自分の周りで何が起こっているのか把握できない。

その瞬間、すさまじい音が聞こえた。

どんな音だったか思い出せない。両耳が爆発しそうで、頭ががくがく震えた。車も振動していた。頭が激しく揺さぶられる。全細胞が、地面が、揺さぶられていた。目の前に存在する何もかもが、一瞬でごちゃ混ぜになった。

ムハンマドは速度を落として小路に入り、市場から出ようとしたが、そこで車を停めた。白い煙幕が車に垂れこめ、車窓の周りに空飛ぶ悪魔のように煙幕が広がる。白と黒の煙幕が下りてくる。鉄の破片が飛び散り、頭をぎゅっと伏せた。飛散する鉄片が車体に当たる鋭い音。鉄片がひとつ、ムハンマドの車窓のガラスに当たった、もうひとつは私の首のすぐそばを抜けていった。

二、三分後、ようやく目を開いた。その二、三分で死んでしまうと思った。最期に見えるという光景を見たいと思い、生きることや美しいものごとは考えられなかった。考えたのは、自分もあっさり死んでしまうのだということ。ただひたすら怖くて恐ろしかった。この先どこで身体のどの部分がミサイルに直撃されるかはわからない。私たちが爆撃の目標地点にいることははっきりしている。

私もムハンマドも知らなかったことだが、飛行機が搭載し、市場に投下した三発目の樽爆弾はちょうど私たちの真上に落ちたそうだ。だが、地上では爆発せず、空中で爆発したのだという。この幸運な偶然には理由があった。戦闘員たちが飛行隊を迎撃するために機関砲を構えた。飛行隊は射程範囲の六キロ地点まで接近していたが、機関砲にすでに何機も撃墜されているので、空高く上昇した。アサド政権軍のヘリが上昇せざるを得なくなった結果、そしてごく原始的な物品を使った手製兵器である樽爆弾が、民間人のはるか上空で投擲されたせいで、それはうまく爆発しなかった。飛行機から投下する前に点火した導火線のこともある。この導火線は地上到達まで持つほどの長さがなかった。あの昼間、樽爆弾が着弾してあたうかぎり多数の人を殺すのに必要な時間的余裕と、導火線の長さとが足りなかったこと、その二つが私たちを今に至るまで生き永らえさせてくれたのだ。導火線がいよいよ燃え尽きたとき、樽はまだ空中にあった。

ムハンマドはムンタハーの家に急行し、私をそこに下ろした。破損箇所の確認に私も連れていってほしいと頼むと、彼は「なんで？　俺と一緒に死ぬためかい？……」と言って手を振りながら微笑み、車の向きを変えて行ってしまった。

ムンタハーの家に入った。粉塵が空を覆っている。女性たちが私を待っていた。殉死者の妻たち、少女たち、子どもたちも皆。大きな家をばたばた動き回る音がにぎやかだ。左側の壁には穴が開いている。ムンタハーが、市場の真ん中だからここは爆撃がひどいのよと言った。何が起きているかを理解しなくてはならなかった。そうしている間も彼女たちは笑って爆撃情報を確かめながら床にシーツを広げ、いろいろな料理を載せた盆を並べていく。子どもを腕に抱えた大きな瞳の美しい女性は殉死者の妻で、羊毛の工房を開きたがっている。二人の子どもを連れた女性はミシンが欲しいと言う。頭上に樽爆弾が落ちた後、突如としてあふれ出た生活の話は、今の出来事を語る私とはどうにもちぐはぐで入り込めなかった。私の頭は完全に空っぽで唇は今も震えている。皆が私を囲み、一人の女性が私の手を握り、また別の一人がコーランを読誦してくれた。自分の顔が真っ青で、目の焦点が合っていないと私は気づいていなかった。それでも、実際私は恵まれているのだ。生き延びたのだから。どうやってこの女性たちは活力を維持しているのだろう。彼女たちは美しく、清潔である。料理もおいしい。子どもたちは、貧しくとも自尊心を持っているのがわかる。なかの一人は自分が縫った服を持ってきていた。

学校を経営しているディヤーは、ムンタハーの妹だ。彼女は私に、女性たちの人的ネットワークを構築し、それぞれの家庭で子弟の教育を行なう必要性を説明した。子どもたちを学校に集めることはできない。爆撃でもされたら犠牲者の数は膨大なものになるだろう。だが、個人宅での学習であれば犠牲者の数はもっと少なくできる。そうすれば子どもたちは爆撃をまったく気にすることなく学校に通える。

私たちは前に書類を置き、女性たちの個々の事情や教育状況を記録し始めた。集中力を失っていても、どうにかこの作業を進めることができた。彼女たちの活力を前にして恥ずかしかった。頭は完全に混乱状態にある。飛行機の音は止まない。表では救急車の音も聞こえる。子どもたちの騒ぎ声に、出たり入ったりする料理の盆……お喋りが始まった。喋りたいという気持ちが一気に噴き出したみたいだ。二十代の女の子が言った。「あたしはイスラーム主義の大隊がやっていることには賛成できない。このあいだ、イスラーム主義の大隊が戦闘員の首を刎ねたの。それで竿の先に首を下げて、メンバーたちがサラーキブの市場を行進したのよ」

彼女を遮って別の女性が叫んだ。「でも、そいつが何をやったか知ってる？　そいつはね、戦車に乗って、降伏するように説得されていたのよ。撃たないし殺さないからって。私の親戚がその場にいたから知ってるの。そいつは戦車から発砲したのよ、皆殺しにするつもりで。若者が二人殺されたわ。それから、なかの一人が駆け寄って、そいつの首を掻き切ったのよ。皆怒ってたわ」

また別の女性も言った。「こんな野蛮なものを子どもに見せるために、バッシャールに対して立ち上がったんじゃないのよ。これは犯罪よ、どうして人の首を晒しものにするの？　イスラーム法廷に訴え出たかったけれど、今、私たちは〝いかなる力もなし〟になってしまった、わかるでしょう？（「いかなる力もなし」は、よく〝やれやれ〟〝神にまかせよう〟というニュアンスで発せられる「神によっての他いかなる力もなし」の言葉に由来する）」

「まったく受け入れられないわよ。私たちはこんな野蛮なやり方で子どもを育てたくない」と同意して女性が言う。別の女性が呟く。「お先真っ暗よ」

私たちの腕のなかで、子どもたちは出たり入ったり飛び跳ねたりしている。まだ若い女性が、「でもどうしたらいいの？　こんな状況を見て、子どもが戦闘員や獣になってしまうなんて我慢ならないわ」と応えた。

私は一人一人の女性の問題について気づきの点を書きこんでいった。生きていく、という咆哮のような強い決意に指で触れ、深く吸い込み、驚きの連続だった。彼女たちはここで死と隣り合わせにいる。他方、私はこの地獄から抜け出し、外で生きていくチャンスのある人間だ。

飛行機がまた現われると少女が叫び声をあげた。殉死者の娘だ。

「ミグよ！」

爆発音が聞こえた。「クラスター爆弾だわ」と別の女性が言う。私たちは競うように外に飛び出した。ムンタハーはここにいてちょうだいと言ったが、外ではムハンマドが爆撃を受けながら待っている。かなり迷いはあったが、書類をかき集めると私は階段を駆け下りた。


一族の家では、アブー・イブラーヒームとノラとアイユーシュが避難所に降りて私を待っていた。次々と続けざまに爆弾が落とされていくなか、この集団殺戮の宴のさなかで自分にできることを新たに考えているなんて狂気の沙汰だと思う。

家族は避難先の金曜モスクから戻ってきていた。ノラは怒っている。アイユーシュが二人の老婆に付き添うため上の階に登ろうとしていたので、私たちは食事を載せた盆を持って避難所の階段まで行き、無言のまま食事をとった。

せわしなく考えを巡らせる。女性たちとの仕事を終えるまでどれくらいの時間が残っているか。爆撃地での子どもの教育や、最低限サラーキブに残っている家族のためにディヤーが実施しようとしている手法について。おそらくこう爆撃が激しくては不可能だろう。

爆撃は激しかったが、夜、私とムハンマドとムンタハーはファーディヤの家を訪問できた。ファーディヤは自分でプロジェクトを興そうとしている女性だ。彼女のプロジェクトは女性向けの美容サロンを開くことだ。この計画には驚いた。今、誰がそんなところにまで気が回るだろう？　ファーディヤは褐色の肌の痩せた女性で三人の子どもがいるが、今も彼女の夫がどこにいるのかわからない。年齢は二十五歳未満だろう。美容サロンは彼女の自宅だ。

私たちのプロジェクトの活動場所はたいてい家のなかだ。因習が女性の外出を妨げているという理由が大きい。革命前はもっと状況はましだったのだが、大方の女性は仕事に出る必要がなかった。今、事態は変化している。サラーキブ出身の女医が教えてくれたのだが、ここの女性はかなりの割合で大卒など高等教育を受けた層に属している。だが因習や伝統の影響は大きい。宗教だけではなく、周囲の人びとや言い立てられる評判への恐れもある。

女性の家を回っていたとき、たびたび爆撃で道行きを休止せざるを得なくなった。休んでいる間に私は多くの人間模様を見た。彼らの大半は中産階級で革命とともに生活がひっくり返った人たちだ。親切で、物惜しみしない。どの家に行っても、誰もが〝宗派対立による戦争〟の話をし、自分たちとは関係ない話でそんなのは信じていないと私に訴えようとした。過激思想の大隊がシリア社会に入り込んでほしくないとも。しかし、誰にも決定権がない。いかなる力もない。このことから皆が私が何者であるかを知っているのだと悟ったが、彼らのなかにいて命の危険はまったく感じなかった。

しかし翌日の出来事によって、私はサラーキブをその後数日で去ることになった。

ドアの下に何人かの足影が見えたとき、電気機器かネット機器の修理に若者たちが来ているのかと思った。静かで落ち着きのない動きではあったが、メディアセンターの階下の鉄扉は施錠されているので安心しきっていた。それでも一応、自分がいる部屋の鍵を閉め、昨日の真夜中、屋外に飛び出したことを思い返して窓を開けておいた。

ドアの下の人影には気づいていないふりをした。不安も怖さも感じない。心はすっかり落ち着いている。骨はずきずきしているし、頭痛や耳鳴りのせいで動くのが億劫だ。

昨晩、爆撃を受けたときに救援を求められ、若者たちは病院に行くことになった。私たちはマルティン・スーデルとバディーウとともに座っていた。バディーウは十六歳の青年でメディアセンターが必要とする用事のすべてを担当している。アブー・ハサンとムハンマドとマンハルとインターネットを使っている四人の活動家は自分の仕事を続けている。

夜中の十二時過ぎだった。爆撃音を聞いても、遠かったので私とマルティンは動かなかった。部屋は広い応接間に通じている。周りにはコンピュータ端末がいくつも据えられ、その前に椅子がある。もうひとつの部屋にはプラスチックのマットが敷かれ、クッションが置かれている。私がイドリブ郊外で訪問したメディアセンターはだいたいどこもこんな感じだ。克明に記録していく作業は放っておいて、生活やさまざまな機器や生き方にも構わないでいる。

真夜中を過ぎた時刻、マンハルとマルティンと病院へ行った。クラスター爆弾がその間も投下されていく。悲しい経験だった。そしてそれがマルティンを見た最後になった。

マルティンが拉致され姿を消す現場を目撃しようとは夢にも思わなかった。彼が拉致された前の晩、私たちは一緒に病院にいた。マルティンは爆撃時の病院の状況を余すところなく撮影した。血痕、病院の向かいの焼失した家、負傷者の身体、行き交う人の顔、待っている人の顔。空の色、木々。怪我をした子どもの部屋の前で私たちは立ち止まった。

四歳にもならないその子を目の当たりにしたとき、その瞬間までは保たれていた平衡感覚を失ってしまった気がした。この子は今、目を覚ましたようだ。瘦せている。きれいな顔立ちで、泣きもせず、瞬きもせず天井を見つめている。怪我の痕跡は見当たらないが、胸に深い刺傷がある。クラスター爆弾の破片が体内に残っているのだ。砕け散れば命取りになる。医師は私たちにこれから完全に胸を開いて破片を取り出すと説明した。私は子どもを見つめ、我知らず深くため息をつき、「神よ……神よ……」と声に出していた。部屋を出た。これほどむごい光景があろうとは想像もしたことがない。悲しい小鳥のような子ども。身体の痛みに泣き言も言わず押し黙っている。自分に何が起きているのかも知らず、瞳は世界への希望に満ちて見開かれる。小さな黒い球が身体に入り込み、肉のなかで眠っている。それが腸を食い破ろうとしているのだ。ふいに自分が病院の大きな血痕の上に立っているのに気づいた。遺体の上に立ったような気分になり、とっさに叫び声をあげ、その場を離れた。マルティンは子どもの写真を撮り、私は各部屋を回った。病院は貧しく、怪我人の手当てに必要なあらゆる物資が不足している。夜中の一時半も回った時間に、人びとは続々と怪我人を連れてきていた。天井を見つめるあの子どもの部屋に戻ると、医師は胸の切開手術の準備を進めていた。私たちは病院を出る。マルティンは私を気遣い、マンハルは足早に前を進んでいく。私はのろのろ歩いていた。マルティンが落ち着いた英語で言った。「何もかもうまくいくさ、あの子は助かるよ」

センターに戻る長い道のりで、私たちはミサイル投下のせいでたびたび停車した。マルティンは今、起きていることをすべて撮影している。瞬きもせず、震えもせず。頭上に降り注ぐミサイルなど何でもないというように写真を撮り続けている。

翌日の朝十時、マルティンはいなくなった。

あの日、窓に寄りかかっていたらマンハルの叫び声がした。続けて銃声と喚き声。それは十分ほどで止んだ。私は部屋のドアが閉まっているのを確認し、息をひそめた。叫びと銃声、それから私の部屋のドアが強くノックされた。発砲。何者かに向かってマンハルが、望みは何か教えてくれと言っている。耳まで蒼白になった。空からミサイルやロケット砲が降り注いでいるかどうかはわからない、だが、確かに今、武装した男たちがメディアセンターを襲撃しているのだ。私が見た人影は奇襲作戦を実行したそれにほかならない。

「サマル、コンピュータの端末をよこせ！　端末だ！」マンハルが叫んだ。

私はアバーヤとヒジャーブを同時に被り、パソコンを手に少しだけドアを開けた。部屋の前には顔から血を滴らせたマンハルが立ち、武装した男の攻撃から部屋を守っていた。ドアの隙間は小さく、少ししか外が見えない。マンハルは即座にドアを閉め、私は元の位置に戻った。二分ほど経っただろうか、私はドアを開けた。とても平静を保てなかった。ドアの前にはまだその男がいて、マンハルは血で顔を真っ赤に染めて立っている。リボルバーの握りで頭を殴られた、とマンハルは告げた。今、私たちは死ぬ。そう思った。頭を占めていたのは、その思いだけだ。ダーイシュだ、私が何者かを知って拉致しに来たのか、それとも私たちを殺しに来たのか。アサド政権と同じで、彼らは革命の活動家を追いつめて殺したり拘束したりしているという。

マンハルの顔から血が流れている。私は大きな瞬きを繰り返しながら、死んでしまう、と思った。出血がひどい。「大丈夫？」と尋ねたとき、マンハルが「なかにいろ！」と叫ばなかったら、危うく武装した覆面の男の存在を忘れるところだった。心臓が、ミサイルのように落ちていく音が聞こえる。私は静かに彼を直視して「ああ、ごめんなさい」と声をかけ、ドアを閉めた。ソファに腰を下ろす。次の瞬間、マンハルの身体が崩れ落ちる、ドアが開けられる、そして私の頭めがけて銃が発射されるか、拉致の闇の底に私が沈むか、そればかり突き詰めて考えた。静かに座り込み、唇を震わせていた。

武装した覆面の男はシリア人ではなかった。外国から移住してきた戦闘員だ。はちみつ色の目をしていた。彼が私を見つめている姿を記憶から呼び覚ました。人殺しはどんな目をしている？　彼は誰なの？　目が、瞬きもせず、動きもしない。宣告された死の静けさ。けれど、あれは従来の殺人者のまなざしとは違う。頬の赤い、美しい青年に見える。でも彼は人殺しなのだ、まだ二十歳にもなっていないだろうに。私は震えていた。これ以上は待っていられない。ドアを開けた。

覆面の武装した男たちはすでに立ち去っていた。九人だったそうだ。ムハンマドはプラスチックの結束バンドで拘束されていた。ムハーバラートやシャッビーハの部隊が逮捕者の拘束に使うのと同じバンドだ。プラスチックのバンドは薄く、接着剤のようなものを使って、手首の上から肉に食い込むほどきつく締められている。少しでも動けば、ますます肌が擦れて肉が切れるようになっているのだ。アブー・ハサンも拘束され、バディーウも同様だった。全員が銃床で殴られ、センターの備品は全部持ち去られた。何ひとつ残っていない。機器を繋ぐコードまで奪われている。書類も、そこにあったものはすべて盗まれた。数分間で、連中は何もかも強奪したのだ。

もっともおぞましいこと、それは、連中がマルティンを拉致したことだ。身代金目当ての外国人ジャーナリスト誘拐作戦が実行されたのだ。

それでは終わらせない。マンハルと若者たちは駆け出して車を追ったが、すでに走り去っていた。イスラーム法廷への告訴も無駄に終わった。アブー・イブラーヒームの家に行った後、センターの隣の大隊の拠点に私たちは集まり、戦闘員や町の住民と話し合った。マンハルはイスラーム法廷でまともな対応を勝ち取るまでは傷口を洗わないと言い張る。だがイスラーム法廷は、ポーランド人ジャーナリストのマルティン・スーデルを誘拐したのがダーイシュであることをまず証明するようにと求めてきた。

この襲撃の目的が世俗主義の民間人活動家たちへの恫喝でもあったことは明らかだ。以降、世俗的な活動をしている人びとの殺害や拉致が相次ぎ、追随する者も出てくる。

結局、マルティンは失踪してしまった。地下室で話し合っている間に、メディアセンターとその活動に精通する誰かが覆面の集団を手引きしたのだと確信した。彼らはそこに女性がいることを知り、急いで現場を後にした。銃声のせいで隣の大隊の戦闘員が駆けつけてくると考えたからだ。けれど、つまるところ誰も彼らを止められない。身代金獲得や真実の隠蔽のため外国人ジャーナリストの誘拐が横行していることの状況は、まさに混乱の極みといえるだろう。

悲しみが私たちを覆った。マルティンは比類ない人だ。もの静かだが、色白の顔をほころばせるとえくぼができる。若者たちへの写真撮影技術の教育役を買って出ていた。物腰は洗練され、お洒落で、爆撃のさなかに活動しているときも撮影にかかりきりのときさえ、先に車を降りて私のために必ずドアを開けてくれた。爆撃を受けた後には優しく微笑みながら若者たちの肩をそっと叩いた。マルティンは私に彼の国、ポーランドの国民の歴史を語り、こう言った。

「君の国の人たちの味方でいたいんだ、俺には状況がわかる。でも外の世界ではそれは難しい。入り組んでしまっているしね」

マルティンが姿を消した。武装集団の再襲撃を恐れ、私たちは事件について沈黙を保とうとしたが、若者たちと一緒に私がメディアセンターにいたことが知れ渡り、私はサラーキブを発たねばならなくなった。カファル・ナブルの若者たちは報せを受けるとすぐに私を連れ出しに来てくれた。しかし、心を落ち着けるためにもう何日かはとどまりたかった。それにイスラーム法廷で若者たちが証言するのを助けたかった。イスラーム法廷でも、私がそこにいること自体が罪悪と見なされることはないだろう。

一族の家に戻った。

「ああ、無事だったのね……あなたが誘拐されたらと気が気じゃなかった……」と叫ぶと、ノラは手のひらを顔にあて、それから私を抱きしめた。アイユーシュは愛と思いやりで私を包んでくれた。肉や野菜を買いに出かけるところだった彼女はこう言った。

「革命前、日用品は男たちが買っていたわよね。革命は女たちを片隅に追いやってしまったと思う？私は思わないわ。今、私たちは自分で出かけて、自分たちのものを買っているのよ、男たち抜きで動き回っている。問題は、外国のタクフィール主義者の大隊が私たちの生活を支配したことよ。私たちは生きたいの。彼らは私たちの立場を奪うつもりよ。男たちはいくつもの敵と戦っている。バッシャール・アサド、過激派の武装集団、誘拐犯、傭兵たちもいる。彼らだけでこの全部をやるのは無理よ。だから私たちも働くの。問題がこのまま続いたとしたらもうおしまいよ。この国が変わってしまう」

アイユーシュは今回、市場に私を連れていかない。家にいるように言われているのだ。

私はここに集う家族に大事にされる身になった。姉と二人の息子、もう一人は学校の英語教師をしている娘。兄とその息子、私、ノラ、そして二人の老婆。長兄とその妻。私たちは集まり、この先の計画を立て始める。一方で爆撃は間断なく続き、もう一方では社会が深層から変化しつつある。そんななかでどうやって生きていくか。

姉の息子が言った。教養のある優しい若者だ。

「ここでどうやって生きていくって？　難しいね。たとえば、日常生活の維持を考えないと。町は燃えている、商売は休業状態、若者たちは戦場に行ってしまって死んで帰ってくる。こんな状況でも一年なら耐えられる。でも何年もは無理だよ。イスラーム法廷やジハード主義の武装組織が外国人戦闘員を使って俺たちを支配するようになったら、歴史を何世紀も前に巻き戻すことになる。この国が軍隊と過激な宗教に牛耳られる。イスラームは安寧をもたらす信仰だろう？　混迷をもたらすんじゃなくて」

話の中心はダーイシュだった。彼らについての話を聞きながら、マルティンはどうなるだろうと考えた。「殺されはしないわよね、そうでしょう？」と言うと、「大丈夫だろう、金のために生かしておくはずだ。問題は、連中が誘拐を認めないことだな」と一人が答えた。ヌスラ戦線に加入し、イスラーム法廷のメンバーになっている男が、この国の世俗主義者を根絶してやるとマンハルを脅した話も出た。

「世界中の傭兵たちがシリアに入り込めるようになったら、どうやって生きていけるというの。傭兵や、武器や、過激思想や……」とアイユーシュが呟いた。

私はここで皆の発言に精神を集中させた。彼らの話を誰も聞こうとしていない、彼らは声なき人びとであり、自分の考えを伝えるべきインターネットの通信網も持たない。

一日分の食料を確保するだけでも大変な努力が必要だ。この家族は恵まれているほうとはいえ、爆撃下で移動しなければならず食料品もない。物価の高騰や停電断水などで生活は窮乏しつつある。女たちは生活の基盤を作り、料理や洗濯、子どもたちや男たちが生きていくために必要なことを差配している。二日前、私たちはムハンマドとムンタハーと一緒にサラーキブの女性の団体「蓄える家」プロジェクトを訪れた。彼女たちは食料品のほかに料理も貯蔵用に作っていて、それらを適正価格で売り出して経済的に自立していた。

イフタールの後に彼女たちを訪れ、私たちは家の中庭に腰を落ち着けた。母親の周りに七人の娘、さらに三家族がいる。中庭には色とりどりの薔薇の鉢が並び、真ん中にはオリーブの木があった。すぐ前にミサイルが落ちたというこの家の外観とは対照的な光景だ。薔薇は紫や紅の色。作業場は広く、冷蔵庫とオーブンと棚を備え、棚の上に食品を貯蔵するガラス器が並んでいた。食品を保存し、腐敗させないためには大きな冷蔵庫が不可欠だ。また、作業を続けるには発電機も要る。ここは真っ暗闇だ。ろうそくの灯では足りない。

「発電機使用のルールを作ったんだ。マゾートの値段が高騰しているしね」と女性の息子が言う。彼は女性たちの要望を各家庭に連絡する係を務めている。

「ここで、このプロジェクトで僕たちは家庭で作ったものを基に収益を得ている。でも、今の問題が長引くようなら、どうやって継続できるだろう」


私たちは家に戻った。家族がそれぞれどうやって生活をやりくりするか細かに話し合うのを聞きながら不安になった。イスラーム法廷のアブー・アルバラーという男が、今日、活動家たちの首を斬ると言って脅したという話も心に引っかかり続けている。

女たちは眉をひそめてその男の言葉を繰り返しながら野菜を刻んでいた。家の中庭に面した台所と、無線機を皆が取り囲む部屋の間を行ったり来たりしている。

イスラーム法廷にはアブー・アクラマもいたそうだ。彼はパレスティナ系ヨルダン人で、ここに来る前にはアフガニスタンやイラクやパキスタンにいたという。太った男で物柔らかな低い声で話す。彼はアルカーイダの男たちのようなイスラーム服は着ておらず、民間人の身なりをしている。ここに来たとき、皆は彼をハウラーン（シリア南西部の地方の名）出身だと思ったそうだ。物静かな人で、自分についてはその過去も含めて何も語らない。それでも彼が機械工学を修めていて、英語、フランス語、アフガン語に堪能であることはよく知られていた。まだ四十代にもなっていない。彼はサラーキブのヌスラ戦線の安全弁かつ動力源だ。頭脳明晰で、妻帯者で、イスラーム法廷内にあるサラーキブ治安委員会のメンバーになっていたが、のちにサラーキブを後にした。自分はシャーム（歴史的シリアの呼称。シリアに加えてレバノンを含む場合もある）の国にシーア派や圧政者たちと戦うために来たのだと言っていた。

一族の親戚の女性が「あなたたち、サラーキブの男たちはなぜ町を外国人に明け渡したの？」と言った。その瞬間、心に浮かんだのはたったひとつのことだった。

この牢獄でどうして生きていける？　自分一人で動き回るのも、護衛なしで家の外を数メートル歩くのさえ難しいのに。最初に計画したようにここに残ることができるのだろうか？　この素晴らしい人たちの重荷にならず、これ以上の負担や窮乏をもたらさずに、そんなことができるのか？

ムハンマドが言った。

「明日には女の人たちが来る。もっと安全なはずだ」

彼を見、マットの上で布を断つノラを見た。私が何を考えているのか、彼にはわかっている。「あなたがどうかされるんじゃないかと怖いのよ、周りの人がじゃなくて、傭兵や強盗が……盗賊も」と、深い悲しみに満ちたまなざしで私を見つめ、ノラが言った。私は黙って決意を固めた。今からカファル・ナブルへ行こう。皆が安心するにはこれが最良の手段だ。私がここにいると彼らが危ない。

カファル・ナブルのメディアセンターはすっかり様変わりしていた。たくさんの部屋を擁する大きな家屋で、アラブ諸国や外国からのジャーナリスト、ムハーバラートの追跡を受けてアサド政権支配領域からやむなく脱出し、その後革命に参画するために帰国した活動家たちを迎えるセンターとなっている。その家にはオリーブ林に張り出した広いバルコニーがついていた。家自体は大通りに面している。私たちはバルコニーに座を占めた。そこには若者たちがイドリブ郊外の私設ラジオ放送の開始準備をしているセンターがある。

「目標は公共の対話の場づくりだ。話したり、語りかけたり、責任感と透明性をもって自分たちの問題を議論したいんだ」とラーイドが言った。彼はこれが来るべき民主主義の一部になると考えている。

ラーイド・ファーリスはここでの活動の軸であり、活動家たちの拠り所だ。ハーリドとアブドゥッラーと、アフマドにイッザト、そしてウサーマ。彼らは非暴力デモを始めた若者のグループで、デモ活動を運営していた。画家のアフマドはあちらこちらに出歩いている。最初に会ったときのまま、いつも物静かで口数が少ない。マルティンの誘拐後、彼らはサラーキブにとどまる私を案じ、シリアから出国するまで自分たちのところに滞在するといいと言ってくれた。ラーイドはいつも口癖のようにこれからの希望を語っている。革命運動の衰退は明らかで、シリアは戦場になり、国際的な利害対立が顕在化する場へと変貌してしまったにもかかわらず、彼は革命成就の希望を失っていない。

「俺たちは革命を成就させて死ぬか、革命の夢破れて死ぬかのどちらかだ」アブドゥッラーがそう言って笑う。アブドゥッラーは二十代の若者で、この三年間、革命に人生を賭けてきた。ラーイドは革命前はレバノンで働いていた。ハンムードは仕事中毒だ。彼らとともにラザーンがいる。時間はイフタール間近で、彼らは配膳に勤しんでいた。

バルコニーに彼らは胡坐をかき、ラーイドが野菜サラダの準備にかかる。三人の若者はラザーンと進めている避難民のための学校プログラム「尊厳のバス」で活動する二十代前半の大学生だ。ハサンは経済学、ユースフとイッザトとフィラースは英文学を専攻している。彼らは日中の断食の間に、カファル・ナブルと二つの村にある三つの学校での活動の仕組みや、アサド政権の戦闘機に村を破壊され避難してきた人びとに向けた映画鑑賞会やスポーツ、音楽活動の様子を話してくれる。

ラーイドは爆撃を受けているマアッラ・ヌウマーンに野菜を調達しに行っていた。彼が言うには、野菜が安いうえに質もいいのだそうだ。話し合い、笑い合う。ラザーンは回される杯のように台所を出たり入ったりしている。カファル・ナブルのこの場所で、私たちは空の下に座り、そこからオリーブ林が見えた。オリーブの木々の根元にはあちこちにごみの山ができ、定期的に燃やされている。

センターはかつて政権軍が占拠した家だった。広範囲に残る銃痕からも、また狙撃兵が銃眼として使った台所の壁の穴からもそれはうかがえる。政権軍が出ていった後に家主から家の寄贈を受け、若者たちが家を整備した。今も破壊の跡は明瞭に残っている。

私は頭をバルコニーの柱にもたせ、かつては兵士の頭もここに寄りかかり、額を銃弾に撃ち抜かれていたかもしれないと考えていた。無線機が叫び出した。

「市場上空に飛行隊。広場に飛行隊。仲間たちよ」

その声が聞こえた刹那、日没のアザーンが響き渡った。イフタールを始める時刻だ（ラマダーン月の断食は日輪が地平線の下に沈んだ時点で終了する。預言者ムハンマドの教えにより、断食明けの食事、イフタールは速やかに始めるのがよいとされている）。ムハンマド・アッタールとヤーラー・ナスィール、イブラーヒーム・アスィールも私たちに加わった。彼らは北部地域に出入りしているシリア人活動家で、市民活動を推進している。私は頭を壁にもたせた。若者たちはイフタールを始めるために、水の入ったコップを運ぶ（イフタールはまず水から飲み始めるのが作法である）。互いの顔を見つめていると、ラーイドが言った。

「さあ、断食は済んだぞ、皆」

私は皿を取り、料理をよそった。若者たちも同じように始める。ハンムードが階段を昇っていった。

そこに、爆撃が始まった……私たちは食事を放り出した。屋内の柱のほうへ私は走り、彼らにも「同じようにして！」と叫んだ。皆はほとんど屋外にいるし、プロペラの旋回音は樽爆弾の投下を意味する。私はハンムードの後を追って階段を駆け上がった。どの村でも繰り返されている光景だ。何人かの若者が追いついてきた。

ヘリコプターが近くに樽爆弾を投下した。噴煙がはっきりと見える。監視を続けているハンムードが「降りろ！」と叫んだ。ラーイドはそこに立ったままでいたが、それからすぐに駆け出した。若者たちが後を追う。サラーキブの若者たちと同じように、被害を記録し、負傷者を助け、写真を撮ろうとしている。任務なのだ。私たちは階段を降りた。イフタールのテーブルは手つかずだ。腕に無線機を抱え、腰を下ろした戦闘員が言った。

「今日の俺たちの分は終わったな。毎日、イフタールの前か、始まりにやられるんだ」

残った者たちは料理の周りに集まった。煙草を吸い、誰も食事に手をつけなかった。四十がらみのその戦闘員は言い足した。

「ラマダーン月に入って以来、連中は日没のアザーンを待ってから、飛行機やロケット砲で爆撃を始めるようになっているんだ。無線で連中の会話を傍受したことがある」

「何か聞いたの？」と尋ねると、「この耳でしかと聞いたよ」と彼は答え、苦笑いを浮かべた。

「何を言っていたの？」

「あいつらに、うまい樽爆弾のイフタールを用意してやろうぜ、と言って……笑っていた」

啞然として彼を見つめた。

「ああ。マダム、ほんとだよ。俺たちは樽爆弾を投下しているときの連中の会話を拾えるんだ。投下前にこんなことを言った奴もいた。〝さあ、犬どもに飯をやろうか！〟」

「樽爆弾を投下しながらそんな話をしているの？」と訊くと、彼は答えた。

「いつもじゃない、ときどきさ。運が悪いことに聞こえるんだ。これも任務のうちだよ」


パイロットの会話を聞いたと話したのは、アブー・マフムードという悲憤に満ちた戦闘員だ。褐色の肌で青い目をしている。六年間、サウジアラビアの建築現場で働いていた。それから帰国して車を買い、この町に家を建てた。非暴力デモが始まったとき、彼は運転手の仕事を投げうち、若者たちと市民革命運動に身を投じることを決意した。しかし二〇一一年七月にアサド政権軍がカファル・ナブルに入ってくると、彼はやり方を変え、親政権派に対する諜報活動に取り組み始めた。それから半年後には武器を手に取った。ごく単純なライフル銃を持ち、仲間とともに政権軍に対する戦闘に加わった。曰く、ロシア製の銃は粗悪だったそうで、スナイパー・ライフルを調達した。彼は自由シリア軍麾下《きか》のフルサーン・ハック旅団に与してアサド政権軍と戦っていたのだが、それを周りに知られたくなかったからだそうだ。アサド政権軍が空爆を開始するとスナイパー・ライフルを捨て、十二・七ミリ重機関砲を使い出した。今は対空砲の射撃手だ。彼は言う。

「俺は爆撃から家族や一族を守るだけだ。武器は貧弱だがね」

彼は朝、家を出て日付が変わるころに帰宅する。彼は町を捨てず、妻や子どもたちと残った。この先の道のりは長いと思っている。また、過激なジハード主義の大隊と強盗が革命に割り込んできたせいで、国の未来が狂ったのだとも。

空を見上げながら無線機を気にしている彼に、戦争が終わったら何をするつもりなの、と尋ねた。彼は苦く微笑んで頷いた。

「俺は運転手の仕事に戻るよ。こんなのは全部放り出してさ」と、重機関砲を示す。苛立ちと哀しみを含んだ口調だった。それから付け加えた。

「好きで武器を手に取ったんじゃない。こんなのは死の道具だ、俺は生きたいんだよ。ハーフェズ・アサド政権は俺の親父をパルミラの刑務所で殺した。十一年も獄中に置いた末にね。政治保安部に俺が拘留されたとき、所長が静かに言ったっけ。お前がお前の子どもにしていることは、お前の親父がお前にしたのとまったく同じだ、って……わかるかい、俺は父なし子として育った。政権は父親に会わせてくれなかったし、俺に市民権も認めなかった。それでも俺は反抗しなかったよ。なのに、非暴力デモに立ち上がったくらいで連中は俺たちを殺した。俺はイスラーム国家も望んでいない、俺が望むのは民主主義の、市民国家だけだ。それははっきりしている……」

彼が話しているうちに若者たちが戻ってきた。彼らは爆撃の現況とミサイルの落下地点と負傷者の氏名を報告した。

「大事なのは、今日は死者が出なかったということだ……さあ、食べよう」

ラーイドが言った。彼らを観察する好機だ。彼らは食事をとり、何人かが出たり入ったりしている。また別の戦闘員が加わった。カファル・ナブルはシリア革命の短い歴史のなかでもあらゆる称賛に値する。

自由シリア軍が町を統制していて、過激なジハード主義の大隊や旅団は、七月末の今日に至るまではびこっていない。

「尊厳のバス」の若者たちがやってきた。彼らとカファル・ナブル郊外の村にある近隣の学校に行かなければならない。彼らは詰めかけるようにして私たちに加わった。

話題は爆撃の詳報だった。蜜蜂の巣のように出たり入ったりしながら、子ども向けの上映会に必要な道具をそろえていく。爆撃のなかで、生活を続けていこうとするこの強い意志を目の当たりにしたことは、私には大きな意義があった。彼らは市民社会や市民活動については何の経験も持たない。それでもいくつもの抵抗運動を創り出してきたのだ。ハサンは浅黒い皮肉屋、イッザトは洗練された優雅さを備えているが、熱く憤っている。フィラースはほとんど声を聞いたことがない。「鰐」とあだ名されているアブドゥッラーは、ヴィクトリア朝時代に描かれた騎士像のように美しく元気な若者だ……全員を観察するのに夢中になるあまり食べ物を喉に詰まらせたりもしたが、一言も発しないまま、私は食事を噛みしめていた。彼らは私に対して大事に接してくれる、私も同じだ。生死をともにするのだから。友だちになるにはそれだけで十分だ。私たちの死は神によって予定され、いつでも訪れる。こんなことはいつも考えないようにしないといけない。そうしなければ、死の闇の重圧に頭がおかしくなってしまう。

それがどうだろう、いまや私はこの瞬間を迎えたのだ。「この瞬間」とはその翌日のことだった。彼らにイフタールの支度をさせてほしいと申し出たとき、ついに私はあるべき自分を見つけ出した。私は自らの不断の根をこれまで念入りに断ち切ってきたと思う。一族にある私のルーツ。愛情や信仰や仕事や祖国意識に通じる根の部分。一生涯をかけて自由と真実に忠誠を誓ったとき、私はそれらの根のすべてを目につく先から自分で抜き取り、新たな土壌に残らず投げつけてきた。突然、私は根づいたのだ。食べ物を食みつつ彼らの若さからほとばしる生命を見つめた、ひそかな瞬間に。

翌日、カファル・ナブルや周辺の村々の女性たちや子どもたちに何をしてやれるかを話し合いながら、私は料理を作った。彼らはまるでものすごい贈り物を受け取ったみたいに私が拵えた食卓をほめたたえた。彼らの瞳に感謝があふれる。彼らが心の奥底では、二年前に立ち上がったときに革命に抱いていた夢が一部なりとも実現したのだと切実に実感したがっていたのがわかった。彼らは、今起きているのが宗派間闘争だと信じるつもりはない。宗派間闘争ではないという証が、自分たちとともにいるアラウィー派の私という女の存在だ。何日経っても、彼らはその話題には冗談でしか触れなかった。いつものように日没のアザーンの時刻に空爆が始まると、ラーイドは「お前を掻っ捌く時が来た」を鼻歌で歌う。それに「第四機甲師団」の鼻歌で別の若者が応じる。それから大笑いして歌い出す。若者たちは二つの歌をすっかり変えてしまった。「お前を掻っ捌く時が来た」は、ビニシュのヌスラ戦線がアラウィー派を脅すために、小さな子どもに「喉首を掻っ捌くぞ」と言わせている歌だ。逆に「第四機甲師団」は、スンナ派革命家の地域をむごたらしく滅ぼした人を称えようと、アラウィー派の子どもが歌う内容だ（第四機甲師団は政権派の精鋭部隊で、成員の多数はアラウィー派といわれる）。歌のなかで彼らは子どもたちを厭悪すべき道具として用いている。カファル・ナブルの若者たちは二つの歌を皮肉たっぷりに歌って笑う。それで歌のなかの死の重さは帳消しになるだろうか、私は心のなかで呟いた。

「独裁者よ、私たちの勝ちだ。この勝利の一瞬の後きっと死んでしまうとしても、それでも私たちはお前に勝った。この先、たぶんお前は私たちを打ち破る。お前は悪党だから。私たちは、かつて存在したシリアの子どもたちだ……今の瞬間は、私たちの勝ちだ」

でもそれは一瞬だけ、一瞬はすぐに過ぎ去る。その後、猛烈な爆撃があり、私たちは完全な沈黙に沈み込んだ。

何杯もの紅茶を飲み終えた後は、子どもたちの学校に行く準備をしなくては。ほとんどの学校は避難民の仮住居になっている。

電気は止まり、空からわずかな光があるばかりだ。マアッラ・ヌウマーンでは爆撃が続いている。フサームと私とラザーン、フィラース、イッザト、そしてハサン。私たちは学校を後にして反対方向を目指して進んだ。

頭のなかで物事をひっくり返してみないといけない。私たちはオリーブとイチジクの果樹園を越えていく。空は澄み、天頂には満月が冴え冴えと輝いている。今、ここにあるのは見せかけで、本物とは思われない。この沈黙と静寂、空からこぼれる豪奢な光は純粋なる魔法であって、死への恐怖ではないと考えるべきだ。けれど遠くの爆発の閃光がそのささやかな幸いを遮ると、自分は死にたいという思いからここに戻ってきたのではないかという疑念が根づいてしまう。死にたいとは思っていない。そうではなく死から遠ざかり、いっそ死を突き破りたいと願っているのだ。だからこそ、今、私は声をあげて笑い、深く息を吸い、窓を開けて頭を外に突き出し、ゆらゆらと外を見渡す。

「着いたよ」とイッザトが言った。

学校は、カファル・ナブルからそう遠くない、車で十分ほどのダール・カビーラ村の丘の上にあった。まったく灯がない。学校は村と同様、完全な暗闇のなかに存在していた。弱いかすかな光が教室から漏れている。男性が歩いてきて、ようこそと声をかけてくれた。ほかにもう一人いたが、そちらは私たちを軽蔑のまなざしで一瞥すると立ち去っていく。顎鬚を蓄えた男たちが塀沿いに立ち、好奇心から何が起こるかとこちらを見つめている。照明も上映装置も準備ができていて、スクリーンもあった。若者たちはこの仕事を始めて以来、ここにいるのだ。校舎から子どもたちがわっと飛び出してきて、私たちの周りに広がった。叫び声があがり、笑いや大声が響く。母親たちが出てきた。

このことでさえ沈黙と死につながっている。見栄えのいい絵空事ではなく、これが真実だ。子どもたちがあふれ出す。暗闇のなか、誰が誰だか見分けもつかない。子どもたちが飛び跳ねるなか、グループは男の子と女の子に分けられる。妙な話だった。何人かの母親が私に近づいてくる。ある母親は三人の子どもと暮らしているという。マアッラ・ヌウマーンの彼女の家は破壊されてしまった。別の女性は、アレッポの街を出てハイシュで親戚たちと暮らそうとやってきた。すでに多くの家族を亡くしたが、ここで五人の子どもと一緒にいる。子どもたちは彼女の周囲を跳ねまわり、十歳の女の子が前に出てきて歌い始めた。彼女の声は高くくっきりとして、むしろ咆哮に近かった。彼女は爆撃で失語症になった双子の妹の手を握りしめている。二人ともがりがりに痩せ細り、歌っているほうはもう一方を歌に引き入れようとしている。マアッラ・ヌウマーンから来た女性が、あの子たちは孤児なんです、と言うと、六十代の女性が話に割って入り、こうささやいた。

「ねえ、あんたたちは皆がどんなことになってるかわかってないのかい？　そうかい、しかしこんなふうで、いつまであたしたちは生きたいと思えるかしらね」

老婆のこの言葉はいつでも耳に響いている。カファル・ナブルの周りの村で家庭訪問をしていたときも、中心地で家庭を訪問したときもだ。革命には参加しなかったけれど、革命の成就を信じていた人たち。飢えに苦しみ、包囲され爆撃され、子どもを殺されて、彼らは希望を失っていた。六十代の女性は私の肘を摑み、ぐっと近寄ってきた。

「三人の子どもを亡くしたよ。家は爆撃でなくなった。四人目の息子は今も戦っている。あたしはここで六人の孫やらこういう人たちと一緒にいるの」と言い、それから三人の若い女性を指し示した。「息子の嫁たちだよ」私は彼女の前で顔をこわばらせた。

映画の上映機が動き出し、灯が広がった。

若者たちは子どもたちを並ばせながら話しかけている。このプロジェクトは爆撃地の子どもたちの孤絶を防ぐために、一時的に学校に代わる場を作り出そうとするものだ。いまや読み書きがまったくできない世代が出現しつつあり、子どもを兵士にしようとする動きもある。ラッカの町ではダーイシュがすでに少年兵の育成に成功していた。ヌスラ戦線も少年兵育成に乗り出している。

上映が始まった。私は前に出て彼らの間に座った。映画は教育的な内容で勉強にもなるが、見ていて楽しい。映画の後は子どもたちとのお喋りだ。大人たちもやってくる。この辺りには電話も電気もないので、近所の人たちも加わってくる。

左側では顎髭を長く伸ばした若者の集団がいぶかしげに成り行きを見守っている。自分たちの活動に、特に子ども向けの映画や絵画や学習に関する催しに対し、不満を持つ人もいると若者たちは言っていた。こういった活動は不信仰であり、忌むべきものとされているからだ。しかし彼らはただ見張っているだけで、活動を妨害したりはしなかった。

「あれは誰なの？」と訊くと、このような返事が返ってきた。

「ヌスラ戦線と、ダーイシュの支持者……あと急進的なイスラーム主義者」

この郊外の地に何がきっかけで混乱が生じ、事態が激変してしまったのか、私にはわからなかった。こんなことになっていたとは。このままの状態が続いたら、市民生活はすっかりなくなってしまうだろう。だが人びとは抗っている。人生とは未来に向かって変化し発展していくべきもので、過去に回帰すべきではないからだ。ジハード主義の大隊やイスラーム国家樹立の計画に対し、大きな恐怖心を抱いている。

上映中にすさまじい爆発音が轟いた。空に閃光が走り、輝いた。子どもたちの目に怖気がよぎった。近くの村をめがけ、頭上をロケット砲が通過していく！ すぐ近くにミサイルが落ちた。誰一人として叫ばなかった。母親たちは子どもを抱えて走った。私たちスタッフは大声をあげ、なかの一人がマイクロフォンを使って告げた。

「空襲で爆撃があったらどうするって言ったかな？ どうするのかな？……身を守るためにはどうするって言ったかな？」

でも誰も聞いていない。こうした事態ではどのようにふるまうか、子どもたちにはあらかじめいろいろと指導してあった。慌てて混乱に任せて駆け出したら、互いにぶつかったりつまづいたりして、小さな子どもが踏みつけられたりするからだ。集団は混乱のあまり何度も制御不能になりながら、つけっ放しにされた映写機の光のなかにいた。誰かが叫んだ。

「映写機を切れ、光をまき散らしたら爆撃される！」

スタッフが映写機のスイッチを切った。女性が近づいてくる。

「ねえお姉さん、何をしたいの？ 子どもたちにいろいろ教えて、辛さを楽にしてやりたいとか思ってるの？ あのね、子どもたちは食べ物が欲しいの……母親はあのクソったれの息子のバッシャールに爆撃をやめさせたいと思ってるの、行って爆撃をやめさせてよ。そうしたらあたしたちは大満足よ……バッシャールに神のご加護がありませんように、あいつも、あいつの極道の一族にも神の呪いがかかればいい」

「おばさん、まったくそのとおりよ。もしあいつを止められるなら、そうするんだけど……でもこれが私たちにできる精一杯のことなの」と私は答えた。

若者たちが集まって発電機や他の装置の電源を切っていく。

場はまた少しずつ暗闇に戻っていく。子どもも大人も出ていったが、彼らは教室の窓ガラス越しに顔をのぞかせ、私たちを見つめている。ラザーンが言う。

「あんなふうにミサイルを落とされたら、あの子たちにもたくさん死者が出るかもしれない」

上映会を見張っていた顎鬚の男が、あざけるように答えた。

「それも神のご命令、神のお裁き、神が定めたもうた運命だ」

沈黙が場を占めた。シーッという奇妙な音が流れている。空は真っ暗になった。すっかり夜だ。ごくわずかな光さえない。若者たちが車に乗る。

翌日。若者たちはまた別の学校で上映会を完遂し、子どもたちとも話ができた。

その学校はカファル・ナブルの外にあり、約十世帯、七十人以上の子どもたちが住みついている。年齢層はまちまちで、二歳から十三歳まで。参加して夢中になるのはたいてい女の子だ。ここの男の子たちは警戒心が強く、「俺たちは大人の男だ。こんなところに用はない」と言っている。「どうぞ参加していってね」と声をかけると、九歳の男の子が私に言った。

「子どもだと思ってんのかよ！　明日にはずらかって、ヌスラ戦線に行くからな。俺、射撃もできるんだぜ」

その子の姉が微笑みを浮かべて言った。

「嘘ばっかり。撃ち方なんか知らないくせに」

姉のほうは十歳で、きれいな子だった。男の子は姉に「黙れ！」と怒鳴りつけた。「男たちがいるところで、女が口をきく権利なんかないんだからな」と。こんなふうに考えているのはその九歳の男の子だけではなかった。ある戦闘員の甥っ子は、十二歳にもなっていないのに家の柱に縄で縛りつけられていた。家を飛び出し、ヌスラ戦線に入って戦闘に加わろうとしたからだ。家族がどうにか連れ戻すと、その子は口汚く家族を罵って、お前らは不信仰者だ、殺してもいい連中なんだぞと言ったという。

絶望を覚えた。どれだけ心を育む文化的な支援活動を行ない、避難民の学校や野宿する人たちを対象とした経済的支援まで行なっても、日常的な、すさまじい数の悲劇と恐怖を前にしてはまったく無力だ。この子どもたちはほとんど食事をとっていない。避難の連続のなかで暮らしている。「尊厳のバス」の若者たちが数日、教育や徳育を施すだけではとても足りない。非人道的な苦難の量は、苦難を食い止めるために捧げられた努力よりもはるかに大きい。

メディアセンターではバッテリーで点けた灯が私たちを待ち受けていた。私たちが到着すると、ラーイドと若者たちが発電機を作動させた。外国人の活動家たちの手により町の住民や地元の人びとが失踪していて、それが大きな問題になっていた。カファル・ナブル滞在中、ずっと車で同行してくれたフサームが私を待っていた。彼は大学のアラビア語学科で学業を修め、大学教授になることを夢見ていたのだという。ところが彼は採用されず、代わりにある将校の娘が採用されたそうだ。彼女はまじめに学業に取り組んでさえいなかったというのに。

フサームは熱心に私たちに紅茶を注ぎ、とても潔癖にふるまっている。彼は二〇一二年七月に軍から離反し、ダマスカスからラタキア山脈を経由してイドリブ郊外へと逃げた。そしてカファル・ナブルでの最初の検問所解放に参加したのだが、一週間後には武器を放棄して市民活動に戻った。彼は自由シリア軍の行動にも、どの武装集団の行動にも共感できなかった。戦闘や蛮行をどうしても肯定できなかったのだ。戦闘員の略奪行為もあった、そういうふるまいも俺は不満だった、とフサームは言う。

カファル・ナブルでは住民の五割から六割がイチジクかオリーブ畑を作って生計を立てていて、商業は発展していない。住民の多くは警察か軍の職員だが、レバノンに出稼ぎに行く者もいて、知識人や高等教育を受けた人たちもある程度はいる。その一人に会いに行って丸一日過ごしたことがある。彼は作家で、カファル・ナブルを離れることなく、妻と子どもたち、孫たちとともに残っていた。息子を爆撃で亡くして以来、彼が孫の面倒を見ている。

フサームは職にあぶれた若者の一人だ。軍役に就いていたときは第四機甲師団所属だった。軍では休暇がもらえなかったそうだ。旅団の工兵部門長の中佐が、彼に銀色のＳＡＢＡ（イラン国営自動車会社サーイパ製造の車種）に爆薬を仕掛けるよう命じた。その車はすぐに四十二旅団に到着した。軍用ではない、民間使用の車だ。車について質問すると、中佐が購入した車で武装テロ組織を破壊するために使うものだという答えが返ってきた。中佐とフサームは夜中の十二時まで車の工作に取り組み、爆発物の設置を済ませた。この中佐はロシアの工作員からその手の訓練を受けていたんだ、とフサームは怒りを込めて言った。

「訓練を受けた後、彼は自ら俺たちの教育を行なった。俺は中佐とヘリコプターに同乗し、タッル・ラッハール（アレッポ県内の村）に向かった。そこは革命家たちに包囲されていた。中佐は大隊長と話しながら爆発物を渡していた。俺はあの車の作戦は戦闘地域で実行されるのだと思っていた。武装集団の話を信じていたからな」

フサームは無念そうに頭を振った。彼が自分の話をしたのは、カファル・ナブルを囲む村々を車で越えていたときで、私たちは切り倒された木々や破壊された遺跡、そして空の下に広がる人びとの群れを見ていた。人類が何千年も前に逆行していくように見える。突然、時間が逆転したみたいだ。木々の下で眠る子どもたち。ごろごろした石で囲んだ焚火。日に焼けた顔。子どもたち、女たち。そのなかに少しだけいる男たち。男たちは戦いに出ているか、死んでいるかだ。

フサームが続きを語る。「中佐が車の爆破準備ができたと知らせてきた。あとは発火装置を搭載するだけだと。つまり、発火装置を搭載した後、誰かが車に乗ってエンジンをかけると爆発するのさ。その晩、夜中の十二時に中佐に起こされた」

夏日の下、フサームは言葉を切らない。目の前には木が切り倒された平原、汗が滴り、彼は盛んにハンカチで額をぬぐった。

「中佐が俺に言った。若いのが二人、俺と一緒に発火装置の設置に行く。俺は二人を連れていった。二人とも押し黙って一言も口をきかないし、俺の質問にもまったく答えなかった。戦地に行くんだと思っていたから俺は不安だった。だけど任務遂行中に命令に背くわけにはいかない。向かっている途中、俺はこの黙っている二人が空軍の情報将校だと知った。とにかく意外だったのは、俺たちの乗った車がなんとダマスカスのカーブーン広場（ダマスカス市内北東部の地区）に停まったことだ。俺たちは車を降りて歩き出した。俺たちのそばに二台の車が停まっていた。二人が、ジャマール・ハサン少将からこの二台の車に乗って戻るよう命じられていると言った。俺が一台、二人が一台だ。本当にここでやって帰るなんて思ってもみなかったが、発火装置は俺の担当だ。そのとき俺は、発火装置に繋げるから、点火までの時間を稼ぐ時限装置をくれと二人に頼んだ。で、俺がやったことは、発火装置を逆に繋ぐことさ、爆発しないようにね。だって、もし正しく繋いでいたら三十五キロもの爆薬が爆発していただろう。俺は人で溢れかえった広場で大虐殺を働くところだったんだぜ。ああするのが正しかった。俺は心の底からほっとしたよ。作業を終えると俺たちはそれぞれの隊に戻った。翌朝、俺は任地から逃げ出した。信じてくれ、俺はテロリストどもがいると信じていた。連中から国を守ることに熱意を燃やしていたんだ。だが、あの出来事で俺は本当のことを知った。アサド大統領の一味こそが、テロリストなんだと」

これが私たちが紅茶を飲むとき、ともに座り歌うフサームの話だった。


今日はラーイドがカファル・ナブルの話をすることになっていた。革命がどのように始まり、いつついえたのかを。けれど彼は、その話は皆が出ていった後にするよ、と言った。私もラザーンも夜十二時になる前には家に戻らなくてはならなかったが、そのほうがいい。若者たちは私たちの単独行動を良しとしなかった。これでは大きな牢獄ではないか。私たち女性や、よそ者の女たち、そしていまや地元の女性まで自分たちだけでは出歩けない。誘拐や強盗や殺人の噂がますます増えている。


オリーブ林から渡ってくるかすかなそよ風が、長い昼の疲れを癒してくれた。昼の間ずっと、ラーイドの長い物語を書き留め、要約を作っていたのだ。日中は、青空と鳥たちのさえずり、空のすぐ下に広がる荒野。日没のアザーンより前に続々と家に帰り着く人の不安げなまなざし。市場の鈍い活動ぶり。それから、訪問先の家庭で訴えられた深い絶望。悪人のアサド大統領による統治は望んでいない、と彼らは訴える。しかし他方でイスラーム国家による統治も、カリフ制も、何世紀も過去に回帰することも望んではいない。大学在学中のため兵役についていない若者が言った。

「僕たちは二つの占領を受けている。アサド大統領による占領が、タクフィール思想のジハード主義者たちの占領をもたらした。うんざりだ」

彼の母親が続いた。「うんざりよ、私たちは生きたいの……神よ……神よ」空に向かって両手を上げる。小さな商店での出来事だ。メディアセンターの近くで、私たちはそこで食料品を買っていた。こんな話はたやすくできるものではない。ここの人たちがどうやって食べ、入浴しているのか。どうやってお互いに訪問しているのか、今、何を望んでいるのか。誰が最後まで生き残れるのか、など。それは難しい。報道やジャーナリストをあからさまに避ける傾向が高まっている。ある商店主は私がiPadで写真を撮っていると叫び声をあげた。

「お嬢さん……写真を撮られたらアサド政権軍の爆撃の的になる。あんたを神が嘉し給いますように、お願いだからここから出てってくれ。子どもが二人死んでるんだ、あの石ころの山は……俺の家だったんだ」

「わかったわ、おじさん」と私は答え、その場を立ち去った。

若者たちが出ていった後、私とラーイドとラザーン、そしてハサンとイッザトとハンムードが残った。彼らは明日の朝、カファル・ナブルの壁に絵を描くためにやってきていた。彼らが描いた壁と風刺画は撮影され、世界中に配信されている。それが自分たちの思いを伝えるうえで一番有効な手段なのだ。それは明らかにラーイドの手を煩わせる類のものではないから、私はその活力を生かそうと思った。地下室でラジオ放送に取り組んでいるウサーマもやってきて、明朝、ラジオ番組の制作を若者たちに教えることになった。

さて、君たちと一緒に残るよ、とラーイドが言ったので、私は「コーヒーを飲んでおく？　長い話になると思うから」と声をかけた。「断じて仰せのままに」と彼は答えた。

彼は私が何を望んでいるかを完全に理解していたので、それほど指示を与える必要はなかった。非常に聡明で、皆のリーダーであることを自覚している。この点が、ポジティブな特質と言えるのか、それともネガティブなものなのかはわからなかったが、先々見えてくるだろう。これまでの経験から、革命がラーイドのような地域社会のリーダーを必要とすることは確信していた。

「じゃあ始めましょう。あなたが話して、私が書くから」私は言った。

二十代の初めと思しき二人の若者が入ってきて、片方が言った。

「マダム、どうですか？　万事快調？　ここには誘拐も何もない、安全ですよ」

私は礼を述べたが、あなたは誰なのとは訊かなかった。マルティンの誘拐後、私を安心させようと若者たちが出入りするのにも慣れてきた。彼らは、安全は自分たちの手にかかっていて、それを守り抜かなくてはならないと感じているのだと思う。

ラーイドがカファル・ナブルと革命について語り始めた。私はそれを筆記していく。

「抗議活動は二〇一一年二月に始まった。二つのグループがカファル・ナブルの町の壁に反政権のスローガンを書き出した。三月には俺と三人とでごく限られた会合を開いて、調整を始めた。それまでシリアの他のグループとは何の連絡もなかった。俺たちは完全に秘密裡に若者たちと連絡を取り合って、アサド政権に対する革命を実現しようとしたんだ。俺たちは生きる権利を求めていた。俺自身に関して言えば、自分の国で別の首長を見たかった。悪党の治安機関なんかいらない。俺たちが望むのは司法と立法だ。国家を求めているんだ、アサド家の奴隷ではないのだから。俺たちは、三月二十五日に最初のデモを行なうということで合意した。そのデモは失敗に終わったよ。同じ日にすぐさまバアス党支部（正式名称はアラブ社会主義復興党。シリアの政権与党）のメンバーが集会を開いて、バッシャール・アサド支持の行進をやったんでね。それで俺たちは次の金曜に予告抜きでデモをすることにした。ものすごいデモ行進になった。二百人から三百人が集まった。その半分は治安維持機関からのスパイで、何が起こっているのか知ろうとしていた。密偵はシリア国内にたくさんいるし、カファル・ナブルも、どの市町村も同じようなものだ。俺たちはデモの写真を撮って拡散した。次の週はデモ行進ができなかった。有力者の家系の人たちがやってきて、俺たちにデモに出るなと妨害してきたからね。連中は人民委員会を作って、デモを食い止めるために金曜モスクの入口の前に立ちふさがったりした。でも俺たちの望みは反アサド政権のデモや抗議活動や立憲司法国家の要求を行なうことだけだ。四月十五日に再度デモに出かけていき、その日付とカファル・ナブルの名を書き記した。俺たちはアサド政権の旗を持ち、横断幕にはこう書いていた。

血と魂を捧げます、ダルアーよ、バーニヤースよ（「血と魂を捧げます」は忠誠を誓う言葉。ダルアーとバーニヤースは反体制の訴えが行なわれた都市）。

神、シリア、自由のみ。

アサド政権の蛮行を恐れる有力者はいたけれど、俺たちはデモに出かけた。四月十七日には独立記念日を期してデモを行なった。俺たちはアサド政権打倒を呼びかけ、横断幕にも書いて、それを撮影した。治安維持部隊の車と二百人の隊員が来て、非武装の俺たちを止めようとした。連中は俺たちに銃口を向けた。さらに俺たちの胸に機関銃を向けてきたから、撤退して助命嘆願の合図を掲げたら連中も退いた。俺も仲間も家を出て姿を隠した。家ではもう眠らなくなった。日中に家族に会い、夜は野宿した。そして毎日のようにデモをやるようになった。一般市民の支持は脆弱だった。カファル・ナブルの住民はまだ怖がっていたからね、あの一九八二年のハマーの事件や虐殺の記憶が今も残っている（一九八二年にシリア西部の都市ハマーで蜂起したムスリム同胞団を当時のハーフェズ・アサド政権が武力で鎮圧した事件）。父親のアサド大統領とムハーバラートによって、たった一週間で三万人以上が犠牲になったのだから。俺たちはカファル・ナブルにとどまらず、近隣の村落にも足を延ばして反体制に立ち上がるよう訴えていった。ハズィーレーン、ジバーラー、マアルズィーター、アース、フバイト、カファル・ウワイド村。毎日、俺たちは村から村へ移動してデモ行進をやり、徒歩でマアッラ・ヌウマーンまで行った。マアッラの住民もともに立ち上がった。四月二十二日には初めてカファル・ナブルの横断幕を作った。そのとき以来、毎週金曜のデモを続け、ネット配信するのが習慣になった。怖がっていた人たちもたくさん俺たちの仲間に入ってきて、デモ参加者は四千人から七千人までの規模になった。それでもムハーバラートに対する皆の恐怖心は大きかった。俺は決して忘れない、自由を求めるシュプレヒコールをやっていたら、女の人たちが俺たちに薔薇の花と米粒を投げかけてくれたことを」

感極まった様子で、ラーイドは言葉を切った。指でマットに線を引くと、煙草に火をつける。私たちはプラスチックのマットや長いクッションを重ねた上で胡坐をかいていた。疲れて頭がぼんやりする。若者たちは、自分もそのすべてに参加していたというのに、称賛の面持ちで彼の言葉に耳を傾けていた。ラーイドは続けた。

「俺たちは治安維持機関から指名手配された。それだけでも、皆が俺たちに近づくのを恐れるようになった。五月二日、治安維持機関の連中が村の家々に奇襲をかけた。襲撃を受けた後、活動家たちは家を壊され、約五十人が逮捕され、連行された。若者たちは派出所に逃げ込んでなかに立てこもった。何人かが俺たちに加わった。それから俺たちは石を積み重ねてバリケードを作り、村の出入り口を封鎖した。逮捕者を釈放しなかったら、車のタイヤに火をつけて警察と派出所にも放火すると脅しをかけたんだ。逮捕者の釈放をアサド政権と交渉するためにカファル・ナブルから使者を派遣したが、不首尾のまま失望して帰ってきた。その翌日、バアス党支部長が来て皆の要求について尋ねた。俺たちの要求はこういうものだった。治安維持機関が国民に危害を加えるのをやめること、これらの機関の解体、大統領の交代。俺たちはごく穏やかにやりとりしていたが、『俺は過去四十年間とは異なるシリア大統領を望んでいるんだ』と言うとバアス党支部長は沈黙し、数分後に『横断幕に反バッシャール・アサドのスローガンを書き入れないでほしい、それから故ハーフェズ・アサドの魂を呪ってはならない。これが、逮捕者釈放の唯一の方法だ』と言ってきた。俺たちは故ハーフェズ・アサドを呪ってなんかいない、彼の言葉はまったく正しくない、俺たちはただバッシャール・アサド打倒を叫んだだけだ。五月七日、俺たちは調整委員会の委員を決める民主主義選挙を実施した」

私は口を挟んだ。「調整委員会はどんなふうに始まったの？　どういった経緯で結成されたのかしら」

ラーイドは笑って言う。「ひとりでにできたんだ、ほんとさ」皆が大笑いする。

遠かった爆撃の音が、だんだん近づいてきた。音のする方向に顔を向けるとハンムードが言った。「怖くないよ、今日は爆撃されないと思う」

それにハサンが答えた。「怖がるだけのことはあるよ、いつも爆撃されているんだから」そりゃそうだ、瞬時に爆笑が沸き起こった。彼らは笑い続けている。まるで元気よく死に抗うように、大きく息を吸う。

ラーイドは話を続けた。

「調整委員会は自然発生的に始まった。デモにももっと意識的な層が参加するようになったし、活動家や有力者も加わり出した。俺たちは十五人。弁護士のヤーセル・サリーム、ハサン・ハムラー、そして俺……当時はまだ調整委員会という名前はなかった。俺たちは委員会としては、Facebookは使っていなかったけど、二〇一一年二月からやっていたんだよ。そういうのは全部、自然発生的に即席でやっていた。俺たちは大衆運動を組織しようと考えた。それでメンバーの家に集まって、政治・軍事・広報・総務の要職に七人を選出した。この選出された人の正当性を考えてみると、十分に民主的とは言えなかった。だから、俺たちは文化センターに集まって、公示を行なったうえで選挙を実施した。そうしてカファル・ナブル調整委員会を結成したんだ。七月一日は〝テロの金曜日〟だ（反体制派の人びとは金曜日ごとに〝○○の金曜日〟と銘打ったデモを実施していた）。俺たちは大規模デモをやった。けれど七月四日、政権軍が入ってきて全域を寸断してしまった。俺たちはカファル・ナブルから脱出した。約六十人の活動家が、野天や果樹園のなかやよその村で夜を明かした。だが、人びとは軍隊や治安維持機関を恐れて俺たちを村から追い出した。カファル・ナブルには九か所に軍の検問所があって、約千七百名の兵士と百台の戦車、百台の輸送車両が駐屯していた。俺たちはひそかにカファル・ナブルに入り横断幕を書いて、軍や狙撃兵をものともせず、ウクバ金曜モスクからデモ行進を始めた。すると軍が介入して発砲してきたから、俺たちはまた逃げ出した。次の金曜日は七月十五日、俺たちはカファル・ナブル近郊のマアッラ・サルマーで、カファル・ナブルの名前を書き入れた横断幕を掲げてデモ行進をやった。さあカファル・ナブルに戻らなきゃ、ってんで俺たちは戻った。デモをやり、軍の前から逃げ、殴られたり発砲されたりしては逃げ出す。俺たちは非武装で、死者も出ていなかった。女性によるデモは少なかったな、でも五月十三日には女性によるデモも行なわれた」

　そこでラーイドは小休止をとり、私も手を休めてコーヒーを飲み、煙草に火をつけた。ラーイドを見ると、彼は家の周りの夜の闇とオリーブの木々を見つめていた。

「どうしてあなた方は武器を取って、革命は非暴力運動から武装闘争に変質してしまったの？」と問いかけると、ラーイドは答えた。

「俺たちは、政権が持ちこたえるとは思っていなかった。ストライキと非暴力デモで政権を打倒できると見込んでいたんだ。予想はすっかり外れてしまった。それでまもなく俺たちは武器を手に取ったのさ」

部屋に入り、ドアの近くに立っていた若者が怒りを滲ませて言う。

「ただ殺されて、爆撃されるだけじゃ何にもならないだろう？　どうすればいい、死ねっていうのか？　理由がなかったら武装なんか誰もしたくないよ」

ラーイドが引き取って言った。「〝部族の金曜日〟のことだ（二〇一一年六月十日に行なわれた大規模抗議運動の名称）。アサド政権軍の燃料倉庫があった。今ではワーディー・ダイフの名前で知られているところで、今もそこにある。この倉庫は警備上の機密事項だった。俺たちの側にはもう殉死者が一人出ていた、それで〝部族の金曜日〟に俺たちはマアッラ・ヌウマーンにある治安維持機関の軍事拠点を襲撃した。俺たちの仲間の一部が、ワーディー・ダイフの兵士と連絡を取り合って、そこから三丁のライフル銃を奪い、カファル・ナブルに持ち帰ってきた。さらに俺たちはライフル銃を六丁借りた。ついにライフル銃が十八丁になると、俺たちはイチジクの根元にそれを埋めておいた。そして自分たちの家を守る段になって、調整委員会の決定を経て俺たちはそのライフルを掘り出したんだ。政権軍が入ってくるまではずっと埋められたまま使われていなかった。あのとき俺たちは武装することを決意して、武器を地中から掘り起こした。武装にも条件を定めていた。武器を使うのは本当に嫌だったんだ、やむをえずだよ。過去も現在も、一瞬たりとも武器を望んだことはない！　そして、初めは自分の身を守る場合に銃を使ったんだ。俺たちは野宿したりテントを張ったりして暮らしていたから、野生動物や野蛮な人間から身を守るのに武器を使う必要があった。

八月十六日、デモ行進を始めたら、軍隊が俺たちを攻撃しながら町全域に展開し、広範囲で人びとを逮捕し始めた。ある若者が逮捕されたとき、母親は息子を兵士の手から引き戻そうとした。すると彼女は地べたに叩きつけられ、くずおれたときに公衆の面前で頭髪があらわになった。それがどれだけ人びとの心をかき乱したことか。皆は若者とともに寄り集まって武器をかき集めた。俺たちはアイヤール検問所に向かった。俺たちの尊厳を踏みにじったことに対して、報復しようと意を決したんだ。持っていたのはライフル銃が二丁とスナイパー・ライフル一丁だけ。二時間で俺たちは検問所の隊員を六人殺した。なかには軍の曹長もいた。こんなふうに武装闘争は始まったんだ。

そのことがあった翌日、重武装の軍が皆を襲い、多くの人間を逮捕した。奴らは絨毯工場を留置所に転用し、家屋を破壊していった。手当たり次第に誰も彼も逮捕していったんだ……俺たちはただの民間人だった。デモをやっただけだ！　ああなる前、俺はレバノンで働いていた。俺はイスラーム教徒だ。でも民主的な市民国家を望んでいる。で、俺たちが何をやったからといってこんなことになる？　俺たちは野宿するまでになったし、仲間に知識人はいなかった。お互いよく知っている者同士だ、親戚だよ、小さな町なんだから。俺たちは非武装の七、八人のグループだった。

だけどあの後、俺たちは武装するようになってしまった。あくまで武装に反対した奴もいて、彼らは市民活動家のままでいる。かつて六つあった武装集団が七つになった。どの集団もメンバーは十人から十一人くらい、統率力があって尊敬される男がリーダーになっている。俺たちは町の防衛のため各地に散った。そのころから、カファル・ナブルの住民じゃない、よそ者からの援助が届くようになって、俺たちはそれを分配した。あれは二〇一一年八月に始まったんだ。俺たちは既婚者には月に六千リラ、独身者には三千リラを支給した。金額は小さいが、活動家たちも少なかった。十一月には最初の大隊を結成した、名前はカファル・ナブル殉教者大隊。これがのちに自由シリア軍所属になった。俺たちの戦略は、軍の駐留地に夜襲をかけることだ。バイクに乗った二人が検問所に発砲して、それから逃げる。その後、守備兵が俺たちを毎晩迎撃する。すると同時に反対側からバイクに乗った二人が同じ検問所に発砲して、俺たちが攻撃をかける。奴らは夜じゅうずっと不眠不休だ。このやり方で、俺たちは連中が夜中に活動して民間人に危害を与えるのを防いだ。カファル・ナブル全域の九つの検問所でこの作戦を実行するんだ」彼は、何かを正当化しようとするかのように最後の部分を強調した。そして話をこう締めくくる。

「そうだ、俺たちの家族に危害が加えられたからあんなことをやったんだ。こういう形で、害が及ぶのを防ぎたかった。家が破壊され、若者が逮捕されていく。ただ奴らを脅したかっただけだ！」

「この時期に司令官のアブー・アルマジュドが離反してきた。彼は離反した最初の士官だ。俺たちと会うと、彼は俺たちと行動をともにしたいと言ってきた。最初は怖かったよ、でものちに一緒に行動するようになり、彼はカファル・ナブル殉教者大隊の大隊長になった。それが今のフルサーン・ハック大隊だよ。俺たちは大隊を撮影し、大隊結成を動画で宣言した。そのころには俺たちは尊敬を集めるようになっていて、聖なる後光を背負っているみたいに見られたもんだよ。人びとは思いつくかぎりのことを進んでやってくれて、できるかぎりのあらゆる援助を差し出してくれた。彼らの大半は革命支持だった。一般市民の支持となると、そのときそのときで一進一退だったけどね。

俺たちは砂糖と肥料といくらかの原料に導火線をつけて地雷を作り、政権軍の車両前に仕掛けるようになった。軍の進攻からデモ隊を守るためだ。だがそこで人びとは大通りや小路を破壊したり、爆発させたりということに嫌気がさし始めた。俺たちのやることに反感を抱くようになってきた。俺たちはカファル・ナブルに兵器が入るのを食い止めたかっただけだ。新しい戦略を巡って、俺たちとカファル・ナブルの住民の意見は合わなくなってしまった。じゃあ、どうしたらいい？　拷問を受けて殺された若者たちもいる。カファル・ナブル解放後、軍が駐屯していた学校の校庭で彼らの遺体が見つかった。

他方、俺たちと政権軍の間で続く銃撃戦に対して、住民の怒りはますます大きくなっていった。家屋が損害を受けたり破壊されたりするからだ。昼夜問わず戦闘は厳しさを増していき、通りが戦場になってしまった。それに対しても住民の憤りは募っていく。俺たちは弱者になってしまった。俺たちは住民に過小評価されて、孤立するんじゃないかと疑い、住民側は俺たちが街を崩壊させるんじゃないかと疑っている。一般市民の支持を失った。もう俺たちに町の住民は援助の手を差し延べない。

政権軍と自由シリア軍との間で休戦が成立したとき、二〇一二年四月十日の休戦成立のときまでは、これで何かが変わるんじゃないかと俺たちは期待した。だけど、その時が来たら、軍事会議から支援物資が来て、武器が俺たちのもとに到着した。これが二〇一二年四月末のことだ。俺たちはRPG対戦車擲弾を購入していたが、これがまったく使い物にならなかった。武器商人に騙されたんだ。これが原因で一人死んだ。そういうことがあって、気がつけば俺たちは弱者になっていた。ところが、軍事会議からの支援で俺たちは新しいRPG対戦車擲弾を購入した。俺は、あの時期にカファル・ナブルでアサドの時代が終わったんだと思う。

俺たちは検問所の襲撃を始めた。最初はアイヤール検問所で、六月にやった。同時期にアサド政権軍は、今やっているのと同じような戦車やグヴォズジーカ自走榴弾砲での砲撃を開始した。毎時、ミサイルが俺たちに向かって落ちてくる。途切れなく爆撃を受けながら、俺たちは戦い、攻撃をやめなかった。ついに俺たちは五つの検問所を解放した。正確には、解放の時刻は午前三時だ。軍用施設の周りに俺たちは地雷を仕掛け、爆破していった。ハズィーレーン村に戦車を擁した検問所があったが、そこでの戦闘は小規模だった。連中は俺たちを検問所から砲撃する。俺たちはあらゆる方向に逃げ回るが、爆撃がついて回る。そのとき俺は爆撃地点の近くに腰を下ろし、林檎を齧りながら死の瞬間を待っていたよ。

それから俺たちは退却した。明日にはここを解放できると思っていた。ところが検問所の隊員たちは本部まで退却してしまった。他の警備兵もワーディー・ダイフへと去って、カファル・ナブルには地元の拠点ひとつと、三つの検問所だけが残された。つまり、村落内で俺たちに包囲されていた検問所は、全部ワーディー・ダイフへ退いたということだ。あの時期から、俺たちは〝解放カファル・ナブル〟と横断幕に書くようになった。かつてはこう書いていたのさ。〝占領下のカファル・ナブル〟とね。これが二〇一二年六月のことだ」

ハンムードが立ち上がり、気まずそうに言った。「そろそろ話を切り上げないと」

時刻はとっくに夜中の十二時を過ぎていた。びりっとした鋭い痛みが背中の下のほうから足の指先まで走り、私は両足がしびれて動けなくなっているのに気づいた。ラーイドは立ち上がって、「じゃあ、続きは明日だ」と言った。動けないまま、しばし私は深い地下から這い出してくるような気分になり、筆記しているときは自分をまるで落葉のように感じていた。落葉は長い間、地に落ちたまま何人もの足に踏みしだかれ、細かな塵になり、はるか山の頂上まで吹き上げられる。

そうしたところで、ここに人生を奇跡へと変えてくれるものは何もない。どうして私にこんなふうな死を選べるだろうか。些末な悪というものはいったいどこに隠れているのか、唐突に巣穴から出て空気中に散らされていく。悪が悪を生む、尽きることのない輪廻のなか、私たちはこの蝸牛の渦巻きのような道を上っていくのだ。

立ち上がり、ふと悪の竜巻のなかを上っていくような気持ちになった。最後まで身を委ねるほか選択肢はない。私たちは家路につく。夜風が私を深い沼のような放心から覚ましてくれた。

車のライトが完全な闇を引き裂いていく。ラザーンの家までは上り坂だ。女性活動家たちが私たちを出迎えてくれた。彼女たちは解放地域で市民活動を行なうために来たのだが、時が経つにつれ、男女を問わず活動家たちの存在感は薄れ始めた。ダーイシュや傭兵部隊の隊員が誘拐していくからだ。ヌスラ戦線も追随している。彼らは市民活動を行なう活動家を（ジハードの義務を蔑ろにする）不信仰の徒と見なし、ここ数か月の間に活動家の拘束・拉致・浄化作戦を始めた。彼らはまだ少数なので、それでもカファル・ナブルは堅持されているが、この問題は顕在化しつつあった。

ここの若者たちにも、私の存在は重い負担となっている。私は彼らの言うことに表面的には従ってきたが、実は戦闘の現場か、もしくは少なくとも前線に行こうと決意を固めていた。なぜそうしたいのかはよくわからない。おそらく、真実と繫がっていたいという思いからだ。絶対的な真実ではなく、相対的な真実。自分の目で何もかも見なくてはならない。密入国や、身分の偽装を経て幾度もシリアに戻ってきたのは、女性の地位向上や子どもたちの教育に向けたセンター設立のためだけではなかった。私は、ごく単純なことから生じたこの悪に対して何らかの繫がりを探し求めていたのだ。その悪の真実を書き記すことで、追及しているのだ。それは何なのか、それが容易であることの根本は何なのか、悪を理解しようとしている。私はもう一方の岸、アサド政権支配下で悪が量産されるところにはいられなかった。そして今、私が立つ地のこの場所も日常的に悪を育てている。

たぶん私は、自分が断ち切ったルーツや根源にあるものを映す鏡と向き合うために戻っているのだろう。不本意であれ、宗派間闘争としても拡大しつつあるこの戦争のなか、私は自分の出自に従い、アサド大統領と同じ宗派に属している。けれど同時に、私が持ち続けてきた自由を求める信念に即して論理的に考えれば、私は大統領と同じ派ではない。だから私は秘密裡に潜入せざるを得なかった。そしてタクフィール主義の大隊に占領された後には、私を拒絶するこの場所に帰属しているのだ。

車が停まると、そこから家までは舗装されていない小道を通らなくてはならない。小さな灯を手に、私とラザーンは階段を上り、家のなかではその場を照らすために部屋の小さな棚の上に灯を置く。いつも停電しているから、灯の準備はメディアセンターで済ませていた。断水もあり、節約しながら入浴しなければならない。

「眠るときにはシーツにくるまらないとだめよ、蚊に貪り食われるからね！」と、翌朝、私の顔にはっきりと蚊に刺された痕があるのを見て少女が言った。

ラザーンの家の下には避難民が暮らす広い部屋がある。親戚の五家族が、たくさんの子どもと一緒にそこにいる。彼らは爆撃で家族の男三人を失い、家を捨てたので、もう避難先がない。窓の下に一族の女たちが集まっている。二人は妊娠中だ。私は眠らず、彼女たちの会話を盗み聞きした。彼女たちは、妊婦までもががりがりに痩せ細っている。

朝になると、その子どもたちの瞳の美しさが胸を衝いた。

鉄の扉を開けると、彼らは柘榴《ざくろ》の木の下、向かいの家との間の石塀の上に集まって好奇心に満ちて私を見つめていた。彼らは半裸で裸足のまま、埃っぽい髪で顔も汚れていた。木の下にともに座れば、それぞれが自分の話をしてくれる。

私たちの活動場所には、至るところに避難民や逃げてきた家族連れがいる。今日、夜になって上がっていくと、一階は真っ暗だったが、ここに子どもたちや妊娠中の母親たちがいるはずだ。父親も、父親のすぐ下の弟の叔父も爆撃で命を落とした。二番目の弟である叔父は、ときどき行ったり来たりしているが、子どもたちは一年半もの間学校に通っていない。たびたび場所を移り、ときには野宿することもある。

彼らを起こさないように忍び足で階段を上りながらラザーンに言う。

「眠ってるわね」

ラザーンは疲れを顔に滲ませながら、「ああ、ゆっくり煙草を吸いたい」と言う。うっとりするような静寂が夜を包み、時刻は夜の一時近くになっていた。気づけばもう自分の足では動けず、どうしても瞼が閉じてしまう。私はシリア国外にいるのではないのだ。それだけですぐに幸福感で満たされた。この瞬間の素晴らしさに、一生ここに残りたいと思った。

あの瞬間はその後に至るまで、私の心にひとつの光景としてしっかり定着し、私の目の前に、私の視界のなかで、揺らぐことなく存在している。

大きな爆発音が轟いた。空爆が始まっていた。それには構わず、私は朝の五時までぐっすりと深い眠りに落ちていた。


朝、爆撃の音に目を開いた。目覚めてはいるが、私は暗闇に戻らねばならない。

石器時代の洞窟の民のように生きられたらいいのに。両脚が蚊に食われて痒かった。ラザーンと一緒にコーヒーを味わう。彼女は数か月にわたって逮捕・拘束されたことがあり、革命に参加した後、いったんシリアから脱出していた。それから意を決して帰国し、北部で仕事をすることにしたのだ。

自分の小さなノートブックを置いて、今日の仕事のことを考える。シリア北部では、一か月分の仕事を毎日しなくてはならない。そんなふうに私は繰り返し自分に言い聞かせてきた。一か月ここに残ることができれば、何か月分もの成果を挙げられるのだ。そんなふうに想定してきた。でも、いつも自分の望みどおりになるような環境ではない。絶え間ない爆撃は生き延びようとする感覚を麻痺させ、人間を臆病で飢えた存在に変えてしまう。

今日、私の仕事は、ラジオ局の若者たちへのレクチャーと女性センター訪問、そしてカファル・ナブル在住の作家との面会だ。それからマアッラ・ヌウマーンに行って夜には戻ってくる。カファル・ナブルの革命の話をすべて書き記すために。

台所にはラザーンの仕事道具が整然と並べられている。コーヒーの袋と砂糖を洗濯ばさみで綴じ、洗濯物はドアやドアノブに掛けて広げておく。物置のドアを開けると、そこには等身大の鏡がある。私たちはそれをバスルームの姿見代わりに使う。

この家は、爆撃を受けた家と隣り合っていた。

私のそばにある窓は、爆撃された家とその向こうにある爆撃の標的となった丘に面している。今日、私は二人の子どものやわらかなささやき声で目を覚ました。二人は爆撃で家を追われ、避難テント代わりになっているこの家の一隅に座っていた。片方の男の子は六歳くらい、もう片方はもっと年上に見える。塀の上には雑草が育ち、角々には可憐な黄色い花が集まるように咲いている。二人の子どもが胡坐をかく地面の上には、白いナイロン袋が集められていた。二人は赤や緑や黄色のビー玉を数え、片方がポケットから布切れを出して広げると、ビー玉で遊び始めた。隣の家の子どもたちだ。青い空を白くふんわりとした雲が静かに通り過ぎていく。爆撃の音が大きくなり、私は窓から離れた。近所で爆発が起こったのだ。ラザーンに「起きて！」と叫び、柱のそばに避難する。このままでいるわけにはいかない。刹那、私は窓のほうに駆け出した。二人の子どもはまだそこにいて、ビー玉遊びをしている。二人が無事でいたことに安堵の息を漏らし、私はクッションに身を投げ出した。

自分が主役となる物語も、自分がいかに国に変革を起こしたのかも書き記すことのない人びとは、自らも偉大なスローガンやもったいぶった能書きになど心動かされない。ここで私がその生活をじっくりと注視してきた人びとは、私の人生を変えてしまった。そうだ、爆撃から逃れえず、両側に家が立ち並ぶこのむき出しの小さな土の道の縁には草が生い茂る。これらの名もなき知られざる人びと、バイクに乗ってたった三切れのパンを買おうと出かけ、殺されてしまう人びとはここで呼吸をし、日々の暮らしをしぶとく生き抜いている。ミサイルは彼らの頭上を飛び過ぎ、戦闘機は彼らの家を破壊し、果樹園を焼き払う。彼らは毎朝、まだ生き延びているというだけで祝福された目覚めを迎えるのだ。石造りの細く長い道で、オリーブとイチジクの木の下で、彼らは暮らしていた。こうしてごく単純に、夜が来て朝が来るように齢を重ね、子どもを産み育て、声も上げずに死んでいく。あまりにも速く彼らの人生は過ぎていく。誰にも気に留められず、何を望んでいるのか考慮されることもなく、彼らは今、石段の上に座っている。大方の女性たちは、結婚生活が続いていればだが、狭く限られた空間で子どもたちが走り回って遊ぶなか、床の上で夫とともに眠る。朝、私がそのそばを通り過ぎる。床で眠る家族は、五人の子どもと一人の男、その妻という構成だ。あと二リットルだけ余分にマゾートが手に入れば、と言い合っている。妻は夫に、玉ねぎはどこで売っているのと尋ね、十二歳になる上の娘は、プラスチックの小さな水差しからほんの少し水を撒いて、石段を掃除している。父親はときに空を見て、またときには妻やまだ赤ん坊の娘を見ながらもごもごと聞き取れない言葉を呟いている。

「おはようございます」と私が言うと、皆が興味を引かれたように喜びながら「おはよう」と応じてくれた。それから私は歩き続けた。

フサームは車のなかで私を待っていた。私は爆撃地と町の破壊状況を見たいと頼んだが、破損の度合いが異なるだけで、イドリブ郊外の大半の町や村のそれと大差なかった。カファル・ナブルでは、破壊の程度は中くらいで、午後に訪問する予定のマアッラ・ヌウマーンとは比べ物にならない。それでも私は一時間半の間、破壊された学校や大きな貯水槽などを撮影していった。貯水槽はアサド政権軍の攻撃の的になっていた。反体制の村落への飲料水補給を妨げることが政権側の戦略なのだ。学校も爆撃される。また、その一部は武装組織の拠点に転用されている。

市場の中心地はどの町や村落でも爆撃の標的となった。市場の広場と町の中心地には、飛行隊が昼の間に三つの樽爆弾を投下し、数分間で三十三人が命を失った。広場の右側では、古い歴史をもつ金曜モスクが爆撃された。手あたり次第に爆撃されている。私たちは破壊された市場の広場を通り過ぎる。そこは、カファル・ナブルの住民が大理石の柱を建てたところで、柱には空爆で命を落とした殉死者たちの名前が刻まれていた。市場の仕事は異常なしだな、とフサームが言う。日常の仕事は止まらない。けれど、革命が始まってから市場の活動はだいぶ鈍くなってきた。商店や八百屋や荷車はそのままだ。私は野菜を積んだ荷車の前にいる子どもたちの集団を見つめる。彼らは声を張り上げ、笑い、何台もの荷車の間を行ったり来たりしている。

私たちはメディアセンターに戻ると、ラジオ局の若者たちに番組制作のレクチャーを始めた。フサームは、じゃあ俺は一時間ほどしてから戻って君たちを女性センターに連れていくよ、と言った。

ラジオ局用の地下室は三つの互いに繋がった部屋から成り、それぞれの部屋が他の部屋へと続いている。プラスチックのマットとスポンジのクッションもある。私たちは放送室に入った。小さな部屋で、ほぼ一人分の空間しかない。道具類や設備もごく簡単なものだ。彼らはテスト放送を行ない、人びとに直接話しかけるための準備を進めている。若者たちにメディアの仕事の経験はないが、全世界に言葉を届けたい、自分たちの生活や日常の問題をオープンに語り合えるようになりたいと願っている。三十代前半のエンジニアのウサーマは、自分はこのラジオの仕事に打ち込むと宣言している。ウサーマとイッザトとアフマドは、カファル・ナブルの住民向けに日々の事柄や支援の問題点、強盗、武装集団が行なっている侵害などについて語る番組を流している。これらは容易には口に出せない話題だ。

まだ二十歳にもなっていない年少の若者が言う。「アサド政権軍から逃れられたと思ったら、ジハード主義者の軍がやってきた」

地下室は暑い。爆撃が始まり、何人かの若者が下りてきた。爆撃は大砲による砲撃で、そうであればまだ助かる余地があるということになる。樽爆弾だけは、私たちにはもう手も足も出ない。

レクチャーの後、私はフサームと一緒に女性センターに行った。女性センターもまた雑然とした地下室にあった。センター長のウンム・ハーリドは中学校も出ていない。息子のハーリドは活動家の一人だ。彼女は礼拝し、断食を行ない、車の運転もする。また女性向けの美容サロンを持ち、本を読み、女性こそが変革を起こすのだと語る。イドリブ郊外の女性、地域住民社会から、革命の最初期に追及されていた公正・自由・尊厳に目を向けた女性たちの重要な一角を担った人だ。地下室で、彼女はビーズ細工と刺繍を教える授業を終えた多くの女性とともに私を待っていた。女性センターは完全な揃いの服を作り出すところなのだ。

ここではヒジャーブは伝統の一部だが、ここ一年以上というもの、宗教的な義務や従うべき法として、必須のものとなり始めている。アレッポのいくつかの場所では、ダーイシュがヒジャーブ着用を義務づけた。ラッカではダーイシュ支配下に入ったのち、女性たちは顔も身体も完全に黒衣で覆うようになった。世界中で見過ごされているようなこの郊外地方に思いが及ぶべくもないだろう。ここもシリアのほとんどの郊外地方と同様に貧困化が進んでいる。しかし、ここの女性たちは知的な会話ができ、政治的な事柄について論じ合える程度の教養がある。生活が根底から覆されて抜け出せない闇のトンネルに自分たちが落とし込まれようとしていることも理解している。ジハード主義の武装組織がシリア北部への支配を日ごとに拡大していき、武力と資金力を駆使して彼ら独自の社会的・宗教的な法律を押しつけてくるからだ。延々と続く爆撃の下、こうした事柄について話すのは無意味かつ贅沢なことと見なされてきた。地下室を見学した後、コーヒーを飲みながら少女たちはそう語った。

私たちは、地下室の真上にある二階に腰を落ち着けた。女性たちはそれぞれこの困難な環境のなかで何ができるか、どうしたら女性であることや夫や家族の問題から離れ、慣習や伝統に介入されずに仕事を続けられるか、声高に意見を述べていく。

「これは本当に困難よ。私たちは女子教育も縫物もビーズ細工も散髪も看護もしなくちゃならない、それだけで手いっぱい。戦争が終われば他のことも考えられるでしょうけど」

一人がそう言う。ウンム・ハーリドは別の意見を持っている。

「私たちは英語やフランス語の教育ができるわ。文盲撲滅の教育も、コンピュータ教育もできるわよ」

私は彼女たちに、インターネットとコンピュータ端末は不可欠であり、精神的支援の教育もしなくてはならないこと、また女性の文盲撲滅の教育事業は非常に重要であるということを語った。話し合っている最中、ごく近くにミサイルが着弾した。私たちは窓のすぐ下に座っていたが、即座になかの部屋に身を伏せた。数分経つと、私たちは互いに顔を見合わせて、長い間大笑いした。でも彼女たちの顔は青ざめていて、言うまでもなく、私の顔も蒼白になっていただろう。

時計は昼の一時を指していた。アブー・ワヒードと一緒に前線に向かうために、メディアセンターに戻る時間が来た。だがフサームは遅れていて、ここには電話がない。一人では通りを出歩くこともできない。女性たちは、このごろはどうしても仕方がないとき以外は一人では行動しないと言う。どれほど面倒であろうと一人で行くべきではないだろう。戦時には混乱状態が発生する。この混乱の収まるべき方針が定まり、整備されたとき、どうなるだろうか。女性たちはあるがままに生活を送るのが最良のやり方だと思っている。ウンム・ハーリドが言う。

「そう、私は戦争と爆撃の下で暮らしているわ。でも、私は娘さんたちに教えたいのよ、どうやったら美しく、自分の人生を生きていけるのかを。私たちは結婚をして子どもを産んで、自分たちの人生を築きたい。死に屈するなんて嫌なの」

私は彼女の論法に感銘を受けた。私は地域の市民社会とともに教育と徳育に取り組もうと考えてきたが、ウンム・ハーリドはそれをまさに体現する存在だ。私が政治的・文化的エリートを信頼する以上に、彼女はこの社会を信頼していた。

女性たちは私の個人的な生活について興味津々だった。ウンム・ハーリドは私に髪を整えたほうがいいわよと勧め、自宅に開いた美容サロンに私を連れていってくれた。そこは簡単な器具しかないつつましやかなサロンだったが、内容は十分で、美しく装った町の花嫁たちをも送り出せそうだった。

フサームが到着してメディアセンターに戻る途中、私は考えた。未来が過去よりも悪くなると確信していても、絶望してはいけない。私の周りの女性たちがさらなる希望を与えてくれるのだから、信念を決して失わないようにしよう、と。

八月一日。灼けつくような太陽。自分の身体を覆い尽くす黒衣が窮屈だ。私は何かしら不安を感じていて、爆発の轟音を聞いたその瞬間まで、震えが止まらなかった。初めて前線に向かうというのに、どうなることだろう。

アブー・ワヒードが私を待っている。

私たちはすぐに出発した。アブー・ワヒードは大きく変わってはいなかったが、さらに痩せて、戦場についてあまり話さなくなっていた。どこか少し挫けている印象を受けた。彼の大隊は十分な資金援助を受けていないという。

「私たちは劣勢にあるの?」と尋ねると、彼は私をじっと見つめてこう言った。

「ええと……どう言ったらいいだろう。俺たちは勝ったり負けたりだ。俺たちが負けたなんて断じて思わないでくれ。世界中、俺たちに敵対しているがね……世界中が」

アブー・ワヒードが車を運転している間、ハンドルに置いた彼の指は震えていた。彼の両腕はがっちりして力強く、よく日に灼けていた。奥さんとお子さんたちはどうしているの、と訊くと、「妻と子どもは、俺には全人類と同じだ。かけがえのないものさ」と答えた。

煙草を吸いたい、と言うと、彼は即座に答えた。

「それはだめだ……今はラマダーン月だから。ヌスラ戦線やダーイシュの部隊がいるかもしれないし、ふいに姿を見せるかもしれない。そういうふうにしか君の命を保証できないんだ」

私はこうした事情を忘れていたことを詫びた。

熱い風が私の顔を灼いていくなか、車は村落を越えていく。アブー・ワヒードは以前より熱意を失い、悲しみを湛えるようになった。今年二月、前回会ったときには、希望に燃えてこう言っていた。

「何であっても改善はできる。俺たちは夢を実現しようとしているんだ」

今回、彼はほとんどの時間黙り込んでいた。だから、私は革命が何をもたらしたのかとか、タクフィール思想を持つジハード主義の大隊がもっとも優位を占めるようになった理由は何かといった話題は、あえて振らなかった。私にはわかっていた。資金援助や、世界各地からイスラーム防衛という錦の御旗の下で戦うため毎日あふれ出てくる男たちについて、彼がどんなことを言うのかを。

「途中で戦闘員を一人拾って連れていくよ」と彼が言った。

その戦闘員はマアルズィーターにいたが、家屋には住んでいなかった。彼は妻と妻の妹を自分からあまり遠く離れないように、前線近くに放置された鶏小屋に連れていき、そこに住まわせていた。彼女たちだけで野ざらしにしておけない、と彼は言った。鶏小屋は、枯草だけでほぼ丸坊主の平地にあり、なかには古いプラスチックのマットとかろうじて二人分の大きさのクッションしかない。むき出しのセメントと石の柱が鶏小屋のなかを占め、空間を区切っている。私はアブー・ワヒードに、その戦闘員の奥さんと義妹に会わせてほしいと頼んだ。

喉が渇いていた。でも皆は断食中だ。斎戒を尊重しなければならない。彼の妻、ウンム・ファーディーは二人の子どもを抱いていた。

「家を爆撃されてしまって、ここで冬を越したんですよ。行くところがないんです。死ぬまで夫と一緒にいます。私たちは八人、男たちを入れれば十一人になる。この鶏小屋には一年います。爆撃されたとき、持ち物は何もかも後に残して、表の通りに走り出たんです」

ぼろぼろの鉄の扉ががたっと震えたのを聞いて、私は叫び声をあげた。妻とその妹は笑い出しながら言った。

「何でもないわ、猫ですよ」

ミサイルが爆発したとばかり思っていたので、気まずさを感じた。彼女の妹は三十七歳で、しっかりした、だが悲しげな口調で話していた。褐色の肌をしている。目は黒く、鋭い。白目は完全に赤くなっていて、見ていて恐ろしいものがあった。その目の充血はどうしたの、とは訊かなかった。彼女は何も履いていない足を投げ出していたが、かかとはジグザグにひび割れている。子どもたちは素足のうえに裸だ。二人の子どもは目をいっぱいに見開いて不審そうに見つめてきた。瞬きもしない。野宿をして暮らす避難民の子どもたちはほとんどがこの凝視をする。

夫が戦闘服を出してくれと呼びかけると、妻は立ち上がった。妹のほうが訊いた。

「あなた、あそこに行くんですか?」

「ええ」と私は答えた。

「戦闘員と同じ服は要るかい?」となかから夫が訊いてきた。

「神かけて言うけど、マダム、俺たちみたいな服を着たほうがいいよ。これから連中の前に姿を見せることになるから」と彼は言ったが、私は断った。

私は彼の妻に、どうやって暮らしているのかと尋ねた。彼女は、夫が食べ物を持ってきてくれるし、二週間に一度、お風呂に入ってそのとき着ている服を洗って着替えるんです、と答えた。彼女たちは服すら持ち出せなかった。

「冬の間は、ナイロン袋で壁の穴を塞いでいます。厳しい寒さで寿命が縮みますよ。薪が手に入らないんです、もう十分な木がないものですから」

妹が話に割って入ってきた。「戦っている夫たちを見捨てられません。あたしたちはいつも一緒です。あたしは医者の秘書をしていたんですよ、読み書きもよくできます。今は石器時代の生活みたい。子どもたちを連れて村から村へと避難してまわって、ほとんど何も食べていません。男たちは戦っていますから。ねえ、わかります？」

自分の手を私の手の上に置いて、私の目を見つめながら彼女は言った。手のひらで私の指をきつく包んでくるのが痛い。彼女の声はヒーヒーと唸るようになった。

「そう。あなたは、あたしたちの身に何が起こっているかを全世界に知らせたいんですね。だったら誓ってください。全人類に、他の村の連中が皆あたしたちを追い払ったと知らせてくれますね？　現実はあなたが思っているようなものじゃないんです。国民は全然ひとつじゃない！　今、皆のなかでどんどん憎悪が高まっているんです。あれが見えるでしょう？」

彼女は五十センチほどしかない、錆びて腐食した鉄枠の窓を指さした。

「あれが前線です。あたしたちにも彼らが見えるし、彼らからもあたしたちが見えます。三キロしか離れていないもの。あたしたちは孤立した場所で、貧しい、無一物の暮らしをして生きています。神への畏れがあるから自殺しなかっただけです。ここで、木に繋がれたまま飢え死にするまでほっとかれる動物みたいに、ゆっくり死んでいくでしょう。残りの家族は爆撃で死んでしまったし、夜も昼もマムシが這い寄ってきます。ここに一晩でもあたしたちと一緒に過ごせます？　無理ですよ！　この袋を見てください」

柱に中くらいの大きさの袋が三つ下げられていた。

「これがあたしたちの服です。どんなときでもすぐに持ち出せるように袋にまとめておいています。何もかも失って、追い払われた身ですから。あたしのお腹、わかるでしょう？」

彼女は膨らんだお腹をさすりながら言い続けた。

「全滅しないために、九か月ごとに妊娠して子どもを産んでいくんです。きっと子どもたちがあたししたちの権利を回復してくれるでしょうから。子どもたちには教育を受けてほしい、戦ってほしいです。いつかあたしたちが家に戻れるように。バッシャール・アサドには未来永劫、絶対に膝を屈したりしません。絶対に退かない」

彼女は私の指から手をほどいた。指に赤い痕が残っている。息もできないかと思った。絶対に、私が泣いてはいけない。唇を噛みしめた。

彼女は鋼板が張られた天井を見つめながら、声もなく涙を流し続けている。立ち上がろうとしたとき、子どもたちが私に近づいてきた。写真を撮っていいかしら？　と訊いても笑わない。

私とアブー・ワヒードと戦闘員の夫は、ハイシュの町に向かうため車に乗った。ハイシュはイドリブ郊外の最前線にあたる。あのわびしい鶏小屋が立つ丘を後にして、私たちは出発した。

「あそこに彼女たちだけを残しても大丈夫？」と訊くと、その夫は「神こそが守り手だよ」と答えた。

何もない平地が続いた後、遠くにまた別の小屋が現われる。藍色に暮れ始める空には白い雲ひとつない。

彼の妻と義妹を置いて出発するとき、私は手を振り、また来るわ、と約束した。でも約束は果たせなかった。「あなたは、戻りません」と彼の妻は言った。彼女は本当のことを言っていたのだ。彼女と会うことは二度となかった。

その夫、金髪の戦闘員アブー・ハーリドが新たに同乗者となった。私たちはアサド政権軍と七百メートルしか離れていない前線へと向かう。ハイシュの人口は二万五千人、もっともひどい爆撃にさらされた地域だ。十四日間、途切れなく爆撃が続いた。アブー・ハーリドが教えてくれる情報は、目の当たりにした破壊の規模を伝えきれるものではなかった。シリア北部で、破壊の光景は見慣れていた。けれどハイシュは違う。住民が消失しているのだ。二万五千人が、町を出たか、殺されたか、拘束されたかで姿を消した。まるでこの町に一日も存在していなかったかのように。大通りもない。家の瓦礫の合間に舗装されていない小道はあるが、大通りは完全に撃破されている。ミサイルが着弾した跡、深く抉れた穴が点在し、地上の建物は単に破壊されただけでなく、完全に石くれの山になっていた。すさまじい穴が開いていた。アブー・ハーリドは、ここの家々に樽爆弾が何度も落とされたと言う。何階建てかの家のコンクリート壁は全壊を免れていたが、柱が折れ曲がってしまっていた。梅檀《せんだん》の木々がすっくと高く緑を保ち、瓦礫の山に影を落としている。私たちは後方から前線に入った。頭を低くした。向こう側に、女が一人混じっているのを気取られないようにしなくてはならない。「見えてないかしら？」とアブー・ワヒードに訊くと、「迂回してみよう」と答えた。私たちと彼らの間を分けるのは、一本の通りと損壊した家並みだけだ。

彼らは丘の頂上にいた。その対面に私たちは立った。車から降りるとき、私たちは頭をかがめ、アブー・ハーリドが狙撃から身を守る盾のように身体で私を隠してくれた。私たちの背後には石ころの恐ろしい瓦礫が積み重なってできた通りがあり、そこから梅檀のあふれんばかりの緑の若枝が左に右にあらゆる方向へと広がっていた。石ころは鉄や燃えて炭化した自動車と混じり合っている。彼らは容赦なく爆撃し続けている。

私たちは小さな部屋に入った。これまで入った他の部屋と同じく、床に一枚のマットが敷かれ、クッションがいくつか置かれていた。そこに十人以上もの戦闘員がなだれ込み、外に向かって発砲し始めた。

「奴らはお前たちの存在に気づいたぞ」と一人が言った。

「慎重に通過して、通りの向こうから迂回までしてきたのに、どうして気づくの？！」と私は訊いた。双方から銃撃が止まない。

部屋の壁には一葉の写真と幾幅かの絵が掛けられていた。静物画と、兵士の写真。もう一枚は華やかな薔薇の絵だった。何本かのフックに、たくさんのシャツが下がっている。私たちだけで満員になりそうな部屋だった。戦闘員はそれぞれライフルを傍らに置き、足の下にライフルをひっかけるようにして座った。まるでライフルと踊っているみたいだ。銃身はきらきらと輝き、銃口がはっきりと見える。ここから死が飛び出すとは！　私の喉首に黒く丸い穴を穿ち、薬莢が屋根を越えて跳ね上がる。彼らは好奇心に満ち、嬉しそうに私を見ていた。一人が言った。

「ようこそ、マダム。怖くない？　連中に見つからないためには俺たちみたいな服で来るべきだったね」

私は微笑んで、彼らに自分の名前を告げ、彼ら自身について知りたくて来たのだと説明した。どうしてここに残ったのか、ここの大隊がヌスラ戦線とアフラール・シャーム運動に所属しているというのは本当か、ダーイシュはもうここに来ているのか、など。

まず語り出した若者は、太りじしで小麦色の肌、目が笑っていた。二十六歳だという。手にライフル銃を握り、彼は言った。

「今、あなたの目の前にいるのは皆ハイシュっ子だ。俺たちは家を離れなかった。家が全壊してしまったからここにいる。俺の名前はファーディー、以前はレバノンで働いていたが、こんな事態になってきたころにテレビで人びとが殺されていく様子を見て、仕事を捨てて帰ってきた。ここは俺の故郷だ、残らなくちゃならない。俺は地雷とＲＰＧ対戦車擲弾のスペシャリストだ。俺はこの戦争はシーア派とスンナ派の戦いだと思っている。そうとしか思えない。初めのうちはこうじゃなかった。でも、イランのシーア派の連中が介入してきてヒズブッラーと一緒に俺たちを攻撃してきたんだ。今も連中はさっきあなたが通ってきた前線にいる。無線で連中の声が聞けるんだ、すぐ対面にいるから。俺たちの間はたった三百メートルしかない。見てのとおり、ハイシュは完全に破壊され、俺たちには他の町のようなメディアセンターがない。ありとあらゆる兵器で爆撃されたんだ、地対地ミサイル、樽爆弾、スカッドミサイル、爆弾、思いつくかぎりすべての兵器で。ハイシュの空からミサイルや爆弾が降り注いでいた。石積みひとつ残らなかった」

別の若者が続ける。「これは宗教戦争です、それ以外の何物でもない。俺はサーミー、二十二歳。大学生でした。宗教以外のための戦争だとあなたは思いますか？」

その傍らにいる若者が応じる。彼らは自分が発言する順番をうまく割り振っていく。

「そうだよ、これは宗教戦争だな」

痩せてもの静かな、わずかに微笑んでいる若者に順番が回ってきた。少し青ざめているようだ。「僕はアナス。二十五歳です。他のすべての村落と同じように、僕たちはハイシュの中心地から非暴力デモを始めました。宗教とはまったく接点がなかった。僕たちは〝人民は政権打倒を望んでいる〟と叫んでいただけです。だけどアサド政権こそが不信仰の徒だとわかった。だから僕たちは武器を取ったんです。なぜ政権が不信仰の徒なのか、わかりますよね。わずか一分の間に僕たちの頭上に五十発もの爆弾を投下したからですよ。

僕はアナス、ハイシュっ子で皆が知り合いです……あらゆる戦闘機を使っても、連中は町に入れなかった。八十五人の兵士が死んでも入れなかった。僕たちはここで孤軍奮闘しているわけじゃない、ヌスラ戦線もいますし、他の大隊もいます。でもここで、この大隊にいるのは全員ハイシュっ子です。ヒズブッラーや、イラクやイランから来たシーア派どもがここにいるなんて。こんな事態はおかしいと思うでしょう? あいつらが視界に入る、あいつらの声が聞こえる! 全世界は僕たちの敵側に回っているんです。国際社会はここにいる僕たちを見捨てた。どうすればよかったのか、死を待つべきだったのか。僕たちは〝アッラーの他に神なし。ムハンマドは神の使徒なり〟というスローガンを掲げました。死が僕たちを待ち受けているのでしょうが、圧政者のバッシャールを倒すために神の助けを求めているんです」

憤然として、一人がアナスの発言を遮った。名前はナッワーフ。

「爆弾は俺たちの子どもを殺しやがった。そうだ、これは宗教戦争だ」

あっという間に彼らの顔は怒りの色に満ちた。「アラウィーどもが俺たちを殺したから、俺たちも奴らを殺すんだ」とまた別の若者が言うと、アブー・ハーリドが微笑んで私を見ながら割って入った。

「この若者たちは皆貧しい労働者でね、家を壊され、家族を殺され、帰る場所を失ったんだ。わかったと思うけど、皆、これは宗派意識によって起きた悪業だという意識を持っているんだ」

若者が遮った。「あんた、違うよ。アラウィー派もシーア派も神を知らないんだ、不信仰者だよ」他の人も異口同音に同じ言葉を繰り返す。

私とともに座っている戦闘員たちが所属するこの大隊は「ハイシュ奇襲隊」という。ヌスラ戦線はいくつもの場所で私との接触を拒否していて、ここハイシュでは、アブー・ワヒードは私がいるのを知られることすら拒んでいる。銃撃が激しくなってきたので、アブー・ワヒードはすぐに出発しようと言った。だが、若者たちは熱くなって自分たちが抱える問題やどのように自分たちやハイシュの成り行きが無視されてきたかを訴え出した。ライフル銃を床に置いたまま皆が口々にばらばらな話を繰り返している。アブー・ワヒードが厳しく言った。

「お前たち、俺たちはもう行かないといけない。彼女に危険が及ぶ」

私自身は残ってもっと深く彼らの言葉に耳を傾けたかった。けれどそれを済ませてからではここを出るのが難しくなるだろう。爆撃も始まりそうだ。前線の両側にいる狙撃兵たちの銃撃もずっと続いている。

私は握手をしないまま、無事を祈りますと言った。ここの男たちは女性と握手はしない。ほとんど挨拶することもなく、目を見つめもしない。私は顔を隠すために、頭に被った布を直しながら、彼らの話に集中しようとした。メディアセンターの設立が必要だが、絶え間ない爆撃のせいで難しそうだということ。それから活動家たちが殺されてアナスしか残っていないこと、また彼も戦闘員になってしまったこと。一人が言った。

「いくつもの村に、広報活動で知られたところにも支援を求めたんだ。でも誰も支援してくれなかった、皆、俺たちを見捨てたんだよ」

この若者の言っていることは正しかった。この町は、あたかも時代や歴史の外側にあるかのように忘れられ、無視されているように思える。怒りに満ちた顔をしているせいか、彼らは動く死人みたいに見えた。筆記する指が震えてきたので、私は出発することにした。彼らはなおも死んだ仲間ひとりひとりについての話を語っている。死んだ者の話の途中に、あざ笑うようにこう言った若者がいた。

「今日は俺の番だな、空を見ろよ」

別の若者が言い返す。「神かけて違うね……俺より先ってことはないだろ」

皆がどっと笑った。

頭を下げて家の敷居を越える。私とアブー・ハーリドとアブー・ワヒードと一緒に三人が家を出て先導してくれる。暗がりに座っていたせいでよく見えなかった若者が言った。

「マダム、世界中に知らせてくれよ。俺たちは孤立したまま死んでいくんだと、アラウィー派に殺されるんだと。けれどいつか連中が殺される日が来る、俺たちを殺す奴にやられた分をやり返すのさ。アラウィー派や不信仰のシーア派の男たちと売女ぞろいの女たちに」

この場に至ってアブー・ハーリドがたしなめた。「そんなことを言うのは恥だぞ、お前」すると彼は語気鋭く言い返した。「恥なんかじゃねえよ」

私は彼を見つめながら言った。

「皆さんに神のご加護がありますように。あなた方に報いがありますように」

「アーメン（イスラーム教徒も「アーメン」という言葉を用いる）、マダム。あなたにこそ神のご加護がありますように。ほんとに、あなたが来てくれて嬉しかった。一緒にイフタールを取ってくれなくちゃだめだよ」

私は彼らに言った。「祝福に満ちたイフタールを」

それから車のほうに向かいながら私は会釈をし、彼らを見た。薬莢が頭上に跳ね上がった。

「私はアラウィー派の一族の出なの。でもシリア以外に居場所がないのよ」

私は早口に言うと彼らから離れ、車に乗り込んだ。

彼らのうち二人が後を追って駆けつけ、車窓に頭を突っ込んできた。

「マダム、責めないでくれ。神にかけて、わざと言ったんじゃないんだ、神にかけて言う、俺たちはアラウィー派を嫌いはしない。あなたも、あなたの家族のことも尊重する」

私は石像のように黙っていた。心臓の鼓動と銃撃の音が聞こえる。アブー・ハーリドが言った。

「気を悪くしないでくれ、彼らも知ってて言ったんじゃないんだ」

次から次へと謝罪の言葉が告げられていく。アナスは目に涙を光らせてそばに立ちつくしていたが、近づいてきて言った。

「マダム、神にかけて僕たちは魂を捧げてあなたを守る、あなたはこの町の人だ」

あんなことを言ったせいで、アブー・ワヒードもアブー・ハーリドも私に腹を立てていた。私もなんでそんなことをしてしまったのかわからずにいた。でも、誰かはこの死線となる壁を壊さねばならなかったのだ。私は自分が何をすべきかを知っていてそうしたわけではないが、黙っていることは無辜《むこ》のアラウィー派の人びとへの裏切りだと思った。二年前に私たちがそのために立ち上がった革命の精神への裏切りだとも。

アブー・ワヒードが呟いた。「あんな言い方しなくてもよかっただろうに」

若者たちはすっかりうろたえて、競うように私たちの保護を買って出た。彼らはより安全なさまざまな道を伝え、二人の若者が銃撃戦のさなかを先導してくれた。数秒ごとにどちらかが振り返り、思いやり深く、また本当にすまないというまなざしで私を見る。私は手を振り、彼らに微笑みかける。この数秒間にどれだけの薬莢が倒壊した家の間を飛び交い、私たちの周りに散らばったかは考えなかった。首が凝っていた。というより、痛めたようだ。唾を飲み込んでも喉の痛みが抜けない。

「ここでは撮影禁止だ、俺たちが許可を出さない」とアブー・ワヒードが言った。

ゆっくりと進む車の前をライフル銃を担いだ若者たちが足早に通り過ぎていく。私たちは前線にいた。

彼らは持ち場についているのだ。ここが死線だ。

アブー・ワヒードに言った。「待ちましょう、何が起こるか見られる」

けれど彼はそれを拒否し、戦闘は一触即発の状況だ、刺激しないよう静かに立ち去るべきだと言った。

車をUターンさせる前に、私は彼らに手を振った。四人は足を止め、恥ずかしそうに手を振ってくれた。

舗装されていない道に車を入れ、アブー・ワヒードは速やかに出発した。数分後に彼は私を見て言った。

「もうこんなところには絶対連れていかないよ、危険すぎる。でも彼らがどんなことを考えているのか、君が知ってくれてよかった。他の人たちが、それぞれ異なる思いで動いていることは知っておくべきだ！　殺されかねないからな」

私は頷き、後ろを振り返った。ふと、こんな思いが頭をよぎった。

私の肉親は、この前線の向こう側にいるのだろうか。

子ども時代をともに生き、大好きだった、今も会いたくて仕方がない肉親の誰かが。

車窓の前で、私の心に向かって踊るように揺れている最愛の人たちの顔。子ども時代と思春期をともに過ごし、笑っていた顔。死なないでほしい、人殺しにもならないでほしいのに、私の肉親が。

目の縁からあふれ出そうで、私はサングラスをかけた。陽はかげり始め、もう目に痛くはない。でもついに涙を流すときが来た。アブー・ワヒードが、政権軍からは三百メートルしか離れていないと言った。もう一度頷いて、私は声を立てずに泣いた。ヒジャーブと分厚いサングラスで顔を隠したまま泣いた。もう耐えられない、心臓が爆発しそうだ。私はどくどくと高く波打つ心臓の拍動を聞いていた。戻ってあの鶏小屋の二人の女性にもう一度会わせてほしいと頼むのを忘れていた。約束を破ってしまった。

アブー・ワヒードが、明日はアレッポのハーン・アサルに行くと告げた。

「昨晩、あそこでは戦闘があって、数時間で双方から五百人の死者が出た」

私は彼のほうを見なかった。何も質問する気になれなかった。アレッポの戦闘現場に何時に出発するのかさえ知る気になれない。ただ、そんなに短い時間でどうしたらそんなに大きな数の人間が死ねるのか、それだけ考えていた。アブー・ハーリドが下車したことも、彼がこちらに歩み寄ってくるまで気づかなかった。アブー・ハーリドにさよならの挨拶をすると、その後アブー・ワヒードが言ったことは全部忘れてしまった。耳鳴りがする。太陽が、どこまでも続く草原の向こうに隠れていくのを見つめていたら、ふいに丘が現われた。その上に家が立ち並んでいる。大半は焼け落ちている。

カファル・ナブルのメディアセンターに到着すると、私は顔を洗い、バルコニーに座り込んだ。オリーブの木のすぐそばの柱に背中をあずけた。


メディアセンターのオリーブの木のそば、柱の下に小さな家がある。そこには、二人の子どもが最近できた囲いのなかで二頭の仔羊に餌をあげていて、囲いの一辺に薪の山が並んでいる。二人はオリーブの木に近づいて、私のほうに薪を放ってきた。薪は私の手のなかに落ちた。若者たちがあちこちに散らばっている。ラーイドはバルコニーで皆に冗談を飛ばしながら料理をしている。肉片を切り分け、オリーブ油につけて野菜と一緒に揉みこみ、唐辛子をふりかける。それから火にかけて焼く。ハンムードは野菜を洗い、アブドゥッラーは床を掃除してマットを拭いている。ラザーンは汚れた皿を渡されたそばから次々と洗っていく。祝祭のような雰囲気のなか、イフタールの準備が進んでいた。死の爆撃が始まる前に、と。

ここにはいくらか野菜と食べ物があり、パンを焼き、料理する人、こまごまとしたことを祝う人がいる。水差しは何度も洗われ、清潔なたくさんのグラスとともに供される。二人の戦闘員が入ってきて、この働く祝いごとに加わり出す。

「一時間後に俺たちは食べる、一時間後に俺たちは爆撃される。ってことは、うまい飯にありつけないまま死んじゃうのかね？」とラーイドが笑いながら喋っている。私は黙ったままだ。

ラーイドは医学を学んでいたが、その後、学業を放棄してレバノンに行き、突然帰国するまではそこで働いていた。そして二〇〇五年に不動産屋を開業した。

「学校から君が戻ってきたら、カファル・ナブルの話の続きをしよう」と彼が言う。

「もちろんね」と私は答えるが、まだ頭は混乱しきったままだ。ごく短い言葉でしか反応できない。学校から戻ってくるまでに自分を取り戻し、頑健さと力を小分けにして取っておかなくてはならない。これからある爆撃は数分間程度のものだろう。もし私たちが生き残れなければ、残りの仕事は完了できない。死を免れた場合、私たちは子どもたちの学校に行き、それから今日のしまいの仕事を済ませる。カファル・ナブルの革命の話を。

私たちはイフタールを済ませ、爆撃も生き延びた。日没のアザーンのきっかり五分後から町の西部に爆弾の投下が始まった。私たちは深く息をついた。

夜の十時半過ぎ、私たちは避難民の子どもたちに対する「尊厳のバス」の仕事を終えて帰ってきた。あと二時間でラーイドから残りの話を聞き取って記録しなくてはならない。

「ただいま。さあ、シャフリヤール王（『千夜一夜物語』で妃のシェヘラザードの話を千一夜聞きとおす王の名前）、話を始めましょう」とラーイドに言うと、彼は笑い出した。私はさらに言った。

「でも役割は逆よ、あなたが語り部、私は記録係」

若者たちが紅茶を入れてきてくれた。頭をはっきりさせ、この長い一日に出会ったものすべてを忘れるために、冷たい水を顔に数滴振りかける。

「話は二〇一二年六月まで来ていたわね？　政権軍の検問所は残っていたものの、革命家たちがカファル・ナブルを制圧したときまで」

私がそう言うと、彼は頷いた。「そう、残っていた検問所も、そのころはもう戦車を使わなければ兵士たちは脱出もできない状態になっていた。俺たちは特に戦略も立てず、勢いに乗って解放のための最終決戦をやろうと決意した。これが八月六日のことだ。勇敢な戦闘員のファード・ホムスィーが率いた部隊は、ラマダーン月（二〇一二年七月二〇日～八月十八日）に出撃してラタキア街道の政権軍の検問所に待ち伏せ攻撃を仕掛けたが、うまくいかずにカファル・ナブルに戻った。それから彼らと政権軍の検問所との間で激しい銃撃戦が始まって、政権軍に包囲されたと救援要請が送られてきた。

現場に駆けつけた若者たちはタイヤを燃やし、「救援に来たぞ……救援だ！」と叫んだ。こうして解放戦争は始まったんだ。若者たちがどっと戦闘員の支援にあふれ出てきた。俺たちは武装した革命家が約千人、それで五日間戦い続けた。配置につき、道路を遮断すべく展開して、ついに俺たちは政権軍への食料・飲料の補給路を断つことができた。同時に戦闘も続けていた。空爆もされた。

八月七日にはホバークラフトが飛来して、解放戦争の間じゅう、俺たちを爆撃し続けていた。検問所の連中を救出したかったんだろう。俺たちは十二時間以上ぶっ続けで戦った。そのときまで空爆は今ほど残虐ではなかった。自軍を支援するためだけ、軍事的な必要性があっての爆撃だったから。でも二〇一二年八月八日からは情け容赦ない爆撃が始まった。この日、シリア革命史上初めて樽爆弾が投下されたんだ。

俺はカメラを手に検問所近くに行って、戦闘で起きたことを全部撮影していた。あのとき以来、俺たちは常時樽爆弾を落とされるようになった。同月九日にはミグ機に爆撃され、十日にも爆撃があった。ミグ機は絶えず、集中的に旋回を繰り返した。それでも八月八日から十日までの間に俺たちはカファル・ナブルを解放し、金曜モスクで解放宣言を行なった。誇らしかったね、カファル・ナブルが〝解放カファル・ナブル〟と称されるようになったんだ。アサドに対する勝利も近づいてきたと思った。俺たちの心は燃えていた、死ぬことなど何でもなかった。残りの検問所の解放も始まった。ハース、カフルーマーといった他の村の検問所も解放された。

だが政権軍が出ていった後、町の住民がいなくなった。毎日のように爆撃があり、戦闘は続き銃撃戦も終わらない。そんな状況だから逃げ出してしまったんだ。解放する間に残った人間は革命家だけ、それでカファル・ナブルで数多の殺戮が繰り広げられた。八月二十二日にはデモが行なわれていた広場で二十六人が殉死した。九月二十五日には十七人が殉死した。連日、爆撃は立て続けにあった。十月十七日には十三人の殉死者が出て、月末にも十一人が殉死者となった。十一月五日は、三十二人が斃れた。解放の後、連日俺たちは爆撃され、殺されていき、カファル・ナブルは無人の町に変貌した。町の人口は三万人から一万五千人にまで落ち込み、残っている人も昼間は近隣の村落に避難して、夜になると町に戻るようになった。

十月になるとマアッラ・ヌウマーンが解放された。完全に破壊されたハイシュの住民はカファル・ナブルに避難してきた。そして避難民も俺たちと一緒に殺戮に遭って死んでいった」

ラーイドは黙り、私は小さなノートブックを投げ出して言う。

「五分休みましょう、煙草を吸いたいわね」

ラーイドは微笑んでいる。自分の言葉がきちんと届いているのがわかるのだろう。しかしそれでも、彼の表情にはこれまで見たことのない気色が認められた。アブー・ワヒードの場合と全く同じ、それは悲しみだ。毎日のように殺戮があり、非暴力の市民闘争があり、武装闘争が勃発し、そしてイスラーム過激派集団に革命が乗っ取られたのがこの二年半だった。しかし、ラーイドとアブー・ワヒードはそれぞれ異なる道のりを進んでいるけれど、どちらもアサド政権打倒以外に解決方法はないと信じ続けている。

私はノートブックを手に取り、「幸いなる王よ、私にお話しくださいませ……」と高らかに言う。それでラーイドは何時間も胡坐をかいていたところに座り直し、片足をもう片足の上に乗せると背筋を伸ばして語り出した。

「もちろん、重要な分岐点があった。二〇一二年の六月だ。カファル・ナブルで士官の大量離反が起こった。一気に兵士千人と三十五人の士官の離反だ。階級的にもっとも高位にあった士官がその大隊を掌握し、俺たちの大隊は旅団に昇格した。解放戦争自体もハサン・サッルームの指揮下で進行するようになった。問題は、解放後、新たに離反した士官たちとごく最近革命に参入した人の間で主導権争いの気配が出てきたことだ。士官たちと五名の革命家とで最初の軍事会議が結成されたときには、たった一週間で解散してしまった。そしてカファル・ナブルの大隊と町の外の大隊との間にも意見の相違が出てきて、資金と武器を所有していた高位の士官は撤退してしまった。フルサーン・ハック大隊を擁するアブー・アルマジュド中佐が残った。彼らは革命で活躍した最初の大隊だから、勢力を伸ばして拡大していった。あの大隊の指導者はカファル・ナブルを解放した人たちだ。そのころ以来、軍の編成に混乱が生じ始めた」

「なぜ、カファル・ナブルは他の多くの村落のようにジハード主義の軍隊に支配されなかったの?」ラーイドにそう訊くと、苦笑しながら頷いた。

「この質問をしてくると思ったよ。連中が怖いんだね」

「そう、怖いの。我が身可愛いさで怖いんじゃない、この国の未来を思うと怖いのよ」

「うんうん。かつて何度か連中が支配しようとしたことはあった。二〇一一年九月にアフラール・シャーム運動が検問所の解放を持ちかけてきたが、俺たちは拒否した。解放後も彼らがカファル・ナブルに残留する事態を恐れたんだ。二〇一三年二月にはヌスラ戦線もデモへの参加を申し出てきた。やはり俺たちは拒否した。俺の考えでは、地域住民はイスラーム主義者がいてくれることを望んでいたと思う。第一には、イスラーム主義者だけがアサドの支配から解放してくれると考えていただろうから。というのも、イスラーム主義者には資金と武器と信条があった。第二の理由は、自由シリア軍の資金力は貧弱だったから、一部の戦闘員は資金獲得のために窃盗行為に走った。殺戮と圧政しか生み出さない圧政者の統治が続いた後に、イスラーム主義者が入ってきたら、ついに公正で正しい導きに基づく統治が実現されると地域住民が思い込んでいたことだ。現政権は父親のアサドの時代から世俗主義政権を自認してきたからね。だが、解放地域にイスラーム主義者が入りこみ統治するようになった後、人びとはイスラーム主義者は公正なる統治を行なうどころか、アサド政権のコピーだと気づいた。俺がここで言うイスラーム主義者とは、カリフ制と厳格なイスラーム法の施行を望むアルカーイダ傘下の連中のことだ。いまや彼らは忌避の対象だ。地域住民は彼らに出ていってほしいと思っている」

私はラーイドに「シャフリヤール王、水を一杯飲んでください」と言い、もう一回休憩しましょうと提案した。

私は立ち上がって紅茶のポットを持ってきた。そのとき急に熱意があふれてきて、あと二十四時間は不眠不休でいられる気がしてきた。逮捕・拘束された人や活動家、戦闘員など地上のすべての人たちの証言を書き留めたい、という誘惑にかられた。私は語り部、歴史のなかの曖昧模糊とした真実を紡ぐか細い糸の一端なのだ。完全なひとつの真実などない。アサド政権が現代史上、類を見ないほどの害悪に浸りきっているという太い糸がある。また他方には、経済的・社会的状況や社会の性質や宗教文化を利用する形で陰謀が進められ、（アサド政権からの）解放地域がジハード主義の大隊の支配領域に変貌させられてしまったという糸もあるのだ。さらに、この場所がアサド政権とジハード主義大隊の双方に抵抗しているというのも真実だ。多くの者が殺され、逮捕・拘束され、誘拐され、出国してしまった後も、革命家たちが依然として抵抗を続けていることも真実だ。彼らの抵抗運動はきわめて独特で、曖昧かつ込み入っている。だがそれは少しずつ宗教戦争へと変化しつつある。歴史上で革命というものがつねにそうであったように、変容を遂げていく。

内戦は戦争の実態の一部なのね、と紅茶のカップを並べながらラーイドに言うと、「そうだ。俺たちには時間が必要だ。だが状況は難しい」と彼は言った。

若者たちはなかの部屋に引き上げた。私はハンムードに「もういくつか質問を終えるまで、ここに残るわ」と告げた。

ラザーンは先に帰り、私とラーイドとハンムードが残った。

「人びとはもうジハード主義の大隊を望んではいない。でも、革命に対する一般市民の支持もすっかり衰退してしまったのではないの？」これが私の質問だった。

「そうだね」同じように頷きながらラーイドは答え、手を振る。彼の肩は山岳民のように広い。大柄な人だ。

「最初期の活動家には誤ったことをやった人もいた。それで人びとは苛立った。しかし根源的な怒りは戦闘員に向けられたんだ。アサド政権から空爆を受けているのに、間断ない爆撃に戦闘員が対抗しえないことに憤ったのさ。初めのうち、自由シリア軍はワーディー・ダイフへの猛攻や解放を何度も試みた。十回もの挑戦が失敗に終わった。謀略の噂が何度も立った。こういうことが自由シリア軍への信頼を失わせたんだ。革命初期には人びとは自由シリア軍を信頼し、称賛していたけれど、それでも武器が貧弱だった。アサド政権からの解放を図った数千人が命を落とした。対空砲がないために俺たちは敗れてしまった。爆撃を受け、緑や耕地を焼かれながら、国の解放に命を懸けていてもね。

それからもうひとつ原因がある。アサド政権支持者がここにもいるということだ。彼らは自由シリア軍のイメージを傷つけたり、援助活動や広報や武器調達のために働く革命家たちについて根も葉もない噂を流したりした。もちろん過ちもたくさんあったけれど、アサド政権は戦争の基本道具として宣伝活動を活用し、恐怖をまき散らして人びとを分裂させたんだ。

さらに今、俺たちは革命から三年目の入口に立っている。人びとは疲れ切って、過ちの責任を取らせる誰かを探している。こんなに長い間、政権側の獰猛な暴力に対して難しい闘争を繰り広げることの無益さ、活動家や一般市民が多数シリアから出てしまったこと、そういったことも原因に数えられる。自由シリア軍の大隊は夜を日に継いで戦っているが戦果が出ない。住民たちは自分たちの子どもが何も成しえないままどのように死んでいったかを見ている。広報は撮影しているが何の成果もない。援助の量は必要分のせいぜい四分の一だ。水はない、電気もない、食料もない……要するに、人びとは疲弊しきっている」

「一般市民の支持は取り戻せると思う?」直截に尋ねると、ラーイドはいぶかしげに私を見たが、すぐにこう答えた。

「革命は始まり、現在も進行中だ。俺たちは革命を始めた若者たちの最初期のグループだ。なかには命を落とした者も国を出た者もいる。革命第二期の申し子たちは、解放地域での生活を整えるために設立したセンターで活動してきた。援助、広報、財政、統計のためのセンターでね。統計センターは十二人の構成員と六台のパソコンを擁し、負傷者や逮捕者や死者の数を計測し、現状を注視してきた。エンジニアが毎日のように破壊活動や爆撃を文書化し、おかげで俺たちは町の再建に必要な支出を計算できるようになった。それでつまり、俺たちは、国外にいるカファル・ナブルの住民から義援金が届き始めたとき、これらの義援金を全員に行き渡らせることに決めたんだ。そのとき、俺たちは必要としている人に資金を分配するため、現在メディアセンターと呼ばれているものを設立した。この事業は、町の住民の間でも信頼があり、誠実で尊敬を集めている人たちが請け負った。君も知ってのとおり、二〇一二年七月から俺はメディアセンターにいる。俺はまず援助センターの設立を考えた。周辺の村からカファル・ナブルへの避難民が激増したせいで、財政センターが援助の案件まで担えなくなったからね。一万五千人の避難民を食べさせなければならなかった。それで、俺たちは七人で援助センターを開いた。だが戦闘が激化したら避難民はまた出ていった。俺たちは支援に来た大隊の戦闘員にも食料を提供した。こんなふうに俺たちはよその経験に頼ることなく、独力でやってきたんだ。俺たちは思想も自力で組み立てた。市民の支持を取り戻すことを諦めるなんて、どうしてできるんだ？　これは難しいことだけれど、俺たちは今、自らのキャパシティを超えた危険にも立ち向かっている。ジハード主義の大隊や、原因もわからないまま生まれてしまった混乱が全部俺たちの前に立ちはだかっている。俺自身はこの夢を追うのを決してやめない。俺たちには自発的に取り組んできた重要な経験値があり、仕事を進めるうえで必要な積み上げもある。未来永劫、俺は絶対に諦めない。簡単に一般市民の支持が取り戻せるとは決して言わないが」

ラーイドは一瞬、話すのをやめ、おもむろにこう続けた。

「これで十分だと思う。これ以上はないな」

私は筆記をやめ、私たちはそれぞれ煙草に火をつけた。

空は輝いていた。一言では言い尽くせそうにない。ラーイドはオリーブの木を眺め、頷いた。あの夜の静寂は奇妙だった。爆発の響《とよ》みが一切ない夜。あのとき、私の心の穴は大きく広がっていき、この長い夜に広がり尽くすことはないように思われた。


この郊外地域では慣習や伝統が、文化や立ち居ふるまいのアイデンティティの一部を形成している。この地で女性たちは抑圧に耐え続けてきたが、それはこの戦争によっていっそう厳しさを増した。さらに、ダーイシュやヌスラ戦線やアフラール・シャーム運動といった過激なジハード主義の大隊がやってきて、女性の存在意義を認めないような拘束を課してきた。私たちは今までも、そしてこれからも夢を抱き、抵抗を続けるだろう。

ラザーンは三十代前半、アサド政権による二度の逮捕・投獄歴がある。小柄な女性だ。彼女の家は居心地がいい。これまでに知ったすべての家と、彼女の家は私の望郷の一部であり、あの家々こそが私にとってはシリアそのものだ。痛切にそれを実感した。どの家にも個性がある。アブー・イブラーヒームの家は私が滞在するところ。メディアセンターは爆撃され包囲されながら、私たちが長い時間を過ごした場所。ウンム・ハーリドの家。焼けてしまったアイユーシュの家。思い出のなかに重ねられた家、爆撃によって破壊された家。私たちは死と戯れながら、普段の生活を送っているかのように動き回ったものだ。爆撃は止まない。でも私たちは小さなガスの火の上で静かにコーヒーを淹れる支度をしなければならない。この一杯のコーヒーは、爆発の閃光に包まれつつ死と生を考えるよりも重要なものだ。

身ぎれいに暮らせるようによく気を配らなくてはいけない。わずかな水を使って毎日繰り返し掃除をする。私たちはやるべきことをやる。生活は、そのこまごまとしたすべての仕事によって続いていくのだ。

私たちは同行の若者たちが来るのを待っている。彼らなしでは、私たちは異邦人のようにカファル・ナブルの通りを歩くことになってしまう。

ラザーンは二〇一一年一月にシリア・ヨルダン国境で、政治犯を取り締まる治安維持機関のダマスカス支部によって逮捕された。彼女は殺人容疑の審議にかけられ、ダルアーの刑務所に入れられたが、その後もあちこちに移送され、毎日のように異なる刑務所に入れられた。最終的に彼女はダマスカスに到着し、そこで釈放された。ところが二か月後にふたたび空軍のムハーバラートによって逮捕される。そしてその後釈放された。彼女は活動をやめなかった。国境を越えて逃亡し、革命に向けて活動するため、帰国してイドリブ郊外に行く決意を固めた。ラザーンは言う。

「自由シリア軍はダマスカス中心部にいたから、私たちはダマスカスを陥落する準備を進めていたの。ヤルムーク難民キャンプ（ダマスカス郊外の地区の名。シリア国内のパレスティナ難民キャンプは、主としてパレスティナ系住民の居住地区へと成長している）が解放され、私たちはそこで会合を持った」

彼女は医療支援と文書作成活動を行なった。人をまとめ上げる力があった彼女は革命の立役者の一人となり、いろいろなことが起きた今でも革命の成就を夢見ている。

私の見解は異なり、革命は厳しい崩壊の道のりを進み始めたと思っている。今起きていることは、シリアの外、そして私たちが夢見てきた革命の枠外で計画されているものだ。しかし、私としても革命の一環である仕事を諦めるという選択はまったく論外だった。

アブー・ターレクが来た。私もラザーンも大通りに続く舗装のない小路の外れで彼を待っていたのだ。アブー・ターレクはかつては仕立て屋で、皆の間でも評判のいい人だ。今の彼は軍の大隊長で、ひとつのシリアという理想を持ち続け、現在起きている出来事は抑圧された人びとが圧政者に対して起こした戦争だとしか考えていない。また、自身は礼拝も断食も行なう敬虔な信徒であるのに、宗派や宗教についてはいかなる話にも耳を貸そうとしない。「それは別の話だよ。俺たちは俺たちの国家を築きたいんだ、崩壊させるんじゃなくて」彼はそう言っていた。今日、私は彼とマアッラ・ヌウマーンとバーラに行くことになっている。ラザーンを家に残して私たちは出発した。

マアッラ・ヌウマーンは完全に破壊されていた。ここは前線にあたり、今も猛烈な爆撃にさらされている。たった三か月前のことだが、いまやこのありさまだ。この歴史ある古都に今さら爆撃するものなど何が残っているというのか。私たちが会いに来たのは、マアッラ・ヌウマーンのアフラール・シャーム運動のアミールである。

私たちは危険地域を越えていった。よく覚えている。ここはかつてイフタールの前にラーイドと一緒に野菜市場まで出かけたところだ。私は頭を低く下げ、数分間、息を潜めた。ここはアサド政権軍の視界に入っていて、狙撃対象地域にあたる。私たちがマアッラ入りした数分前にもロケット砲が着弾し、すさまじい爆発があった。私たちは前進を続けた。

従来とは異質の権威に基づく支配が入り込んで、市民活動家の仕事全般や崩壊した社会の復興に向けた試みへの深刻な障害となっている。そういう問題が明らかになってきた。だが、少しずつ歩を進めていこう、そうすればジハード主義の大隊を刺激することなく、女性や外部世界との間を繋ぐ人間的な関係を維持するためのよい導入となるだろう。もはや男女の協同はいかなる種類であっても許されなくなった。このことは法制化され、ヒジャーブなしの環境はまったく手の届かないものとなった。ヒジャーブを被らない女性は誰であっても告発の対象となる。市民活動家は男も女も誘拐や殺害や逮捕拘束の危険にさらされている。それでも、私は決して諦めない。

私はアフラール・シャーム運動のアミールと今回の対話を行ないたいと強く申し入れてきた。その際には相手に自分の素性を絶対に明かしてはならないと判断していた。

アブー・ターレクは誰からも信頼を寄せられている人物である。彼なら適任だ。革命に対しても人びとに対しても誠実である。ただ、諦めに対しても素直すぎるのだが。

私たちは爆撃地点に向かった。ミサイルは子どもたちの学校近くに落ちた。「希望の微笑み」協会の若者たちが統括しているところだった。ミサイルによって壁の一面は焼け、天井の一部は彩色された椅子の上に崩落していた。こんなにカラフルな場所が、倒壊した家の瓦礫のなかに作られたなんて信じられないだろう。ここは木々に囲まれた古い家だ。壁もきれいな色に塗られていて、積み上がった石ころの間に子どもたちが繊細でやわらかな筆遣いで描いたさまざまな形の絵が見える。学校の前には老人が両手を天に向かって突き出し、座り込んでいた。土煙と粉塵がまだその場いっぱいに舞っている。爆撃で老人の息子がやられたのだ。即死だった。

「ロケット砲だった」と近くに立っていた若者が言う。その両側にはごみと石ころが堆積していた。私たちは三つの勢力の戦闘現場にいるのだ。

倒壊した学校からアフラール・シャーム運動のアミールの事務所までの道では破壊の跡がますますはっきりとしてきた。無人の通りはごみだらけだが、時折、誰かが生活している痕跡がわずかに見える。

アフラール・シャーム運動のアミールが座す事務所は、役場の所長事務所に似ている。彼はソファの横に武器を置き、事務所の前では戦闘員が警備していた。その向かいではアフラール・シャーム運動からの援助を受けるためいくつもの家族が行き来している。椅子とソファは黒革張りだ。木製の机はよく拭かれて光っている。機関銃などの武器一式はアブー・アフマドの後ろに並べられていた。彼がアフラール・シャーム運動のアミールだ。年齢は三十八歳、マアッラ周辺の村の出身である。革命前はレバノンでタイル工をしていて、いくつも仕事を請け負っていた。革命が始まると、二〇一一年八月にレバノンを出て帰国し、すぐ武装闘争に加わった。非暴力デモには参加せず、市民運動とも何の関わりも持たなかった。そんなことには何の意味も感じなかったと言う。彼は十五人からなる武装組織に所属した。

アブー・アフマドは金髪で濃く長い顎鬚を蓄え、中背で太りじしの人だった。彼は私の顔を見ずに語り、私が何者かも尋ねなかった。アブー・ターレクが私が執筆準備中で彼に会いたがっていると言ったところ、面会に同意してくれたのだ。簡単な自己紹介から始まり、彼は微笑みながらアブー・ターレクに向かって語りかけていた。私は彼に、自分自身とアフラール・シャーム運動について好きなように話してほしいと頼んでいた。アフラール・シャーム運動のメンバーが宣伝活動をしていると知っていたので、この機会は彼が進んで話したがる好機だと思ったのだ。彼らは反体制イスラーム武装組織の基盤の一角を担い、シリア北部で活発に活動している。アブー・アフマドは首を巡らし、アブー・ターレクに向かって話しかけた。そこに戦闘員が挨拶もなく入ってきて、三丁のライフル銃をソファの上に置くと部屋から出ていった。

私はノートブックの白紙のページを見つめている。爆撃の音が近く、少し怖さを感じていた。私たちは数多の戦闘が行なわれているただなかにいるのだ。自分がジハード主義集団のアミールの面前にいて対話していることを十分に楽しめず、私は完全に沈黙していたが、彼が黙り込んでしまわないように努めて微笑みを絶やさずにいた。気づまりでいたたまれなさを感じ始めた。のどが渇き、急に身体が汗ばんでくる。そこでついにアブー・アフマドが話の口火を切り、私は筆記を始めた。

「私は、バッシャール・アサド政権を打倒し、地上に神の法を根づかせるために武装闘争に加わった。我々は四十四年以上、ハーフェズ・アサドとその息子の圧政と悪業の下に生きてきたのだ。もう十分だ。私がイブン・タイミーヤとイブン・カイイム・ジャウズィーヤの著作を読んでいるというだけで、政権側は私に事情聴取していた（イブン・タイミーヤは十三世紀のイスラーム法学者。イブン・カイイム・ジャウズィーヤはその弟子にあたる。ともにイスラーム教徒に対して不信仰者認定を行ない、ジハードの対象とみなすジハード論を展開しており、その著作は現代のサラフ主義者、ジハード主義者やタクフィール主義者の理論的基礎となっている）。何度も何度もだ。私の家族の何人かは政権支持だったというのに。これは不信仰者の政権だ、私が今行なっていることは神の道におけるジハードなのだ。

最初に我々が集結したときには、三丁のライフル銃と車一台しか持っていなかった。アフラール・シャーム運動創設者の一人、アブー・アルバラーも一緒だ。あれは二〇一一年八月だった。我々は兵士の殺害は容認されるか否かを議論し、もし彼らが離反したのなら決して殺してはならない、だが戦闘中に死んだのであれば、その殺害は我々の罪ではなく合法であるということになった。アフラール・シャーム運動はたった五人で始まった。アブー・アルバラーはタクフィール主義者だと言われ、彼とは距離をおいたほうがいいと私も忠告されていた。だが、我々は行動をともにし、爆破装置を作成して治安部隊の巡回路に設置していった。

しかし、アサド政権軍が町に入ってくると、破壊活動が行なわれるようになり、事態は一変した。軍が突入して我々を殺したり、市民を爆撃したりしようとは予想だにしていなかった。二〇一二年初めのことだ。爆撃が始まると破壊活動が行なわれるようになり、我々の計画も変更された。私はアフラール・シャーム運動に加わった六番目の同胞で、創立者の一人となった。そしてアフラール・シャーム運動を結成した他のアミールたちとも知り合いになった。私とアブー・アルバラーは爆発装置による爆破活動を実行していった。我々はＳＡＢＡ車に乗って十五日ごとに車体の色を変えながら移動し、自動車爆弾で名を知られるようになった。いまや私はマアッラ・ヌウマーンのアミールになり、ムジャーヒドの同胞千人から成る大隊を率いている」

「ここでのアミールとはどのような意味を持つのですか？　あなた方アフラール・シャーム運動やヌスラ戦線やダーイシュでは、なぜアミールという呼称を採用しているのですか？……」と私が尋ねると、彼はちらりと私を見て頷き、こう続ける。

「アミールは軍事の責任者として任命された者で、作戦の立案を行ない、裁判官のように法的なことにも責任を負う。我々は大隊のなかにシューラー会議（シューラーとはムスリムの間の協議、特に統治者がイスラームの有識者と行なう協議を指す言葉）というものを持っているが、たいていはアミールの決定がより重んじられる」

私が尋ねる。「では、もしあなたの意見が圧倒的に強いのだとしたら、あなたとハーフェズ・アサドやその息子はどこが違うのです？」

彼は冷静に答える。「それと私とは関係ない……だがこれは法で定められている。アミールの意見には倍の重みがあると」

私は論争はせず、彼が好きに話せるようにした。彼のそばに置かれているライフル銃の銃口を見据えていると、アブー・アフマドは続けて言った。

「アミールは政治的な責任も負う。だがやはり軍事的な職務がその基本だ。我々の戦闘員には、義勇兵として来たジハード主義の同胞が多くいる。我々は財物にはこだわらないが、財物は正しき信条の徒を招集するのに役立つ。我々自身は無俸給だ」

彼の話を遮って私は言った。「でも、あなた方の戦闘員は俸給を得ていますよね、それにあなた方は慈善協会や商業施設を持っています。このことは皆、知っていますよ」

彼は初めて私の目を正視し、同じように静かに答えた。

「これは〝戦闘員の必要品〟と名づけられている。俸給は彼らすべてのため、その支出のためにある。慈善協会は人びとを支援するためのものだ」

「では、商業施設は?」とさらに訊くと、彼は厳しく遮った。

「初めのころは困難もあったが、戦闘を進めるにつれ、我々は武器を戦利品として獲得するようになった。政権軍から日々の糧も獲得するようになった。これはイスラーム教徒から奪われたものなのだから、イスラーム教徒に還元すべきものだ。ここ、マアッラでは井戸から飲料水を人びとに運ぶための水タンクを大量に購入した。水も、電気もなかったのだから。我々の投資プロジェクトは人びとに資するものだ。道のりは長いが、神の助けになる者を神はお助けになる。我々のなかには革命から身を引いた者たちもいる。またシリア人ではないが、忠誠を誓っているジハード主義者たちもいる。それに、国外に脱出し、亡命先で子弟を育ててきたシリア人のムスリム同胞団もいる。彼らは我々とともに戦うために帰国したのだ。大まかに言えば、我々の八割から九割はシリア人だ。チェチェン人も三人いるが、彼らも父親たちが一九六〇年代に移住したシリア系だ」

アブー・ターレクは時折口を挟み、意見を加えたり、よくわからない部分を説明してくれたりした。私は可能なかぎり静かにしていようとしたが、場の空気は緊迫感に満ちていた。ところが、外の喧騒がふと静まり、つかの間、世界は平穏を得た。昼日中にこんな静寂が訪れるなんてめったにないことだ。それでも革の匂いで胸ふたぐ思いはしていたのだが。

「あなたが将来的に思い描いている国の形とはどのようなものですか?」と私は尋ねた。

彼はまっすぐ私の目を見つめた。「我々の望みは圧政者を打倒することだ」

そこで私はもう一度強い調子で、同じ質問をごく真面目に繰り返した。

「もちろん、我々はイスラームのアミール制を志向している。いずれ我々は信徒たちのアミールとシューラー会議を擁するようになる」と言い、彼は黙り込む。私が訊く。

「それから?」

「それから、何が?……他の宗教やナザレ人、つまりキリスト教徒を保護する法律もできるだろう。女性がヒジャーブなしで外出するのは禁止だ。ベールを取るのも禁止。これはもっとも重要な点だ」

アブー・ターレクは私を見ていた。私は発言をメモし続けながら、アブー・アフマドを盗み見た。彼が最後の一言を言い終えたとき、アブー・ターレクが私を見て目顔で注意してきたので、私はどうにか微笑みを浮かべた。アブー・アフマドは言葉を継いだ。

「アラウィー派は、シリアに彼らの居場所はない。キリスト教徒はイスラームにおけるナザレ人の扱いと同様に扱われるだろう。我々は、行ない正しきカリフ制の成立を宣言する」

アブー・ターレクが「革命支持のアラウィー派やドルーズ派は?」と尋ねる。

「革命支持のアラウィー派はごく少数にすぎない。出ていってもらう。我々はアラウィーとクルド人に対しては最後の血の一滴に至るまで戦い尽くす」

ここで彼がクルド人を持ち出したのは奇異ではあったが、私はメモを続けた。

「シューラー会議には二十五人の同胞が参加している。我々は議会と称するものは認めない。また、ムスリム同胞団と道を同じくするのも受け入れられない。彼らには同調できないからだ。今、我々は四十台の車両と、四十トンの爆薬を保有している」

汗のしずくが耳の下から胸の間を伝って腹部にまで流れていくのが感じられた。汗の玉は増していくばかり、指が震えてきた。私は、ここでの議論ではどんな行動や反応も致命的なものになりうると、そのとき考えた。自分が書き留める一文字一文字に集中した。今、私は作家で、ジャーナリストなのだ。インタビューを終え、それを書き留めたら出立すべきであり、それこそが最優先事項だった。それから、今、深く息をつき、怒りと恐怖のあまり冷汗をかき震えているもう一人の（アラウィー派の）女はうっちゃっておかねばならない。今は、このもう一人の女を見張っておくべき時だろう。後刻、現われることになるとしても。

マアッラ・ヌウマーンのアフラール・シャーム運動のアミールは話し続ける。

「我々とヌスラ戦線は信条については意見が一致している。いくつかの事柄においては意見を異にするが、彼らは勇敢な男たちだ」

「現在、アフラール・シャーム運動のアミールは何という名前なのですか？」

そう尋ねると彼は誇らしげに答えた。「我々の長老であり、アミールである人は、ハッサーン・アップード・アブー・アブドゥッラーという（アフラール・シャーム運動初期の指導者。二〇一四年九月に死亡した）。かつては獄中にあったが、革命の初期に釈放された。我々には宗教的に重要な選良たちがいる。最初期から我々は、彼らを擁して動いてきたのだ。二〇一一年五月、我々は秘密裡かつ真剣に活動し、年末になって初めて組織の結成を宣言した。現在、我々はシリアのイスラーム戦線の一角を担っている。以前、我々は四つの集団に分かれていたが、統合してアフラール・シャーム運動を結成した。その四つの集団は、ファジュル・イスラーミーヤ運動、タリーア・イスラーミーヤ団、アフラール・シャーム大隊、イーマーン戦士大隊だ」

「あなたはシャイフ、ハッサーン・アッブードがまさにこのタイミングで釈放されたのは妙だと思いませんでしたか?」

彼がいぶかしげに私を見る。

「反アサド蜂起勃発のタイミングで、ということです」

「いや、変だとは思わなかった」

私はダーイシュとダーイシュの立場についても尋ねた。彼はこう答える。

「イラク・シャームにおけるイスラーム国の同胞はここ、マアッラにいる。戦闘では我々と共闘している。彼らの大部分は（国外からの）移住者だ。彼らはヌサイル派（アラウィー派の別名）に対する戦闘を志向している」

「時間を超過している。行かなくては」とアブー・ターレクが言った。

私は頷いた。そろそろ終えなくては。アブー・アフマドが笑って言った。

「あなた方の仰せのままに」

「バッシャール・アサドが打倒されたら、事態はどうなると思いますか」

私は急いで尋ねた。彼が答える。「大きな闘争になるだろう。武装組織同士でいくつも戦争が勃発する。私は、政権を打倒した後に何が起きるかは考えない。至高なる神の許しにより殉教する身だ。もう戦闘では六回負傷している。最近の負傷からまだ一回しか戦闘に参加していないが」

「現在、戦争のアミールがいるというのは本当ですか」

「ああ、いる。戦争とはそういうものだ」

私はさらに尋ねた。「これはつまり、一国としてのシリアはあなた方にとってはもはや受け入れられないということですか」

「どういうことだね？」彼は不審そうに訊き返した。

「つまり、あなた方はイスラーム国家を望んでいますが、それはシリアという国の完全な崩壊と言えるのではありませんか」

彼は答えた。「そうは言えない。我々はただイスラームの旗を掲げるだけだ。シリアは、シリアとして存続する。ただし、イスラーム的にはなる。アラウィー派は出ていくことになる」

私は言った。「彼らは二百万人以上いるんですよ。キリスト教徒についてはどうなりますか、あとそれ以外の他の宗教は？」

彼は答えた。「シリアから出ていくか、イスラームに改宗するか、人頭税を払うかだ」

「出ていかない人は？」と言うと、彼は「その運命を受け入れることになるだろう」と答えた。

「殺す、と？」と訊くと、怒気を含んだ声で答えた。

「それが彼らの報いだ」

「女性や子どもは？」

「出ていく、出ていってもらう」

彼はそう答えたが、私は話を切り上げさせなかった。

「ドルーズ派やイスマーイール派についてはどうするつもりですか？」大きな声で私は尋ねた。

「これらの派については、もしイスラームに復帰するのであれば歓迎する。だが、そうしないのであれば彼らは不信仰者と判定される。我々は彼らに正しい信仰へと呼びかけるだろう。アラウィー派についていえば、彼らは背教者だ。殺さなければならない」

張りつめた気持ちをかき消そうとして、私は思わず笑い出してしまった。

「でも女性や子どもたちは？　女性は何が罪になるんですか？」そう訊くと彼は答えた。

「女は子どもを産む。子どもは大人の男になる。大人の男は我々を殺しに来る！」

アブー・ターレクが立ち上がって言った。「これはあなたらしくない言葉ですね！　神のご加護がありますように。マダム、もう行かなくては」

私も理解した。もう発言は許されない。アブー・ターレクは茫然としたまなざしで私を見ていたが、私は十分落ち着いていた。ゆっくりと立ち上がり、アブー・アフマドに告げた。

「しかしそれは寛容の宗教ではありませんね。神が望み給うことでもない。完全なる悪業です」

アブー・アフマドは頷いて言った。「妹よ、戦争のことは男に任せておきなさい」

私たちが出発するとき、アブー・アフマドはコーラン暗唱を教える学校を設立する計画について話した。学校を通して、マアッラの子どもたちを集めようという計画だ。

「あなたは教育を重視していると聞いているが」と言われ、私は答えた。

「とても重視しています、アブー・アフマドさん。私たちがなすべきもっとも大事なことだと思っています」

「我々は子どもたちにコーランを覚えさせる学校を開こうと思っている」と彼は言い、私は答えた。

「神があなた方に良き報いを授けますように。でも、コーランは信仰のためにあり、教育は英知を目的としています。私たちには人間の英知こそが必要なのです。神は心のなかに留めておきましょう」

彼は不快そうに頷いた。危うく自分の素性を明かしてしまいそうになったが、アブー・ターレクの視線が私を押しとどめた。

私たちはすぐに車で出発した。アブー・ターレクは押し黙り、二人とも口をきかずにいた。マアッラから出たあと、私は手のひらを開き、八月四日という今日の日付をそこに書いた。私は新しい形でその日付を手のひらに覚えさせた。

アブー・ターレクは四十代だ。結婚式やお祝い事の衣装を作る工房を持ち、さらにモザイクや大理石の工房も持っていた。成功者だ。彼は非暴力デモに初日から参加していて、市民国家の成立を望み、このように断言している。

「シリア社会にイスラーム法を履行するのは不可能だ。これは社会の性質に反している」

彼の学歴は十一年生(高校二年生)までだ。一年もの間、革命家たちと運動を行なって、軍が出動するまではそれにずっと打ち込んでいた。いまや彼自身が完全に軍の大隊長となっていて、その麾下に千人の隊員が配置されている。そうであっても、バッシャールが打倒された暁には、武器を捨てて元の仕事に戻るつもりでいる。

無線が声を上げ、戦闘員たちの会話が始まった。アブー・ターレクは数字の符牒で会話を交わしながら、部隊が何を必要としているかを尋ねている。そして若者たちにイフタールの後にそちらに向かうと知らせていた。無線から別の声が聞こえてきた。数字を繰り返している。私はアブー・ターレクに前線に寄ってほしいと頼む。そこで彼は、我々はこの道の先の丘の頂上までは登らず、境界に向かうと告げる。

通りのあちこちに猫がいる。痩せこけた猫、太った猫。その太りっぷりは異常ささえ感じさせる。瓦礫はそのまま変わらず、ただ増え続けている。資材が互いに混じり合う。こうして瓦礫のなかに、さまざまな道具や部品が、奇妙な醜い塊と一緒くたになって見え隠れしているのだろう。

前線に近づいていくと、この残骸の塊は黒い色に変わっていく。それはモノとしての塊がたどる最後の過程、焼却の跡だ。そこには鉄筋とセメントと石ころしか残っていない。だが、これはまだましな状態で、汚れたものは最終的には灰となり、崩れ散っていく。

ここには家並みの痕跡すらない。戦闘開始以来、七人の友人を喪ったアブー・ターレクは落ち着いて見える。彼は私に車から出ないようにと言った後、「数分間しかここにはいられない」と告げた。その言葉をほとんど言い終わらないうちに、向こう側から機関銃の射撃音が始まった。アブー・ターレクは車のハンドルを切り、元の道を戻った。

昨日はタフな一日だった。イフタール――同時に爆撃――の後、ひと働きしたのだ。「尊厳のバス」に乗ってダール村の学校へ行き、それから夜に帰ってきて若者たちや戦闘員たちを歓待し、会話を交わした。一人の男性がメディアセンターに来た。デンマークからマルティン・スーデルの居場所を突き止める手がかりを探しにやってきたという。夜に到着した彼は、私に会って何が起きたのか詳しい話を聞きたいと告げた。私は自分の存在が明らかになっていて、ここに残っていると危険だということをすっかり忘れていた。それでも頑固さみたいなものが出てきて、当初の見込みより長くここに残ることになったのだ。私たちが「解放地域」の名を刻んだ場所が、私たちの手の届かない、そして特に私のような女性にとっては、アサド政権に勝るとも劣らぬ危険を生み出す場所になってしまうという見通しに、私はたやすく降参できない。それは最悪の事態に違いない。フルサーン・ハック旅団の長アブー・アルマジュドは私に、自分たちとともにいる以上、何も恐れることはないと言った。しかし、私にはわかっている。彼らとともにいれば私は安全だが、彼ら自身が安全ではなくなるのだ。そうではあっても、私は女性と子どもに寄り添う仕事を完了させたかった。

夜が深くなるまで語り合い、ラザーンの家に戻ったときには女の子たちはシーツに包まってすっかり寝静まっていた。階下では子どもたちの笑い声や叫び声が遠くの爆発の響きと混じり合っている。ここに来て六日になる。電気もなく水もなく、インターネットも滅多に繋がらない。発電機も燃料の節約のため、必要なときにしか使わない。

イドリブ郊外や北部地域に入ってきた女の子たちがいる。彼女たちは医療支援や食糧支援の仕事に従事していて、この仕事に志願してアメリカやヨーロッパやアサド政権支配領域の自宅から出てきたのだ。私は床にじかに敷いた布団に身体を潜り込ませると、死んだような深い眠りに沈んだ。

九時三十分に目を覚ます。今朝、私はヌスラ戦線のアミールとの面会に行くことになっている。

ここ半年以上、私はヌスラ戦線のアミールの誰かとの面会を試みてきたが果たせずにいた。アブー・ターレクが私を面会場所であるバーラ村に連れていってくれる。車に乗り込んだとき、私は自分の手のひらに「八月五日」と書き込んだ。一日の終わりにはこの文字はこすれて読めなくなり、手汗が滲み褪せた青色になってしまう。しかし、一応考えがあってのことだ。前回の道行きは長時間に及んだ。薄れ始めた記憶を蘇らせるために、自分ができることは何でもしなくてはならない。一日の終わりにはノートブックの上の欄に日付をきちんと書き入れるが、手のひらを開けば、自分がいる今日が何日かを知ることができる。なぜこの方法をシリアに戻ってからすぐに使わなかったのかとあとで悔やんだ。私の記憶にぽっかりと空いた黒い穴が次第に大きくなっていた。二つの穴が、私の心と頭の間で広がっていく。

バーラに向かう途中、アブー・ターレクは今日の面会を設定するために無線を使って三人と連絡を取っている。同行したのはイブラーヒーム・アスィール。義勇兵の若者で、管理関係の仕事の研修を行なうために来ている。勇敢で自己犠牲をいとわない彼は、郊外を回って広報活動や地域活動に従事する人たちに研修を行なっている。

ヌスラ戦線のアミールのもとには容易に到達できなかった。彼は戦闘で片足を負傷していたが、それにもかかわらず対空砲のそばから離れないと決意したらしい。それでなかなか辿り着けなくなってしまった。彼は前線の戦闘地域にいるのだ。

バーラ村は甚大な被害を受けていた。無線からは戦闘員たちが罵り合い、侮辱し合う声が聞こえてくる。自由シリア軍とダーイシュの大隊の間で大規模な戦闘があったらしく、アブー・ターレクがその戦闘の詳細を伝えてくれた。彼はこう言う。

「ダーイシュが革命を掠め取ったんだ。やられっ放しでいるのも難しい話だが、アサド政権軍との戦争に専念するか、革命に介入して歪めたあの過激派や傭兵ぞろいの大隊との戦争に専念するか、選ぶのは困難だ。空からの攻撃に対しても俺たちは疲れきっている。戦闘機、樽爆弾、ロケット砲、地上ではあの大隊。皆、疲弊しきっている」

アブー・ハサンのもとへの道行きは、失われた宝探しの旅に似ている。ヌスラ戦線メディアセンター付き戦闘員の指示に従って、到着する直前までどれだけの道を曲がったことか。彼は私たちが面会場所に到達できるよう指示を出すという任務を負っている。この右往左往の末に私たちはバーラ村に入った。そしてバーラ村の出口にあたる村はずれに着いた。爆撃は続いている。よその村と同様に、村は焼かれ、破壊されていた。

道端に停車したまま一時間以上経った後、近くに一台の車が停まり、なかから二人の若者が降りてきた。アブー・ターレクは車から降り、二人と一緒にしばらくどこかに行った。それから戻ってきて、私たちは二人についていった。オリーブの林を越え、小さな丘を越える。

ここには人間らしい生活がない。荷台に戦闘員たちが乗った車が通り過ぎた。戦闘員の若者たちは「アッラーの他に神なし」と書かれた黒旗を担ぎ、オリーブ林の支道に入って姿が見えなくなった。正午だ。イフタールの前には急いで帰らねばならない。それはわかっている。

ヌスラ戦線のメディアセンターの若者は、私たちは約束の時間に遅れていると言った。面会の前にあなた方の写真を撮らせてほしいと言われたが、私は断った。これはジャーナリストや報道関係者に会う際にアルカーイダの組織がとる流儀だ。けれど無理強いはされなかった。単に私が女だったからだ。今回の面会が終わって出発した後に、私は詳細な情報を追加することなく自分の本名を告げることになるだろう。私はこの場に所属する必要性と、自己を表明する必要性を感じていた。それは私の人生の一部であるからだ。危険だとわかっていても、現状に接すると、ときどき何もかもぶちまけてしまいたくなる。この波立つような怒りは私をなぎ倒していく。特にダーイシュの検問所の前で止められているとき、そこにいるのは全員、チュニジアやモロッコ、サウジアラビア、イエメン、チェチェンから来た外国人だ。締めつけられるような思いを味わい、発すべき言葉を失うのは、あの連中から「そのご婦人は誰か？」と訊かれるとき、そして連れの若者が「叔母です」「母です」「姉です」……などと告げるときだ。けれど、今回も私は最後まで自分を抑えることができた。

オリーブ林を進み、ついに私たちはローマ時代の墓地の遺跡に到着した。優れた建築の墓地だが、爆撃にさらされたうえに墓石も盗まれ、一部しか残っていない。墓地の向こう側には、爆撃による残骸がうずたかく積み上げられている。この墓地はほぼ二千年前からのものだ。今はヌスラ戦線がここを使っている。

「誰が墓荒らしをしたの？」と若者に訊いてみると、「今もわかっていません、両軍とも盗掘はやっていましたから。それが戦争というものです」という答えが返ってきた。

そのとき、オリーブ林のなかを太った中背の男がやってきた。褐色に灼けた顔、灰色のアバーヤをまとい、杖に頼っている。片足は地面につけていない。この男こそが、バーラ駐留ヌスラ戦線のアミール、アブー・ハサンと呼ばれる人だった。

アブー・ハサンはベイルートやジャバル・シューフ、ジッズィーン、ダイル・アルカマルなど（いずれもレバノン国内の地名）で建設業者として働いていた。家の改修や建設に従事し、十七年間レバノンにいたという。

「シリアに戻って、バーラに帰ると、逮捕・拘束されて尋問を受けたものだ。俺にはサラフ主義者ではないかという容疑をかけられていた。最初は七日間拘束され、それから釈放された。俺は政治には関心がなかった。レバノンでは有力者たちと契約して仕事をしていたのでね。俺の兄は四年間拘留されていたが、五月に釈放された」

「それは二〇一一年の革命の三か月後の？」と尋ねると「そうだ」と彼は答えた。

サラフ主義者やイスラーム主義者の釈放が二〇一一年の四月、五月、六月だったという、こうした証言を常時繰り返し聞いてきた。私のなかで、非暴力の活動家たちの逮捕・拘束や拷問・殺害・亡命と、過激なイスラーム主義者たちの釈放が同時期にあったという言説はさらに真実味を増してきた。

アブー・ハサンは話を続ける。「俺も追われる身になったので、四年前に出国してベイルートに行った。出国が発覚した後、連中はバーラの俺の家まで来たそうだ。四年間はシリアから遠く離れて働いていたが、ダルアーでの出来事（二〇一一年にシリア南部ダルアーで始まった反体制デモ）が始まったとき帰国した。人びとは、アサド政権に対して立ち上がろうと決意していた。俺たちはジスル・シャグールやバーラやジャバル・ザーウィヤで非暴力デモをやった。二〇一一年六月までは武器を取らなかった。手当たり次第に発砲を受け、家を壊されたけれども俺たちは軍との衝突は望んでいなかった。俺たちの標的は治安部隊に限定されていたからだ。俺たちの考えからすれば、軍隊は国軍だ。その軍が俺たちを爆撃して殺すようになるとは予想もしていなかった。

マストゥーマ（イドリブ県内の村）の虐殺の後に、俺たちは武装と戦闘を決意した。人びとを武装へと向かわせるものは暴力だ。当時、俺は猟や結婚式で使う猟銃しか持っていなかった。ご覧のとおり、俺たちは取るに足らない連中で、まったくの無名だった。だが革命によってその存在が知られるようになった。

六月二十九日に軍はジャバル・ザーウィヤを攻撃した。俺たちはごく単純な武器を——カラシニコフ銃だ——使って、シャッビーハを何人か殺した。最初は軍に向かって発砲する気はなかった。シリアでもこれからエジプトやチュニジアやリビアで起きたのと同じことが起きるんだと思っていたからな。けれど軍は村を襲撃した。村の住民のなかに密告屋がいて俺たちの居場所まで手引きしたものだから、俺たちは家を捨てた。

軍の狙撃手が床屋の後家のかみさんを撃ち殺したとき、村の皆が怒り狂った。俺たちは軍の検問所を襲撃し、目についた先から発砲した。すると連中はＢＭＰ歩兵戦闘車で俺たちの村を砲撃してきた。軍の村への侵攻は、俺たちと治安部隊とを分断するためだと思っていたが、実際は俺たちと対峙している治安部隊を支援しようとしていたんだ。戦車が村に入ってきて、俺たちは虚を突かれた。これは占領だ。俺たち男は女子どもを残して家を捨てることになり、戦闘を決意した。俺たちは五人で連中に当たることになった。こんなことがどの町や村でも起こっていた。住民対軍とムハーバラートという内戦になり、すべての村の男たちが家や尊厳を守るため武器を取った。こうして革命が始まったのだ。

その後、事態が変わってきた。俺たちには、行動が正義である以上、勝利を収めるはずだという自信があったから、バーラの軍の検問所に奇襲をかけて武器を手に入れることにした。戦車に砲撃されているというのに、俺たちは十分な武器も資金も持っていなかったからだ。派出所やバアス党支部に奇襲をかけて武器を奪った。同様に軍の徴兵事務所も襲って武器を仕入れた。もちろん密偵も入り込んでいたし、俺たちは脆弱だったが、出張してジャバル・ザーウィヤの検問所も襲撃するようになった。初めのうちは治安部隊の人間は殺さずに解放していた。これものちには変わってしまったがね。

俺は戦闘のためにイドリブ、ハマー、アレッポを移り歩いた。ＰＫ機関銃は高価で、価格は千リラもした。だが俺たちには金がなく、政権側の蛮行はひどくなる一方だった。毎日が虐殺と殺人、爆撃、逮捕・拘束だ。俺たちは自分の蓄えやオリーブの収穫で得た収入を使って武器を購入し、互いに助け合い、結束を強めた。勝利の夢の実現は近づいているように見えたね、のちに事態は変わってしまったが」

私は尋ねた。「どう変わったのですか?」

彼は答えた。「話せば長くなる。一番肝心な点は、俺たちが武器を持っていないことだ。俺たちは疲弊し、多くの者が殺された。一年前に俺はヌスラ戦線に加入しようと決心した。士官たちもたくさんヌスラ戦線に加わった。だが、その前には俺たちはジャバル・ザーウィヤ殉教者大隊を結成し、当時はまだそうではなかったが、のちにアフラール・シャーム運動として知られるようになる人たちとも知り合いになった。二〇一一年九月の時点では、まだ国外から武器は入っていなかった」

「あなた方はゲリラ戦争のようなものをしていたのでしょうか、検問所を襲撃して武器を奪い、それで政権と戦うといった?」と訊くと、「そのとおり」と彼は答えた。

オリーブの木々の間から男が一人現われた。ジャマール・マアルーフ大隊の男だ。彼もまた金髪で太っている。私たちの話に加わったが発言はせず、聞き役に徹している。ヌスラ戦線のアミール、アブー・ハサンは話を続けた。

「村の金持ちたちが俺たちに〝対空砲を買え。金の用意はある〟と言ってきた。だが対空砲は入手できなかった。資金調達の問題ではなく、誰も俺たちに対空砲を売りたがらなかったからだ。俺たちの村では百人の殉死者が出ていた。

顎鬚を伸ばした二人の若者と俺は知り合いになった。片方は獄中の俺の兄貴の友だちだ。革命の二か月後に出獄していた。二人はサラフ主義の大隊に所属していて、十日ほど姿をくらましていたが、それから戻ってきた。二人は俺にイドリブ郊外のヌスラ戦線から来たと自己紹介した。当時は二人ともジャバル・ザーウィヤでは活動しておらず、無名の存在だった。だから二人は俺に一緒になってほしかったわけだ。俺はヌスラ戦線に加入し、俺たちの大隊も統合されることになった」

「それでダーイシュは？　あなた方とあの組織との関係はどうなっているのですか？」

アブー・ハサンは直接的な回答はしなかった。

「ダーイシュは前線に出ていない。後方戦線にいる。以前は皆ヌスラ戦線に属していた。彼らのほとんどは外国人で、シリア人ではない。俺たちは寛容の宗教を保持する者だ、他の宗教に対しても慈愛をもって接するつもりだ。ウマル——神が彼を嘉し給いますように——は慈愛の人だった（正統カリフ第二代ウマル・ブン・ハッターブを指す）。けれど俺たちはイスラームへの呼びかけは行ないたい。そしてバッシャール・アサドの殺害を望んでいる」

私は彼に言った。「ウマルは信仰における最初のムジュタヒド（ここでは「イスラームの法源から法的規範を引き出すことのできる者」の意）でした。あなた方は人びとに対して不信仰者認定をしていますね」

彼は何かに気づいたような顔になり、私を頭からつま先までさっと一瞥した。そして歯を見せてにっと笑いながら、こう答えた。「お嬢さん、俺は穏健派だよ。他と比べれば穏健なほうだ。あなたが聞いている話は、ここにいる多くの人たちには面白くないだろう。ここのタクフィール主義者たちは首を掻き切ったり、鞭打ち刑をやったりしている。俺たちのなかにも浸透している集団がある……俺はイスラームの宗教が全世界を統べることを望んでいるが、あくまで呼びかけ、宣教によってだ。ヌスラ戦線で俺たちは人民議会のかわりにシューラー会議の設置を望んでいる。俺たちは、俺たちのなかにナザレ人が存在することを認めず、イスラーム教徒へと呼びかける。入信する者は入信せよ、入信しない者は人頭税を払え。俺たちにはイスラーム教徒のための財庫がある。アラウィー派は、俺たちのなかには居場所がない」

アブー・ターレクの視線が私に注がれ、またイブラーヒームも同様であるのを感じながら、私は書き記していく。アブー・ターレクは時折イブラーヒームと会話し、議論に加わったりもしていた。しかしそのときは、私の素性に関する話がしにくくなるためだけの議論にアブー・ターレクとイブラーヒームが踏み込まないように、私は自分が筆記した言葉のかたちにほぼ集中していた。アブー・ハサンは続けた。

「俺は戦闘員で、ヌスラ戦線の軍人だ。ヌスラ戦線の軍事的な事柄に責任を負っている。戦いに立ち上がり二年半が経った今、これはスンナ派とアラウィー派の間の戦争なのだと俺は断言する。長い戦争になる。十年間は絶対に終わらないだろう」

彼が言葉を切ったので、周りにいる人びとが話に加わった。それぞれが自分の見解を持っている。彼らは六人いて、私はその言葉に耳を傾けた。冗談を言ったり笑ったりしている。アブー・ハサンは私を見ていて、会話には加わらなかった。

「ビリーン村で奴らは酸を使って五十三人を殺したんだ……何のためにあんなことを！　奴らを焼き殺

してやる。わかっているさ、世界中がバッシャール・アサドを望んでいるんだ。だからあいつは打倒されない。それはあいつが強者だからではなく、イランやロシアやアメリカや中国から支援を受けているからだ。だが俺たちはあいつとの戦いは決してやめない。あいつが打倒された暁には、俺はこんなことは一切やめる。そして建設業者の仕事に戻るんだ。オリーブ畑も持っているし、かみさんと一緒に子どもたちが待っているからね」

口を挟まず彼が話すがままにしておいたら、彼は話をこう締めくくった。

「俺はアラウィー派の村に入ったが、女子どもは殺さなかった。人殺しには反対なんだ。イスラームは寛容の宗教だし、信仰においては何の強制もない。だけど、俺が言っていることなんかは時間が経ったらまず残らない。俺は穏健派だ、でもこんなふうに状況が推移しているときに、俺や俺みたいな奴の声は決して残らないさ。そして状況はまた動くだろう。だから先行きは真っ暗だと俺は思う。誰がその対価を払うか？　バッシャール・アサドじゃないね、アラウィー派の連中がその対価を支払うことになるだろう。不信仰者で、信仰を持っていないから」

「あなたは間違っています。彼らは不信仰者ではありませんよ」私は早口に言ったが、限度を超えるつもりはないと知ってもらいたくて、アブー・ターレクのほうを見た。

アブー・ハサンが私に言った。「どうしてあなたにわかる？　俺はあなたよりも連中をよく知っているよ」

私は言った。「私は少ししか知りません！　でもアブー・ハサン、シリアの国民はお互いを知らないのではないでしょうか。私はそう思います」

墓地は、一番高いところは三角形だが、裾野にかけて方形をしている。ミサイルが着弾したのだろう。

この地域への爆撃が意図的なものであったのは確かだ。そこはオリーブ畑が広がる地域で、戦闘地域ではない。同行した若者が盗掘のためにここは爆撃されたのだと言うと、話に加わっていたジャマール・マアルーフ大隊の男はそれを否定した。件の若者はなおも言った。「もう俺は黙っていられない。遺跡は盗掘されたんだ、しかもバッシャールの軍やシャッビーハだけがそれをやったわけじゃない」

「だが武器を購入するためにやったんだぜ」と男が答えると、彼は黙った。

私たちの足下には、さまざまな生き物の世界がある。虫けらの軍隊さえも行進している。

アブー・ハサンが私に訊いた。「なぜあなたはここに来た？　このあなたの本というのは何に益するものなのか？」

彼に答える。「革命に関わった人たちとの対話を記録しようと考えています。これらの対話は、声なき人びとの声になると考えているからです」

「彼らはあなたを信用しているだろうか？」

「それは重要ではありません」

私は短く答えた。彼は興味深そうに私を見た。

「あなたはダマスカスの人？」

「どう思いますか？」

「わからないな、あなたの訛りはいくつかの地域が混ざっているようだが」

「私はあらゆる地域の出身です」と応じると、彼は微笑んで付け加えた。

「それにしても俺たちのところに来るとは、勇敢な人だ」

「あなたも勇敢な人じゃありませんか？」

彼は笑って言った。「俺は男だからね、こういう性質さ」

「なら私は女ですから、こういう性質なんですよ」と私が言うと、彼は笑うのをやめた。

彼らは歓待すると言って粘ったが、私たちはその場を辞した。アブー・ハサンは落ち着いた口調で、どれほど面倒なことになろうと、子どもと女は殺さないと言う。けれど、時が経てばそういうことも起こりうるとわかっている。彼は勇敢な人だった。

アブー・ターレクからアブー・ハサンをどう思ったかと訊かれたとき、私は「勇敢かどうかは目を見ればわかると思う。こちらも見る目を持たねばならないけれど」と答えた。革命が自分に忍耐と耳を傾けるという技術を教えてくれたのだと私は認めなければならない。

私とこれらの戦闘員は役割を交代していくのだ。語り部の役割を交代する。私は世界をすっかりひっくり返し、物語と戯れる。私が生き続けていたのは、私が彼らの人生を必要としていて、彼らの人生を言葉に変えていかなくてはならないからだ。物語ることでその人生はよみがえる。そして物語ることがこのすべての破壊に対する救いとなるのだ。最悪の事態にあっても物語は証言として残る。ただ風が吹くがごとく看過されることのないように。こうしてアブー・ハサンも、アブー・アフマドも、アブー・アルマジュドも、シェヘラザードの語りの声になっていく。私は話に聞き入るシャフリヤール王だ。本当の意味では両性を併せ持つシャフリヤール。話を聞き取り、戻ってシェヘラザードの役柄をまとい、やがて語り出す。私は心の繭のなかでシェヘラザードとシャフリヤールの役を交代し、あるときは彼の役を、またあるときは彼女の役を演じる。あるときは耳を傾け、あるときは物語を作り出す。もしこの仕事がなかったら、私はシリアに戻るのをやめていた。異郷にとどまっていたことだろう。

こんなことは、真実を伝えるという話で、自らの狂気を美々しくごまかしているだけだ。彼らの物語を書きたいという欲求と自分との関係を美しいものにするための醜いごまかしにすぎない。

サラーキブに戻らねばならない。心の奥から、自分はあの町から完全に出ていった、望むと望まざるとにかかわらず追い出されたという思いと戦う気持ちが芽生えてきた。サラーキブかカファル・ナブルに家を借りるのは不可能になった。ここに残ることも、ごく当たり前に暮らしていくことも、いまや狂気の沙汰になってしまったようだ。すべての人に自らの狂気を実践する権利があるとはいえ、若者たちに私を保護し、動き回りたい場所すべてに同行する責務を負わせてしまうと大きな負担になってしまう。私がサラーキブにいると多くの人に知られてしまったことも考えた。しかし、女性たちとの仕事は済ませなければならない。

カファル・ナブルからサラーキブまでマンハルとムハンマドとともに行く道すがら、私は家並みや木々や空の写真を撮っていった。平原を歩き回る人びと、紺碧の空の色、路上に散らばり、あらゆるものを売りさばく子どもたちの青白い顔。

サラーキブの入口では爆撃が続いている。ここではそれが日常なのだ。

カファル・ナブルは比較的安全な場所だ。サラーキブが生きてきた地獄と比べれば。

到着すると私たちはまっすぐ地下室に降りていった。爆撃が激しく、ノラとアブー・イブラーヒームはそこに座っていた。

私は眠らず、明け方の四時まで服を着たままでいた。蚊がひどくて眠れなかった。瞼まで蚊に刺され、全身が痒くて仕方がない。一時間ほどそれを無視できるようになっても、爆撃がすさまじく、目が覚めてしまった。

二人の老婆は眠っている。私はアイユーシュと一緒に彼女たちの部屋に残った。なぜ自分がそうしたのかわからなかった。身体が重たく、もう動けない。水を浴びたいと思った。水はふんだんではないが、ここ二日の汚れを落とすくらいの量はある。ここでの入浴は難しい。安心して入浴できるようにノラが付き添い、風呂場のドアのそばに立っていてくれている。近くはないが、爆撃はまだ続いている。急いで入浴した後、すぐに私たちは家族の大きな部屋に向かった。中庭の向こうにある部屋へと渡っていく途中、近所にミサイルが着弾した。それでも私たちは二人の老婆の傍らで静かにコーヒーを飲み終え、私は煙草を吸うことができた。ふと、明後日には発つのだと悲しみを覚えた。

今日も女性たちの家を回る。長い一日になるだろう。

八月の半ば、何も変わらない。人びとが亡くなっていく状況は変化している。どのように死に、どの部分だけが残ったのかはそれぞれ異なる。生きていくためのこまごまとしたことの繰り返し、それについて話すことも語りに語りを重ねていくだけだ。悪業に悪業でやり返すこと、日常的な爆撃という暴力の下で人びとの顔を覆う放心、輝きが失われたままの瞳、逃げ惑う人の群れ。空から戦闘機が毒物を投下し、憎悪が降り撒かれる、その大きさだけが増していく。日常の出来事の繰り返し。日輪の下、未亡人たちの美しい貌。彼女たちは互いに寄り集まり、死から生を作り出し、別の死を迎えられるよう人生という鞄に詰めていく。

何も新しいことはない。野菜をキロ単位で買うこと、家から野菜市場まで出かける難しさといったひとつひとつ。神により運命づけられた死に至るまでの一時の旅、ミグ機との休みない遊び。瞳そのものは変わらない。ただ、ある感情が目に貼りついてしまった。恐怖だ。日常の出来事にも、朝晩、女性たちの家を回り、ともに仕事をすることにも何の変化も起きていない。墓を開けてまた満たしていく。水路や丘に捨てられた死体が見つかる。タクフィール主義の大隊によって異なる信仰の墓が壊され、同じ場所にダーイシュの新しい基地が建てられる。こうしたさまざまな事象を経てもなお、抵抗運動の根は生き続けている。大国の意思や利益に対し、身売りを拒む部隊も残っている。戦闘員や、市民活動や非暴力運動の担い手たちはダーイシュによって捕らえられ、殺されている。シリア人や外国人の報道関係者も誘拐され殺されたり、身代金目当てで拘束されたりしている。それ以外に、アサド政権軍の戦闘機に殺される人も。

戦闘員となった二十代前半の若者たちは、家と自らの存在を守るため家財を売り払い、野草を食らって生きている。ここにはいくつもの思惑が入り混じり、明確なものは何もない。大隊同士が取っ組み合い、軍が革命を食んでいく。過激なイスラーム主義の軍隊は、小隊もひっくるめてすべて獣に成り下がった。武器を背負い、夜は小路に隠れながら彼らについていく子どもたちは、その大半が十六歳未満だ。偽の大隊名を詐称したり、シャッビーハに変貌したりする強盗たち。この国はもはやひとつの国体ではなく、各々の地域が、相争う軍の旅団ごとの支配領域となってしまった。そして総体としては死を振りまく空の絶対的支配に服している。

しかし私たちはこの地で人生を続けている。死が降り注ぐ空の下でも、新興の過激なイスラーム主義者たちの蛮行のなかでも人びとは生き続ける。私は、自分の小さな鞄の荷造りを済ませ、彼らを後に残し、異郷へと旅立つ。彼らも私も、死まで分かち合うことはまずないとわかっている。お互いの相棒関係は一時的なものではある。でも、彼らも私に死なないでほしいのだ。

出発の前日、一人の女性が私に言った。

「ここで死んではだめよ。私たちと外の世界を繋ぎ続けてね。私たちを繋ぐ絆になって」

そのとき私は、惜別を込めてさまざまな料理を拵え、皿であふれんばかりの食卓を整えてくれた女性たちを見ていた。とまどいながら見ていた。この六十を越えた文字の読めない女性は、私の状況をどうして理解したのだろう。自分は始まりも終わりもなく、安住の地も持たない、宇宙へ繫がっていく糸のようだと思った。私には寄る辺がない、言語のほか、アイデンティティを示すものも何もない。

旅立ちの数日前から、死について千々に思いを巡らせ、不眠の時を過ごした。八月の最後の四日間、私は目を閉じなかった。それゆえ、私は夜にも生活があることを見出した。空が少し静かになると、活気を帯び始める生活が。

夜は、来るべき死の朝に備えて人びとが家を出て活動できる時だ。夜、私は通りに山積みになったごみをサラーキブから一掃する活動を進める若者たちに同行した。不思議でわくわくする夜だった。私たちは進む。少数の若者たちが町を清め、生き延びた人びとが放り捨てたものを掃除していく。病気や悪疫で死ぬ苦しみを減らすために。

通りから通りへと私たちを乗せた車が走る。ミサイルやクラスター爆弾の間を縫って移動し、人びとの間や友だちの家に隠れる。子どもの葬儀を行なう家にも隠れる。薄い布団の上で手足を失った若者たちが眠る家にも。それから私たちは外に出て、清掃の仕事を続ける。上空の飛行機からの狙撃を恐れ、車のライトは消している。

子どもたちも眠らない。家の戸口の前に立ち、三輪で走る車の清掃作業を見つめている。四つ目の車輪は爆撃の破片でやられてしまったが、車は十分走り、唸りを上げる。臭いが殺人的にひどい。ごみは収集したらすぐに焼却する。

翌日、私は女性たちの家回りを続ける。こうして……付け加えるべきことはない。同じ光景が日常的に繰り返される。死に向かって開かれた広場。この無益な遊戯から抜け出せる人間を選ぶのは、偶然だけだ。

旅立ちの日、ぎらぎらと灼けつく太陽の下を国境に向かいながら、私は何も感じなかった。ただ見つめ、動物本能で動いているだけだ。「すばやく、正確に」という、二つの言葉を肝に銘じてやるべきことを済ませていく。それ以外に大切なことは何もない。悲しむ時間はない。泣く時間はない。考えを巡らしたり、何かに期待したりする時間もない。いつまでもここにいたら判断力や思考力が鈍ってしまう。思い描けるもっとも大きな夢が、朝、瓦礫の下の死体にならずに目覚めることや、ダーイシュに斬首されずに済むことなのだから。そのような状況だから、国境に向かう道のりはピクニックみたいなものだった。車にすし詰めでも、暑くても、爆撃を避けるため何度も停車する羽目になっても。

私は落ち着いていた。生きていくのか死んでしまうのかともう考えることもなく、オリーブの林と道端の人びとを眺めていた。死や正気を失う場面を経て、いかにして強固な友情が成立するかを私は理解した。ここには無の空白が存在し、そこで私たちは思い知る。こうした集団虐殺や地上に息づく暴力こそが、これまでの歴史の流れを決定的に断ち切る出来事になりうるということを。私は今、断絶へとひっくり返された窯のなかにいるのだ。それがわかる。私はそれに触れ、深く吸いこんでいく。

証言を書き留めるために、あと一人、戦闘員に会うことになっていた。私が考えていたのはこのことだけだ。つねにそうしてきたのに、手足を失った美しい若者たちの目をふだんのように見ることさえしなかった。痛みが押し寄せたり、遠のいたりしていた。私がなすべきは、その痛みを自らの血から引き離すことだ。炎の帯を外してよけておくように。人の群れを私は決して見ない。車が近づき、約束の時間ちょうどにその戦闘員がやってくるのをひたすら待つ。

それが私が書き記す最後の証言になる。戦闘員との対話は五十以上を書き溜めたが、この戦闘員はまた別の顔を見せることだろう。

ハッジーというあだ名のその男は、私の出身地ラタキアのラムル・パレスティナ難民キャンプの出身である。小学校六年まで教育を受けた。父親はタクシー運転手で、彼自身は港湾で働いていたそうだ。顎鬚も口髭も剃っている。

ハッジーは一九七八年にラタキアのラムル・パレスティナ難民キャンプで生まれた。アフラール・ラタキア大隊の大隊長だ。シリア－トルコ国境とラタキア北部のシリア海岸山岳地域の間を移動しながら暮らしている。

私は自分が何者かをハッジーには知らせたが、彼は温かく受け入れてくれた。彼と会ったのはシリア－トルコ国境だった。もともと彼はマイサラの友人だったこともあり、熱心に自分の話を語り始めた。彼は、今はこの先二十年続く宗派間闘争の過程にあり、アサド一族は決して敗れないだろうと見ている。敗者となるのはアラウィー派の人びとだ。彼が言うように、アサドたちが犯した罪悪は、アラウィー派の人びとにはね返ってくる。私には彼の見解を覆せなかった。彼は自信と決意を込め、また嫌悪と悲しみを帯びて、自分の話を聞かせてくれた。

「俺は港で日雇いをやっていた。港はジャミール・アサド（故ハーフェズ・アサド大統領の弟。二〇〇四年に死去）とアサド一族に支配されていて、俺たちは奴隷だった。俺は学業を全うできなかった。小さいころから働かなくちゃいけなかったからね。アサド政権もアサドの宗派も嫌いだ。あいつらは仕事で俺たちを卑しめ、日々の糧でも俺たちを貶めた。ジャミール・アサドの息子のムンズィル・アサドの一族がいるだろう。ラタキアは奴らの王国で、俺たちは奴隷だ。奴らはシリア全土を自分たちの農場だと思っている。俺たちは奴隷なんだ。ただ、ラタキアは苛烈さも不正の度合いも特にひどかった。この耳でアサド一族のシャッビーハや奴らの代理人がこんな罵詈雑言を吐くのを聞いたことがある。〝スンナ派の豚〟ってね。あんたもラタキア育ちなら知っているだろう。有力な士官の娘なら、一番年長の男の鼻でもへし折ることができるって。

二〇〇三年から二〇〇五年までの間に、奴らが十もフサイニーヤ（シーア派イスラーム教徒の集会場。アラウィー派はシーア派系と言われている）をラタキアに建てようとしているのがわかった。特にハーフェズ・アサドが亡くなって、息子が政権を継承してから、シーア派の集団が目につくようになってきて、自分たちの宗教に危機感を覚えた。俺にしてみると、これはスンナ派かシーア派かという信条の問題なんだ。そのときから俺たちはよく考え、集まって、これは我慢ならないという結論に達した。ついに爆破活動をすべきだと考えるようになったが、それはこんなことが書いてある看板を見たからだ。〝ズィラーア地区ペルシア語学校〟とね（ペルシア語はシーア派を国教とするイランの公用語）。奴らはアラウィー派の村落に金曜モスクを建設し始めた。イラン人どもが建てていたんだよ。

　それでも俺たちは数年は沈黙していた。信仰上のアイデンティティが侵害され、それゆえに見下されていても、だ。俺たちはハーフェズ・アサド時代からシリアの政権がイラクに過激派やジハード主義者たちを送り込んでいたことも、俺たちスンナ派のシャイフどもが政権と仲良しで、その一味になっていることも知っていた。過激派にはなりたくなかったし、政権の一味に加わるのも嫌だった。だから若者として自分たちだけで集まっていたわけだ。

　チュニジアやエジプトやリビアで革命が始まったとき、俺たちは何をすべきかを議論した。そうしている間にダルアーでは反体制の狼煙が上がり、虐殺が行なわれた。金曜日、ラムル・パレスティナ難民キャンプ地区のムハージリーン金曜モスクで、俺たちは彼らに対する追悼の礼拝を行なおうと決めた。ここで礼拝の後、俺は自発的に、心の底から熱くなってデモ行進をやり、タクシー乗り場の広場へと進んだ。治安部隊の支部隊前に着くと攻撃を受けた。そこで俺たちは支部隊を焼き討ちし、治安部隊を襲撃した。デモ行進は続き、とうとうハーリド・ブン・ワリード金曜モスクに、さらにサリーバ地区にまで到達した。これは全部、何の組織的行動もなく自然発生的に起こったことだ。あの日、俺たちはまるで世界を支配したみたいな気分で帰った。初めてものを言えたのだからね。〝神、シリア、自由のみ〟。

次の金曜日にはたくさんの金曜モスクからデモ行進が始まった。二万人がデモに参加した。軍が発砲したせいで約十五人が亡くなり、負傷者の数も甚大だった。ラムル・パレスティナ難民キャンプには革命前から武器があった。密売も、ひどい貧困も失業もあった。俺たちは秘密裡にデモと活動を続けた。非暴力デモを始めて三週目からこっそりと武器も持つようになった。だけどあくまで隠匿で、自衛のためだ。実際に使ってはいなかった。

武装を明示するようになったのは、ビン・アルアルビー広場の虐殺の後だ。あの日は複数の金曜モスクから非暴力デモを始めて、サリーバ地区のビン・アルアルビー広場を占拠することになっていた。俺たちは広場に集まった。女性や子どもたちはコーランを手に、〝政権を打倒するまで占拠しよう〟と言っていた。

晩の礼拝の後、十一時半頃、俺は広場を占拠した人たちが軍に包囲されているのを知って現場に急行した。占拠の現場では人びとが〝軍と人民はひとつ〟と叫び、〝非暴力、非暴力、非暴力〟とシュプレヒコールを行なっていた。軍は占拠を解くよう要請したが、拒絶されると彼らを一斉射撃した。一日で二百人が殺されたのを俺は目撃した。殺された人のなかには女性や子どももいる。死体は互いに重なり合っていた。建物のベランダからそれを目撃した人も殺された。軍がやったんだ。これは、俺がこの目で見たことだ。十六歳の娘さんが軍の大佐の胸ぐらをつかみ、大佐は兵士に彼女を殺せと命じた。兵士がそれを拒否すると、奴はまず兵士を殺し、それから娘さんを殺した。

夜の、ちょうど十一時四十五分に車両がやってきて死体を積み込み、ほんの数分で消防車が現場を清掃していった。何の痕跡も残らない。二〇一一年四月十七日の出来事だ。あの日、俺たちは武力闘争こそが唯一の解決法だと決断した。そしてすぐさま武器の携行を始めた。つまり、カラシニコフ銃とポンプアクション・ライフルだ。俺たちはデモを行ない、さらにデモの護衛をするようになった。また軍やムハーバラートがラムル・パレスティナ難民キャンプに入るのを許さなかった。六か月間、そうした状態で俺たちは抵抗した。

でも俺たちはしょせん弱者だ、密告屋もたくさんいた。もう十分な武器は持てないうえに、連中は休む間もなく機関銃で撃ってくる。俺はオートバイで移動を続けたが、日中は三十分しか眠れず、すっかり疲れ果てた。寝場所を一か所に絞らず、一度出たところには戻らないようにした。三回暗殺されかかったんだ、嫌でも警戒するようになった」

ハッジーは話をやめない。憤っている。彼は厳格な人ではあるが、私がこれまで証言を記録してきた他の戦闘員とは違う。彼は人生を愛し、生きたがっている！　戦闘員としては異例だ。彼は「俺は結婚したくないんだ、自由でいたいからね」とこっそり告げて微笑んだ。

それでも彼はずっと憤っていて、話を続けた。

「ラムル・パレスティナ難民キャンプでは人びとは互いに助け合い、支援物資を分け合っていた。ドラッグを服用する人の割合が大きいんだ。それで俺たちはドラッグを禁止した。それに強盗が蔓延していたから、治安維持のための自警団を家々に配置し、人びとには互いのために家の戸を開けておいてほしいと頼んだ。俺たちはデモを続け、軍の侵入を防いだ。難民キャンプの出入口の警備のために巡回を配し、そういうことを海側からも輪番で続けていた。デモは毎週金曜日に金曜モスクから始まる。一万人以上のデモ行進だ。ラムル・パレスティナ難民キャンプに俺たちは独立政権を建て、六か月もの間、自分たちの生活を組み立てられるようになったんだ。初めての軍事会議も設立した。革命から四か月目のことだ。俺は実戦部隊の隊長になった。武器マニアで何年も前から使っていたし、武器についての経験値があったからだ。俺たちは軍の攻撃を先延ばしにしたくて、戦闘は望まないという書簡を届けようともした。

サカントゥーリー地区では事態が悪化していた。あの地区の連中は、俺たちと同様、教育を受けていないガキで、労働者かタクシー運転手か、大多数は失業者だ。連中と俺たちの間で戦闘が起きた。俺たちはダイナマイトだけ、向こうは戦闘用ボートとDShK38重機関銃を持っていた。サカントゥーリー地区側は俺たちに猛攻をかけてきた。

あのとき俺たちは武器を無料で配布した。若者たちは迎撃したがったが、俺は止めた。兵力が脆弱だったからだ。俺は支援物資が送られてくるまで待てと言った。はっきり言えば、自由シリア軍を待っていたんだ。他の地域から支援に来てくれるのを待っていた。だがな、そんなこと一切起こりゃしなかった。俺たちはペテンにかけられた、取り残されたんだと感じた。持っていたのは三千五百発の弾丸、十丁のライフル銃とポンプアクション・ライフル。俺たちは死ぬまで抵抗して、決して降伏はしないと決意した」

ハッジーは深く息をつき、続けざまに煙草を吸った。彼は、自分の話に対する私の反応を探ろうとしていたが、私は彼の視線に気づかないふりをしながら筆記していた。

「俺たちの計画は、猛攻に立ち向かうというものだ。防御一辺倒で、唯一の戦略は、可能なかぎり長期にわたって軍の侵入を許さないというものだった。俺たちは、軍の支配領域の町のなかの一地区にすぎない。俺たちは戦闘員を配置して、自分たちが暮らす地区をカバーできるようにした。それで最初の戦車が難民キャンプに侵入したとき、配置した戦闘員が戦車に発砲した。これが俺たちの間違いだった。若者たちの抑えがきかなくなってしまった。彼らは命令を無視して軍や戦車に発砲するようになった。俺たちは夜明けから二日目の昼までは持ちこたえた。軍は海からは蒸気船で、陸からは戦車を使って砲撃し、難民キャンプに猛烈な攻撃を加え、タクシー乗り場の広場にまで迫った。難民キャンプの小路が多いという性質は俺たちに幸いした。俺たちは四十五人の兵士を殺したが、こちらの死者は十三人だ。そして、装甲兵員輸送車が入り、屋根や家屋の間に狙撃兵が展開した。俺たちは難民キャンプから脱出させるために女と子どもをアイン・タムラ通りに集めた。おふくろと妹も一緒だ。脱出の道を開けるために軍の検問所を攻撃した。不眠不休、飲まず食わずで四日間、抵抗し、戦い続けた。

ところが、軍がサカントゥーリー地区に到達すると多くの人たちは逃げ出した。何をしたらいいのかわからなくなった。放棄された家や建設中の家屋を俺たちは移動し続け、俺は一軒の家に隠れた。そうしている間に、四十五人の若者がラムル・パレスティナ難民キャンプで拘束されたが、俺たちは逃げ延びた。トルコ国境を越えてイェルダ難民キャンプに逃げた。俺は六百人を指揮下に置く責任者だったが、どうすればいいかわからなかった。彼らに支払う金もない。すっかり途方に暮れてアンタキヤに行った。

そこでまた衝撃を受けることが起きた。思いもよらなかった、俺に代わって実戦の指揮を取ると主張する奴が出てきたんだ。革命では誹謗中傷も裏切りも嘘もたくさんあった。俺は多くの士官に会い、戦闘計画を持ちかけて武器調達のための資金援助を受けてきたが、武器の補給が可能だという保証が得られるまでは戦闘を開始しないようにしていた。支援者たちは海路から武器を持ち込むと約束したが、俺は断った。そんなことは不可能だと知っていたからさ。全世界が俺たちを見捨て、戦闘員や戦闘の指揮官たちは絶望に苛まれた。食うものもない、眠ってもいない。俺は全員に援助を求めたが、無駄骨だった。他方、責任は増すばかりだ。俺はともに出国した戦闘員たちを集め、こう告げた。『どこかの戦線に加わりたい者がいたら好きにするといい。俺には武器がない』それから俺は帰国して二〇一二年初頭からジャバル・アクラードの戦闘に加わり、七月のドゥリーン戦までそこにいた（ドゥリーンはラタキア県内の村）。俺たちは山の真ん中に陣取って、毎日のように軍の検問所や治安部隊の支部隊を襲撃した。新たな戦闘計画を立てて、車両も獲得した。ときには乗っていた人間を殺して奪った。金がなかったからね」

ハッジーは話を中断した。私の反応を探っているのだ。私は頭を上げず、ペンを手に持ったまま訊く。

「それから何があったんですか？」

彼は答えない。黙ったまま、数分が過ぎる。そこで私は頭を上げて彼をひたと見つめた。ハッジーは瞬きもせず私を見ていた。彼をじっと見つめたまま、私は「続けてください」と言った。

すると彼は鋭いまなざしで私を見つめながら、話の続きを始めた。

「空爆が始まる前は戦闘も簡単だったし、俺たちは前進していた。空爆が始まってからは事態が変わった。そうなったのはハッフェ（ラタキア県内の村）での戦闘以来だ。ドゥリーン戦の後、装備がなくなった。だから俺たちは爆撃のなか、仲間を山中に残して自分たちだけで出立し、トルコに向かった。俺は資金と武器の保証を取りつけてから戦闘に戻り、ジャバル・アクラードからジャバル・トルコマーンまで武器を移送した。

そこでは、ジャバル45での戦闘が初戦だった。二回目はケサブの国境地点にあるナブウ・ムッルだ。俺たちはアラウィー派の村のウスマーン家に押し入った。そこには誰もいなかった。家を捨てたんだ。まだ何人か若者が残っていたので殺した。食糧にするために家禽を奪った。皆も大隊のために手に入る食い物なら何でも奪った。何軒かの家を燃やし、残りは放置した。しばらくの後、ジャバル45はある大隊によって売られた。政権軍がジャバル45に戻ってきて不意打ちを食ったよ。裏切りは常時当たり前にある。いくつかの前線は、解放された後に売られた。戦闘も前線も俺たちの血も商う連中がいるんだ。信頼する心を失い、俺たちは挫けてきた。もう誰が裏切り者で、誰が信頼に足る奴かわからない。地中海岸地域の戦闘への武器支援も、戦闘全体の趨勢を握る連中次第になってきた。そうしている間にザイーニーヤ戦が始まり、俺たちは第一三五連隊を二時間で制圧し、多数を殺した」

彼に訊く。「人を殺したことをあっさりと話すんですね、あなたも殺したんでしょう?」

彼は憤然と私を見た。「ああ、俺は人を殺している。俺は権利を守るためにやった。でもあんたを殺すわけでは断じてない」

私は言った。「おそらくそれは今、トルコとの国境上にいるからでしょう。あなたも命が惜しいでしょうから。シリア国内だったら、きっと私を殺していますよ!」

彼は言った。「絶対にやらないさ。この先に味わう苦しみを思えば、かわいそうだから殺してやったほうがあんたも気持ちが休まるだろうがね。あんたはまず羨まれることのない立場なんだ。現実をわかっていない。今、起きているのは宗派間闘争だからな!」

改めて彼の目を見つめた。私のことを話す彼を見たかった。彼はさらに言った。

「そうだ、あんたには同情する。こんな汚れた戦争からは遠ざかったほうがいい。俺は離反したアラウィー派の士官を知っている。自殺したよ。離反した後に、自由シリア軍の大隊で自殺しているのが見つかった」

「自殺ですか? 他殺ではなくて?」と訊くと、「確かに自殺だった。革命初期だったな。あんたは話を聞くのが好きだろうから、ジャバル・アルバイーン(シリア西部ハマー県内の山。イドリブ県にも近い)で俺が経験した話をしよう……俺は十五人を率いてフルンルク森林地域(ラタキア県北部の森林地域)に到着した。そこでは政権軍が活動していて、その音が伝わってきた。目の前には切り立った崖がある。俺たちは山の真ん中にあたる広々とした空き地に入った。三つの山の合間で、あらゆる方角から俺たちに向かって爆弾が降り注いできた。慌てて岩場に隠れたが、雨のような爆撃だ、仲間には俺から離れるなと言った。泥の道だが、向こうにはすぐ平坦な道が続いていて、そこは丸見えだった。続けざまに銃撃されて、俺たちは兵士たちに向かって『兵士よ、軍人よ、離反しろ。俺たちは同胞じゃないか』と叫んだ。答えるかわりに連中は俺たちに罵声を浴びせた。俺の仲間は二手に分かれ始めた。俺は連中に、『投降しろ、お前たちは包囲されている』と怒鳴ったが、罵詈雑言が返ってきた。で、俺たちは発砲した。

信じられるか？　俺はえらく狼狽したんだ。俺たちシリア人が、シリア人を殺そうとしているってことに。しかし、どうしたらいい？！　俺たちはいったん退いた。元の場所に戻ると、連中に包囲されてDShK38重機関銃と迫撃砲で砲撃された。逃げてどうにか生き延びたが、死んでいたかもしれないな。この戦闘は俺にはこたえた。互いの声も聞いて、話もしていたからだ。

ザイーニーヤ戦では、政権軍の戦死者の遺体が野ざらしにされた。少し経つとトラックで遺体を集めに来るんだが、ときにはそのままになって犬が遺体を食い荒らしていた。ザイーニーヤ戦では俺たちは一人残さず皆殺しにした。目の前、視界はすべて死体ばかりだ。ザイーニーヤ戦以降、俺たちの大隊の拠点はジャバル・トルコマーンになり、自由シリア軍司令部の第十旅団指揮下に入った。

住民が逃げ出してから三週間ほど支配下に置いていたアラウィー派の村で、俺たちは塹壕のなかにいた。そこに三つの大隊が合流しアサド政権支配領域から十四キロの地点まで進軍した。その三か月後、俺は自由シリア軍司令部に支援を要請した。政権軍の勢力圏内にいて爆撃も銃撃も途切れなく続いている。俺たちの行動はほとんど自殺行為だったから、なかの一人は進軍に反対していた。俺たちの大隊はカンダスィーヤ村に駐留していたが、そこで俺は、自分も部下たちも売られる、このままでは死ぬと気づいた。それで軍事会議に拠点から退くと報告し、退却した。

そのあとは、借金がかさんでいたから返済のために迫撃砲とロシア製の武器を売却した。自由シリア軍司令部の本拠地に戻り、俺は司令部付きになった。今、俺の大隊の名前はアフラール・ラタキア大隊だ。求められればどの戦場にも隊員を率いて出撃する。現在、俺たちは町から十五キロのマシュキーターの拠点に駐留している」


「ところであなたの言ったところによると、地中海沿岸地域の戦闘は茶番ということになるの？」

彼が答える。「ああ、茶番だ。俺はそう思う。俺の見解だが、諸外国はシリア人同士の戦闘を望んでいる。だから俺たちに互いに攻撃させ、そして逃がす……これは、一緒に戦ったある先生から教わったことだ。だから俺は今、これまでのどんなときよりも悲しい。シリア人の血がこんなにもたくさん無益に流されたのだから。

奇妙なことはまだある。ダーイシュが地中海沿岸地域の前線にいる。連中は前線にいたことなんかないのに、五百五十人以上もいてただぶらぶらしている。この先何をやるつもりか、さっぱりわからん！　アフラール・シャーム運動もいて、俺たちシリアという国家を志向する生粋のラタキアっ子を遠ざけている！　さらに奇妙なのは、現在、ダーイシュが自由シリア軍隊員の掃討に着手していることだ。アサド政権の代わりにダーイシュがやっている。近頃、あいつらはグラート・ロケット砲（自走多連装ロケット砲）を持ってきて、アラウィー派の住民がまだ住み続けている村を攻撃しようとした。俺は断ったが、あいつらはいつかやるし、ラタキアまで爆撃するつもりだろう。あいつらにここじゃなくてどこか他のところに行けと言ったよ。チュニジア人とか、リビア人とか、サウジ人だ。俺とあいつらとの問題は悪化してきた、俺がこの手で殴るところまで来ている」

「ハッジー、政権が打倒されたらあなたはどうするの？」と私は訊いた。彼は笑い出し、顔が赤くなった。そして私を狡猾そうな目で見る。

「まず、今は打倒できないな。俺たちの道のりは長い。戦争が終わるまで二十年は必要だ。その後どうするかなんて俺にはわからないが、そのときまで絶対に生き延びられないと確信している。残念だよ。人生を愛しているからね。それでも俺はつねに前線に立つ。死んだも同然だ。もし俺たちを率いて上に立ってくれる指揮官がいたら、状況はずっと良かっただろうな」

証言を記録する最後の戦闘員ハッジーとの面会に備えて、私は頭に残っているだけの集中力を駆使した。しかし、今起きていることの不条理さと分かちがたく結びつくものに出くわして、私は何もない空虚さに沈み込み、歩いていた。

最後の門を渡るために、私はひたすら歩かなくてはならない。


私の頭のなかで折り重なるあらゆる矛盾も、周りの人びとも、家畜の群れのような動きから私を抜け出させることはできなかった。私は国境を越える人びとの後ろを導かれていく。このように言えるだろう。存在の属性を打ち消す無とは、生でもあるのだと。無に属性を見出すことは、その対義物も存在するということになるのではないだろうか。無とは、死からその一部が再生産され、今、私の目の前にさまよう人間の形をしてあふれ出てくる破片の集積だ。それらは消えもせず生きてもいない。実体の影でしかない。生は勢いよくほとばしり、死はすばやく襲いかかる。それは生と死が近似であることを意味する。互いに出会えば見分けもつけがたい。生きている人なのか、それとも経帷子が動いているだけなのか。死から脱出する人びと、爆撃から逃げる人びとは、避難や貧困の苦しみ、迷走・離散の悲運へと向かっていく。もうひとつの群れは、反対に死に向かって進む。約束された天国にある無限の未来への懸け橋として、死を得るべくあふれ出す戦闘員たちだ。武器、装甲車、仲介人。密航屋、武器密輸商人。彼らが行き交う地点で、私は彼らを見つめ、放心したままその後に続く。

この最後の国境通行所でともにいるのは、出国のために押し合いへし合いしている人間のすさまじい群れだ。逃げる人びと、恐れる人びと。負傷した戦闘員、人道活動団体の代表者、報道特派員、外国人ジャーナリスト。手や足を失った人たちが、女子どもの集団のなかを飛び跳ねている。何事にも関心を失っている人の群れは、まるで映画監督にどう動くかを指示されているみたいだ。前を向く彼らの目は不安げで、視線が定まらない。日射しの熱さがその迷走に拍車をかける。出入国ゲートこそ異なるが、同じ光景の繰り返しだ。終末の日を思わせるありさまで、人間の群れが発っていく。

アトゥマ避難民キャンプは相変わらずだ。裸足の子どもが増えている。点在するテントも武装組織の検問所も増えていた。武装組織の構成員の多くはジハード主義者だ。

さらに、アトゥマ避難民キャンプからさほど離れていないところにダーイシュの大きな軍営ができていた。それはオリーブの木々の間に建つ、いくつもの部署からなる平屋の巨大な建物で、広い面積を占め厳重な警備に囲まれていた。近づくのは禁止されているので、ダーイシュ以外の大隊であのなかにあるものを知る人はいない。周囲には四輪駆動車が停められ、トラックが出入りしているが、どれもこれもカーキ色の分厚い亜麻布で覆われている。ダーイシュの構成員はというと、アトゥマ避難民キャンプの周りに展開し、シリア国内からキャンプへと通じる道にいくつもの検問所を置いて通行を妨げている。二〇一三年八月のあの時点までは、ダーイシュはヌスラ戦線やアフラール・シャーム運動などの他のジハード主義大隊とも良好な関係を維持していた。のちに状況は変化し、ダーイシュはこれらの大隊との戦争状態に入る。そして将来的には国体となる組織の設立にも見られるように、その計画の途方もなさも明らかになっていく。

私たちを最後に止めたのもダーイシュの検問所だった。四人の若者は、風に揺らぐように武器を担ぎ、足を半ば開いた状態で警戒姿勢を取っている。二人は完全に顔を覆い、もう二人は半分だけ顔を隠している。シリア人ではない。いつもとは違って、私は彼らを見ても落ち着いていた。完全に冷静だったわけではないが目の前の道の一点を見つめ、周りを見回したりせず、彼らが何を望んでいるのか、何を話すのかにも無関心でいた。ずいぶんとうぬぼれが強く自信過剰らしいとだけ思った。怒鳴り声が大きく、この場の主であるかのようにふるまっている。めずらしく顎鬚は長くない。聞き慣れない訛りがあり、言っていることがところどころ聞き取れなかった。彼らは手まねで、通行を許可すると示した。

アトゥマ避難民キャンプのメインゲートには、アンサール・イスラーム（スンナ派系武装組織）の戦闘員による検問所があった。若者たちから聞いてはいたが、キャンプの警護に関しては武装集団の大隊の間で役割分担がされていた。国境の両側に木箱を積んだトラック群がある。トラックの一台からは積載物が細心の注意を払われて降ろされている。積み荷は武器だ。こんなことが昼日中に国境で、年寄りや女や子どもや商人、密航屋、各国機関の派遣員やジャーナリストがいるただなかで行なわれていた。

オリーブ林の外れ、太陽の下にさまざまな人種の若者が座っていた。戦闘に参加するため入国の順番を待っている戦闘員だ。彼らもまたシリア人ではなかった。

国境の最後の地点まで、仲間たちは私に同行してくれた。そこは今回、私が入国したところだ。私はゴヤの絵に描かれていた行列の一人のようだった。この通過点を越えるのに一時間以上かかった。

隣に美しい少女がいた。列を進む人たちに押されている。年齢は十四歳か、その前後といったところだろう。傍らに母親がいる。彼女はアトゥマ避難民キャンプを出て、結婚するのだと話してくれた。母親も彼女と一緒に国境を越えて向こう側に行くという。父親を爆撃で亡くしており、五人の妹がいる。長女なのだ。

私は彼女に未来の夫は何をしている人なのかと尋ねた。彼女は、彼はトルコで暮らしているの、でもヨルダン人なのよ、と答えた。アンタキヤで暮らす予定だという。夫となる人がアンマンとトルコの間で貿易業を営んでいるからだそうだ。彼女を困らせたくなくて、私はあえてその男性の年齢を詳しく訊こうとはしなかった。ファーティマという名前のその少女は――ここにはこの名前の娘が多い――私にここで何をしているのかと訊いた。私は、ジャバル・ザーウィヤから来たの、と答えた。彼女は沈黙し、その後は私に関心を示さなくなった。

のちに、国境を越えて向こう側へと渡るとき彼女を見た。タクシーが彼女を待っていた。男は六十歳以上、おそらくさらに年長だった。額には黒ずんだイスラーム教徒の礼拝だこがあり、白いアバーヤをまとっていた。この目で姿は見たが、声は聞こえなかった。近くにいたので、彼女に「旦那さん？」と尋ねた。すると夫のほうは身を固くし、彼女は弱々しく「ん……」と答え、私の目をちらっと見ると背中を向けてしまった。

名前を登録し、私の仮名を書き記す男は、通過する前に私の顔を見て、他の人の顔と同じように見過ごしていく。汗のしずくがその男からも滴っている。私はまだ頭のてっぺんからつま先まで覆う黒い服をまとったままだ。後ろには灼熱の太陽の下で順番を待つ女や男や子どもが長い列を成している。身分証明書を持っていない人たちだ。

赤ん坊を抱く若妻の後に立っている女性は、かすかな声で赤ん坊に歌を歌ってやろうとしていた。若妻を見ると、赤ん坊は両腕を肩から指先まで白い包帯で巻かれている。私は目線を落とし、出国に際して使う私の新しい名前をじっと見つめた。そのとき、自分の家族の家から逃げ、初めて偽名で旅したときの自分の名前を思い出し、笑い出した。根を下ろしつつある異郷から旅立ち、国に戻ってまた自らを引き抜きながら、この短い人生でなんと多くの名前を名乗ったことだろう。

名前を登録していた男は私が笑い出したのを見て、むっとしたように言った。「俺のことも笑わせてみろよ」

私自身、どうして笑っているのかわからなかった。でもこの習慣は、戦闘員たちから学んだものだ。怒りで我を忘れそうになったら、笑う！　私はさらに高い声で笑い、男に言った。「あなたは絶対笑ってくれないわよ……私が何か言っても、絶対笑ってくれないでしょ、困ったものね！」

それから私は列から離れて、向こう側を見る。トルコの、あと少ししたら私が降り立つ場所。

若者たちは、散らばり始めた人の列にいる私の動きを見守っている。それから、私が発っていくところも。別れの時間は長引かせないようにしよう、手を振るだけで十分だ。彼らは向こう側で人びとの群れから離れ、手を振っている。マイサラは一言も口をきかずに私のそばにいて、私の目から涙がどっとあふれて、まるでアニメーション映画の絵の涙のように流れ落ちていくのを見つめていた。たぶんこのときを最後に、私が彼らに会うことは決してないだろう。もう一度手を振り、マイサラに言う。

「こんなふうに涙がぼろぼろ出るなんて、漫画のキャラクターみたいね」

彼は何も言わず、ついておいでという仕草をした。最後に、もう一度振り返った。今やるべきは国境の向こう側にいる若者たちに、最大限の絆を示すことだ。彼らは姿が見えなくなるまで私を見守っていた。

母親と六十代の夫とともに出国するあの幼な妻を見た後、私の頭を占めていたのは、私の小さな魔法使い、アーラーに会いたいという思いだ。アンタキヤで父親と姉妹とともに残っている私のヒーロー。家に着いたとき、アーラーに語るであろう物語の構成を練っていく。サラーキブの家のこと、アーラーがいない間に、私やノラや伯父さんの奥さん、二人のおばあちゃんが何をしていたかをどうやって伝えよう。私自身も出演させよう、物語のなかでアーラーとともに遊ぶために。この本のなかのすべての登場人物の物語を、あの生き延びたおちびさんにどう語ったらいいだろう。彼女の隣人や親戚の物語。彼らは皆、サラーキブのひとつの家族だったのだから。家に着いたら彼らのこまごまとした話を組み立ててみよう。私などは細切れ肉の小片にすぎない。いつか大人になって、自分の逃避行の話をするであろうアーラーという登場人物にもきちんと結末をつけてやらないといけない。きっとアーラーは何も語らないか、忘れてしまって、自分の子どもも時代については何ひとつ思い出さないようにするだろうから。

私たちを乗せた車は国境に沿って走っていった。左手にシリアがあった。

私は敵だ。私の血のなかではすべての人殺しと殺された人の復讐の念がたぎり、私は彼らをひとりひとり吸い込んでいく。私は自分がばらばらに飛散した者だ。根を引き抜き、新たな土壌で順調に生育し、それからふたたび根を引き抜く。私はアイデンティティを探し求める者であり、アイデンティティから逃げる者だ。空港のロビーや鉄道のプラットホームで暮らす者。この場所から追い出された者。残るのは不可能だと悟ったとき、私は帰国の夢から覚めた。私は異郷へと旅立つ。破壊に取り囲まれ、陰謀が跳梁し、タクフィール思想を持つジハード主義の武装組織が侵攻する国を後にするのだと、自ら肝に銘じていく。

シリア人が自らの血を流して解放した土地、北部地域の村や町は、新たな占領を受け、もはや解放地域ではなくなった。シリアの地でもなくなった。シリアの革命の夢は盗み取られた。現在、大国はシリアという舞台でいくつもの軍を動かし、仮想の戦線に資金援助をしながらゲームを進めている。あらゆる種類の戦闘員に対し、トルコからの国境は公然と開かれている。さまざまな方面から武器が国境を渡る。ダーイシュに資金援助をしているのは誰なのか？　ヌスラ戦線に資金援助をしているのは誰なのか？　自由シリア軍の司令官たちを暗殺したのは誰なのか？　ジャーナリストや非暴力の活動家を殺害したのは誰なのか？　どうやってシリアの革命は盗み取られ、宗教戦争に変貌したのだろう？　虚空にぶら下がるいくつもの問い。

私はと言えば、二日後にはパリに着くだろう。目の当たりにしているこの光景もそれでおしまいだ。車はトルコ領内に消え、私とマイサラは家へと向かう。アーラーと、イスタンブルに発つためアンタキヤ空港へと出発するまで止まらないお話を充塡した弾倉が私を待っている。私も彼女に隣人や若者たちの話を伝えよう。たくさんの嘘をつくだろう。アーラーの友だちだった子どもたちの遺体の話は決してしない。そして丁寧に別れを告げ、何か月かしたら戻るわねと約束しよう。

革命の始まりと最初の四か月間を書いた『交戦』で、私は自分が入り込んだ地獄の階層について最初の証言を著した（著者の長篇小説『交戦』*Taqāṭuʿ nirān* は二〇一二年に刊行された）。今、この二つ目の証言において、私はひとつの階層を出て、より深い層の地獄に入る。この感覚を私は身に染みて知った。ふたたびの異郷、それ以上に付け加えることはない。異郷として認識されない異郷。幾多の出来事が押し寄せるなか、私たちがそこに何の新たな形も見いだせなかったもの。その言葉の根底の意味を再認識する必要があるもの。動画やＳＮＳが伝える、漂流し溺れていく場である〝異郷〟は、もはや本来の異郷とは言えない。

こうして国境は私たちの背後に遠ざかっていく。ふと、穏やかに漂っていくのは素晴らしいことだろう、と考えた。私という肉塊の一片が切り刻まれ、虚空のなかの微細な塵になるとしたら、それは良いことだろう。やわらかなシーツのなかで揺らめくような感じだろう。私はそこから存在の無へと流れていけるのだ、と。

その瞬間、私は今が八月の終わりだということを思い出した。私は永久に戻れない。シリアは占領されてしまった。空は占領されてしまった。それを思い出した。

私の頭は重い大理石のように動かない。私の両目は膠着し、動かない。瞬きもしない。ただ、無を見つめている。私が、国境の向こうに残してきた無を。

追記

私はこの本を二〇一四年九月末に書き上げた。最後にシリアを出てから私は執筆を休み、起こったことについて書き出せないまま数か月が過ぎた。そのときは、自分が書くものには何の意味もないと、無益な出来事の話だと思っていた。指は硬直し、精神的に麻痺した状態になって、原稿用紙を広げることも対話の記録を見直すこともできない。この無益さや徒労感には、自棄を起こすか死という甘美な誘惑に降伏することでしか向き合えそうになかった。もっとも優れて立派なふるまいがあるとすれば、それは正気の入り込む隙もないものに対し、増幅していく死や絶望的な出来事に直面しても立ち向かうことであろう。暴虐な蛮行は、死の樽爆弾によって人間を殲滅させながら始まり、醜悪さを加えて肥え太っていく。不正や日常的な虐殺による災厄の甚大さが、私から言葉を奪ってしまった。もう一度書けるようになるには時間が必要だった。

書き記すことは、死ぬことへの気づきである。それは死の前に敗れ去ることでもあるが、その敗北は敢然としている。今まで、私は死ぬことと書き記すことが結局は絡み合うのだと気づかずにいた。

シリアから最後に出国してから一年が過ぎた。私が例外的だったわけではない。シリア人のすさまじく大規模な出国は歴史に残るものとなるだろう。私はその後に起きることを注視している。

写真を見、報道にも目を通す。シリアに残っている人びとと連絡を取ったりもする。でもそのことに大した意味はない。最も重要な部分が抜けている。

かつて自分が暮らしていた町、サラーキブで、十日間も連続で樽爆弾や爆弾が投下されているという記事を読む。それは、あの樽爆弾が炸裂するなかで暮らすこととは似ても似つかない。この一年、サラーキブは毎日のように樽爆弾やクラスター爆弾を落とされている。

瓦礫の下に積み重なる遺体を見る。それは遺体に触るのとは違う。生き延びた若者たちは被害を記録し続け、情報を拡散している。それらの写真や動画から、クラスター爆弾炸裂後の土の臭いは届かない。焼け焦げた臭い、怯えた母親たちのまなざし、爆発の轟音の後に一瞬訪れるあのしんとした沈黙は届かない。写真や動画は、私たちと今起きていることとをほぼ同時に繋いでくれる。それは狂気の上乗せではないのか。実情がわからないまま近接してしまう、現実と空想、尽力がまったく実らない実際と論理上の話、死と生さえも一緒くたになってしまうのだ。

外の世界の人は決して信じないだろう。だが、世界中の人が見つめていても、〝今、シリアで起こっていること〟は、救いになるものを自身の目で見たいというそれぞれの願望でしかない。誰かに代わって死んだ人がいて、死を目の当たりにしたことで、生き続けたいという願望を刺激してくれる何か。生き残っているのだから、それで十分ではないか！　性欲みたいなものだ。世界中の人びとは、シリア人の犠牲者の遺体の上に、自分は生き残ったという光景が立ち上がるのを盗み見ながら楽しんでいる。世界中はただ見ているのだ。そう、ただ見ている！　アサド政権とダーイシュの間の戦争として仕立て上げられたスペクタクルの二面性は、戦争を美化し、進化させ、何も考えずに済むための案山子へと変えている。こんなことは人類の歴史上、何も新しい話ではない。これまでも長い間起きてきたことだ。しかし今は、それが私たちが直に見ている前で公然と起こっているのだ。凄惨なスペクタクルの世界が無意識のうちに残虐性を生み出している。国際配信のメディアは進んで犠牲者を忘れ去ろうとしている。彼らの死体を積み重ね、残虐なイメージで次々と配信していけば、いずれ慣れの感覚が生じてくる。その後は使用済みの物品のように放り捨てる。

これが革命開始から四年後の彼らシリアの人びとである。彼らは独裁に立ち向かい、非暴力の市民革命を始めた。非暴力の革命は武装闘争による革命へと転じ、それからジハード主義の大隊によって乗っ取られた。そしてシリアは血みどろの操り人形の劇場になり、今はダーイシュがその花形の地位を占めている。

二〇一三年四月に現われたダーイシュは、二〇一四年現在、一政権かつ占領軍となっている。トルコ国境を越えて押し寄せてきた外国人たちは、大量破壊兵器へと変貌した。過激思想と暴力があらゆるものを支配している。

ダーイシュはシリアの町々を占領した。アメリカ主導の有志連合はダーイシュを爆撃し、翻弄している。ダーイシュの構成員たちは、攻撃し、逃げまどい、前進し、虐殺を続ける。国家戦略も政治も遅々として進まないまま血が流されている。数百万人が国を脱出し、数百万人が国内避難民となった。シリアはもうかつてのシリアではない。分割され、分配されてしまった。全世界がダーイシュに忙殺されている。その間にもアサド政権の戦闘機はイドリブ郊外やダマスカス郊外、ホムス、アレッポで、民間人を爆撃している。世界がこの状況を解明しようとしている間に、アサド政権の爆撃やダーイシュをはじめジハード主義の大隊の剣によって、無辜の民間人の犠牲者は斃《たお》れ続ける。

私はシリア国内に残った若者や女性たちと今も連絡を取り続けている。ムハンマドはサラーキブから出なかった。治療のための出国を断ったので、彼は今も隻眼でものを見ている。最近、連絡を取ったときには、「シリア国境の外に出ると窒息するような気がするんだ」と言っていた。現在、彼は若者たちと一緒に地下壕を掘り、夜はそこで眠る。日中は、爆撃の犠牲者を救助したり、被害の記録を取ったり、人びとの支援活動をしたりしている。

スハイブも出国を拒否し、かつて暮らしたヨーロッパには戻らなかった。

「僕はここで死ぬつもりだよ、出ていく気はない」と彼は言った。

マイサラと妻、そして私の小さな魔法使いのアーラーは、今もアンタキヤにいる。アーラーには弟ができて幸せそうだ。姉妹たちと一緒の生活を続け、トルコ語を習い、学校にも通っている。マイサラは時折サラーキブに出かけている。

ラーイド・ファーリスは暗殺されかけた。今もダーイシュやタクフィール主義の武装集団から脅迫を受け続けているが、カファル・ナブルを出ることは拒否している。若者たちも出国を拒否している。アブドゥッラー、ハーリド、イッザト、ハンムード、アブー・ターレク、アブー・ワヒード。彼らは皆、国に残るという夢にしがみついている。もう活動は以前のようには進んでいないが、彼らは異口同音に言う。「俺たちはここで死ぬ、出ていくつもりはない。ここは俺たちの国だ」と。彼らは服従を拒否し、金で雇われるのも、資金援助も、タクフィール主義の大隊に入るのも拒絶している。

アフマドとアブー・ナーセルは戦闘を続けているが、アフマドは戦場で負傷した。アブドゥッラーは結婚し、子どもも生まれた。まだ治療をしていないので片足を引きずったままだ。マンハルはトルコに落ち着いた。ラザーンはヒジャーブの着用を拒否し、カファル・ナブルを出た。今はシリアとの国境に近いトルコの町で暮らしている。

私がともに暮らしていたアブー・イブラーヒームとノラは、爆撃から離れるためにサラーキブの中心にあった家を引き払い、サラーキブの平原にある農場に移った。それでも彼らはまだ爆撃を受け、近隣では多くの人が殺されている。アイユーシュも彼らとともに移った。年老いた母親も背負われて移動し、農場にいる。彼らの叔母は亡くなった。あのチャーミングな老婆は、家を引き払わざるを得なくなった後、天に召された。農場に移って一か月後だったという。アブー・イブラーヒームはサラーキブからの脱出を拒否しており、夫を深く愛しているノラも、私とスカイプで話しているとき、「怖さも悲しみもずっとつきまとっているけれど、この先永遠に出ていくつもりも夫から離れる気もないわ」と告げた。「生きるのも死ぬのもあの人と一緒よ」と。

これらの人びとは二十一世紀最大の悲劇の子どもたちである。人間の性質の堕落を明瞭に証明していく存在だ。

彼らは自由と公正の夢を抱いて革命へと乗り出し、早すぎた夢の代償を自らの血で購った。これらの人びとは、シリア最大の流血となった戦争の子どもたちである。私は彼らを忘れられない。

パリでは、ときに小さなこまごまとしたことの美しさが心を湧き立たせ、またときに醜悪さが心を殺そうとする。それは私の心に根を張っていく。美しさ、それ自体に存在する醜悪さのなかに私は息づいているのだ。この街に住んでからも、私はまだ自分の根を引き抜けずにいる。異郷にいるという感覚は、自分の人生から追い出し、抗えるような性質のものだと思っていた。でも今、それは私を深く貫いている。この経験を得るまで、私は異郷という認識に関心を持っていなかった。それは言語とか、国民意識とか、宗教とか、地理的な区分のなかに人間を囲い込む狭義のアイデンティティに基づく例外的な状態程度にしか思っていなかった。私の執筆するものや私の語ることも、私のアイデンティティだとそんなふうに思い描いていた。

小説は、私が安心できる唯一の居場所だ。二十六年以上、私はこれを書き続けてきた。しかし、今、異郷暮らしの一年が経過して、私は異郷は異郷であり、他の何ものでもないと悟った。それは、自分がよそ者であると思い知りながら歩いていくことなのだ。

この異郷で眠っている間に、私はどのようにふるまい考えるべきかを学んだ。それとも、もしかしたら死んでいる間に、だろうか。同じようなものだ。私が現実のなかにいない。

ここで私は頭を切り落とされたまま歩いていく。身体を触って確かめる。指はどこにある？　わからない。私の小説は、根無し草の切実な欠落感へと変わっていくだろう。私が小説へとのめり込むたびに、私は異郷のなかに落ち込んでいく。

用語解説

【イスラーム諸宗派】

シリアでは、個人が意図的に改宗しないかぎり、血縁・地縁関係によって信仰する宗派がほぼ決まっている。したがって、宗派の差異は、信条の違いという以上にコミュニティの違いを示していることが多い。

スンナ派　スンニー派ともいう。この名称は預言者ムハンマドの慣行（スンナ）と正統な共同体（ジャマーア）を護持する人びとを指す「スンナとジャマーアの民」に由来する。イスラーム共同体の団結とコンセンサス形成を重視するため、結果として多数派となる傾向にある。シリアの宗派別人口ではイスラーム教徒が全体の九割を占めており、そのうちスンナ派は七割以上。

シーア派　シーアとは「党派」を意味する言葉で、派の成立当初は「シーア・アリー（アリー党）」と呼ばれていた。預言者ムハンマドの死後、イスラーム共同体の指導者（イマーム）の資質は預言者の従弟かつ娘婿であったアリーとその子孫の血統に継承されるという見地に立つ。また、アリーの血統の誰がどのような権威を有するかという見解の相違から、シーア派には支派が複数存在する。

アラウィー派　シーア派の一派。ヌサイリー派とも称される。教義的にはイスマーイール派やキリスト教の影響を受け、さらに土着宗教の伝統も混在すると言われている。

シリアではイスラーム教徒人口の一〇パーセント程度を占める少数宗派であるが、アサド大統領一族がこの派に属していることもあって、軍やバアス党の要職に占める割合は高い。本書の著者サマル・ヤズベクもアラウィー派である。

イスマーイール派　シーア派の一派。イスマーイール派にも多くの分派があるが、シリアでは十二世紀後半以降、ニザール派が優勢となっている。信徒の多くはシリア西部ハマー県サラミーヤ周辺に居住する。

ドルーズ派　シーア派のイスマーイール派を奉じたファーティマ朝の第六代カリフ、ハーキムを神格化し、分派した傍系宗派。シリア、レバノン、イスラエルに多く居住し、少数宗派ではあるが、近現代史上のさまざまな場面で重要な役割を担ってきた。

【イスラーム急進派思想】

イスラーム主義　イスラーム法（シャリーア）に基づいて統治されるイスラーム国家・社会の実現を目指す思想。

ジハード主義　異教徒や不信仰者に対する聖戦（＝ジハード）をイスラームにおける最も重要な義務と見なし、実践しようとする考え方。

タクフィール主義　思想の異なるイスラーム教徒を不信仰の徒と認定し（タクフィールとは「不信仰者認定」の意）、「聖戦」と称してこれらの者を攻撃するジハード主義の呼称。

サラフ主義　近代以降のイスラーム世界の劣勢はイスラーム自体の衰退・堕落が原因であるという考えから、イスラーム初期（＝サラフ）の時代における精神・原則に立ち返ろうとする思想。

【アサド政権関連】

バアス党　一九四七年発足。正式名称は「アラブ社会主義復興党」。「統一・自由・社会主義」を党是とし、反帝国主義・反シオニズム・反資本主義に基づくアラブ統一国家の樹立を最終目標とする。シリアでは一九六三年のバアス党革命以降、政権与党となっている。

ムハーバラート　諜報機関・治安維持組織・武装治安組織の総称。

シャッビーハ　「想像しがたいことを行なう（幽霊のような）人」を意味する方言で、当初は地中海沿岸地域に跋扈していた武装犯罪集団を指していた。二〇一一年以降は、親アサド政権の民兵、政権高官、さらには政権支持者を指す言葉となる。

【反体制組織および関連組織】

アルカーイダ　一九八八年にウサーマ・ビン・ラーディンらによって結成された武装組織（国際テロ組織認定）。多国籍の成員を擁し、米国および米国の同盟者を標的とした聖戦を主張している。

ダーイシュ　イラク・シリアを中心として活動しているスンナ派過激派組織（国際テロ組織認定）の蔑称。ダーイシュとは「イラク・シャーム・イスラーム国」（ＩＳＩＬ）のアラビア語の頭文字のみを取った名称で、日本では「イスラーム国」もしくは英語での略称「ＩＳＩＳ」「ＩＳ」等の名称で知られている。イラクのアルカーイダがシリアに活動を拡大した二〇一三年にこの名前に改称したが、活動地域をめぐるヌスラ戦線との対立が理由となって、アルカーイダに破門を言い渡された。その後、二〇一四年にカリフ制国家樹立を宣言し、「イスラーム国」を名乗るようになった。

ヌスラ戦線　ジハード主義を標榜する武装組織で、シリアのアルカーイダと目されている（国際テロ組織認定）。二〇一一年末からイラクのアルカーイダのフロント組織としてシリアで活動を開始。二〇一三年、イラクのアルカーイダがダーイシュを結成すると、これに合流を拒否し、アルカーイダに忠誠を誓い続けた。だが、二〇一六年、アルカーイダからの了承のもとにアルカーイダとの関係を解消、組織名をシャーム・ファトフ戦線（シャーム征服戦線）と改めた。さらに二〇一七年以降は複数の反体制組織とともにシャーム解放（タフリール・アッシャーム）機構を結成した。

アフラール・シャーム（シャーム自由人）運動　「シャーム自由人イスラーム運動」の通称。二〇一二年にシリアで発足した武装組織。アルカーイダのメンバーらが結成を主導し、各地でヌスラ戦線と共闘したが、アルカーイダとの関係をことさらに隠し、「自由シリア軍」を自称している。アサド政権打倒を目標としている。

自由シリア軍　二〇一一年にシリア国軍からの離反兵や活動家らがアサド政権打倒に向けた武装闘争に際して名乗った呼称。多くの武装組織がこの名を名乗っていたが、統合的な組織としては存在しておらず、ヌスラ戦線やシャーム自由人イスラーム運動と共闘した。アサド政権の打倒とシリア革命の実現を目指しているが、この目標はヌスラ戦線などのスンナ派武装組織も標榜している。

訳者あとがき

『無の国の門』はシリアの女性作家サマル・ヤズベクが二〇一五年に刊行した小説 *Bawwābāt arḍ al-ʿadm* の全訳である。小説家、ジャーナリスト、シナリオライターであり、社会活動家としても活躍している彼女は、一九七〇年にシリアのラタキア県でアラウィー派イスラーム教徒の一家に生まれた。この出自はシリア・アラブ共和国のバッシャール・アサド大統領とその一族と共通しており、その事実が彼女の人生や活動に影を落としているのは、本書でも見られるとおりである。彼女自身は二〇一一年以降、反アサド政権の立場を明確にしたため、逮捕・拘束を経て同年にシリアを出国し、現在は一人娘とともにパリで暮らしている。

サマル・ヤズベクは一九九九年に短篇集『秋の花束』を刊行し、文筆生活に入った。以降は最新作『十九人の女たち――シリア女性たちは語る *Tisʿa ʿashrata imraʾa—al-Sūrīyāt yarwīna*』（二〇一八年）を含め十二冊の小説を刊行しており、英訳、仏訳された作品も多い。二〇一〇年には英国のアラブ文芸雑誌『バニパル』、ベイルートのユネスコ世界書籍都市記念祭・英国ウェールズのヘイ文芸芸術フェスティバルの共同企画として四十歳未満の優れたアラブの作家を選出した「ベイルート39」の一人となり、二〇一二年には長篇小説『交戦――シリア革命の日誌 *Taqāṭuʿ al-nīrān—yawmīyāt al-thawra al-Sūrīya*』（以下、『交戦』）によって国際ペンクラブのピンター文学賞「勇気ある国際的作家」を受賞した。『交戦』は「シリア革命」

が始まった二〇一一年の記録から構成された小説であるが、本書『無の国の門』は『交戦』の後を受けて執筆された。具体的には、二〇一二年夏から二〇一三年八月までの記録に基づく内容である。

チュニジア、リビア、エジプトにおいて政権打倒へと結びついた「アラブの春」の影響を受け、シリアでも二〇一一年三月から民主化と体制改革を求め、デモ活動が行なわれるようになった。翌四月からこれらのデモ活動は過激化し、「シリア革命」と銘打って目的も体制改革から体制打倒へと変化していく。これに対し、バッシャール・アサド政権は激しい弾圧と封じ込めで応じ、二〇一一年八月（イスラーム暦ラマダーン月と重なっていた）は「血のラマダーン」とまで称された。その結果、当初（非暴力での）市民革命を志向していた「シリア革命」は衰退していく。アサド政権による妨害もあって、反体制活動を行なう人々同士も方針や主張の違いから対立・迷走するようになり、武装勢力の台頭とともに、シリアは内戦状態ともいえる混迷へと陥っている。

サマル・ヤズベクは「シリア革命」の成就を目指して立ち上がり、現在まで武装することなく活動を継続している一人である。「革命」がほぼ頓挫した現在、シリアについて報道を通してわたしたちが触れる情報の多くは、アサド政権や武装した人々による暴力であるが、非暴力を貫いている活動家も少なくない。本書でも彼らの活動ぶりは随所で触れられている。彼らが行なっている教育・福祉・医療・文化・広報といった分野での活動は、武力による革命とは変革の速度が大幅に異なるものの、新たな共同体に不可欠な人間の形成に直結する。「シリア革命」が含意するものの広さと深さを、彼らの地道な活動に見いだすことができる。

『無の国の門』は、著者が一度脱出したシリアに三度にわたって帰国したときの記録である。著者が拠点としたシリア北西部イドリブ県は、自由シリア軍がアサド政権軍から解放した「解放地域」であるが、アサド政権軍による空爆や外国人戦闘員の流入、イスラーム主義を掲げる武装集団の勢力拡大といった内外の力によって、地域社会の変質を余儀なくされた。アサド大統領一族と同じ出自を有し、非暴力での活動を進める女性である著者は、武力闘争が拡大し宗派や信条の相違による対立が鮮明化していくなか、地縁でも血縁でも結びつかないイドリブ県で自律的な日常生活すら営めなくなっていく。革命によって「民主的かつ文化的な市民社会」を実現するはずであったシリアが変貌したことで、著者は自らが根づくべき土壌を失った。本書には「シリア革命」のために立ち上がった、あるいは期待を寄せた人びとの壮絶な喪失が描かれているが、著者の自失の嘆きには、まるで彼女自身がありうべきシリアそのものであったかのような印象を受ける。地縁や血縁、信仰といった紐帯意識において多くの矛盾を抱えた彼女の存在は、確かに自由と尊重を旨とする「シリア革命」において象徴的なものであったといえるだろう。

「シリア革命」の挫折と内戦化を精到に記した本書は、「内戦ドキュメンタリー」と位置づけられるべきかもしれないが、事実を記しながらも著者は明らかにフィクショナルな枠組みを施そうとしている。第一部の冒頭では「だが、一人だけ語り部を演じる架空の人間がいる」と、本書における自己が実物とは異なるという宣言がなされる。また第三部に入ると、人々の語りの記録を『千夜一夜物語』の枠組みに当てはめる試みがなされている。これらの作為によって語り手には可変性と自在さが備わったが、誠実な伝達者であるはずの語り手がいわば作り物にすぎないという告白は、語りの信憑性を危うくしかねない。それでもなお著者は、「現実と対峙するために」あえて自身から離れるという手法を採ったのである。

　彼女がインタビューしたなかには「これで十分」と自らの語りに満足を示した人が二人いる。アミーナース村から避難してきた赤毛の少女と、カファル・ナブルの活動家ラーイド・ファーリスである。彼らは語ることで自らの感情と信念を確認し、そのすべてを語り尽くした。それらが記録として残り、他の人に伝わるのであればそれで十分であるという。そこには、自己の発見と承認という収穫があるからであろう。著者が採った自身の語り口は彼らとは対照的で、語れども語れども己を確認できない仕組みになっている。彼らとは逆に、著者はこの一年の間に語るべき自己を見失ったのではないだろうか。本書を複雑なものにしているこの奇妙な設定からも、拠り所を失い欠落感と惑いを抱える著者の姿が見えるようである。

具体的に事象を語りながら著者自身が迷いを率直に示すという書きぶりは、二〇一一年以降のシリア人の書き手の特色でもある。二〇一一年はシリア人の表現活動全般においても大きな転換点となった。これまでシリアの表現者たちは、厳しい検閲によって言論・表現の自由に制限が課せられるなか、メタファーや曖昧な表現を駆使し、個人や時代・場所を特定させず、抽象化・象徴化を施しながらシリアという国に生きる人々や社会の問題を描き出してきた。検閲を回避しながらも社会や人生の絶望を鮮烈に描いたザカリーヤー・ターミル（小説『酸っぱいブドウ／はりねずみ』など）はその好例である。しかしアサド政権による弾圧や国内の混乱を逃れて多くのシリア人が出国した結果、アサド政権統治下のシリアへの帰国を断念した人々が次々と「当事者としての経験談」を発表するようになった。二〇一一年以降のシリア人による文学や映画は、あたかも登場人物の実在を確認するかのように、具体的な地名や時代設定が明示されるようになっている。ここには自分たちの存在と立ち位置を確認し、手探りながら互いの連携を模索しようとする意志が見えるが、他方、これらの作品が現状を描き出すのみで未来を明確に描けないのも事実であり、シリアの苦い現状を反映した傾向といえる。

フィクショナルな語り手を擁していても、本書に採り上げられた人びとの声からは著者の意思と共感の所在を明瞭に見ることができる。収録されたインタビューは主に「解放地域」で収集されており、アサド政権側の人間の証言はまったく収録されていない。証言者はすべて（武力闘争・非暴力活動双方を含む）反体制活動を行なう人々か混乱の犠牲者となった国内避難民である。

語りの収集に至った動機を説明する際に、著者は生きることと死ぬことについての根本的な疑問を持ったことを述べている。この疑問の根底にはもちろん、人間らしく生きていきたいという著者自身の生への欲求がある。だが、人々の声に耳を傾けていくごとに、著者の困惑は深まり、生と死は区分しがたくなっていく。生と死、祖国、シリアの「現状」、そして自分自身——追及するほどに目的が遠ざかり触れ得なくなる「無」の感覚を、本書はさまざまな側面から浮かび上がらせる。
無力感や絶望が色濃く漂うなかで、著者が一貫してポジティヴな存在として扱い、賛美してやまないのは女性たちである。いかなる環境にあっても、本書で描かれる女性はすべて美や力に満ちている。暗い思いを抱えていても、女性たちはしたたかに現況を乗り越えようとしており、そのまなざしは生きるほうへ、未来へと向けられている。著者のときに切実ささえ感じさせるほどの女性賛美と信頼は、以後の彼女の執筆姿勢へと通じており、最新の二作『歩く女』(二〇一七年)と『十九人の女たち』(二〇一八年)へとつながっていく。

訳者にとって、シリアは仕事や留学で滞在したなじみ深い国である。だが、自分が過ごした平穏な生活の記憶と現況とがどうしても実感として結びつかなかった。二〇一二年、シリア留学時代の先生に「ダマスカスにまた行きたい」とメールを打ったとき、「ダマスカスもその住民もいつでも君を歓迎している。でも今はだめだ」という返信があり、見せたくない事態が起きているのは感じていた。それを翻訳という行為を通して、確かめながら読み取っていくのはとてもつらい話ではあったが、いずれは、いやもっと前に知るべきことであった。

サマル・ヤズベクの文章は複雑かつ語彙が実に豊かで、これだけ多彩な言葉を使いこなせる言語世界の広さにまず驚いた。地の文は正則アラビア語、会話は口語アラビア語で書かれており、正則アラビア語にもときに口語的な言葉遣いが見られる。若い世代の知識人らしい書きぶりといえるだろう。率直に言えば、読み解くのも日本語で表わすのもかなりの難行であった。非常に繊細な感性の持ち主であることがうかがえる文で、このような人が置かれた苦境を思うと暗澹たる気持ちになるが、本書からは現状を乗り越えようとする芯の強さも感じられる。

最後に、翻訳作業の終盤に知った、本書の登場人物の近況を述べておきたい。二〇一八年十一月二十三日に、カファル・ナブルの活動家ラーイド・ファーリスとハンムード・ジュナイブはアルカーイダ系武装集団によって暗殺された。友人の脚本家ムハンマド・アッタールがFacebookに彼らの死を悼むコメントを寄せたのを偶然見つけ、そこでようやく本書にも出てくるムハンマド・アッタールが自分の知り合いだと気づいた（彼は二〇一六年に『ダマスカス――While I was waiting』という戯曲を執筆し、その日本公演の字幕翻訳を自分が担当した縁で知り合いになった。彼は現在ベルリンで暮らしている）。

本書の登場人物が思いがけず身近にいたこと、そして本書で力強い魅力を放っていたラーイドとハンムードが亡くなったという事実に改めて衝撃を受けている。この厳しい現実をわたしはまだ十分に実感も理解もできない。この久しく恩を受けた懐かしい国とどのように関わっていけばいいのか、今も手探りが続いている。

本書には日本ではあまりなじみのない言葉も多く出てくる。そこで、必要と思われる用語について、簡単な解説を作成した。巻末の用語一覧において、アサド政権関連の言葉や武装組織に関しては、東京外国語大学大学院総合国際学研究院教授の青山弘之さんよりご助言をいただいた。この場をお借りして厚く御礼を申し上げる。本文や解説に誤解や誤訳があれば、ひとえに訳者の責任である。

本書の翻訳を提案し、わたしの不安な訳業を見守ってくれた白水社編集部の金子ちひろさんに改めて感謝したい。この仕事を通して長篇小説の奥深さに触れることができた。本書はシリアの受難を克明に表わしているが、それでも日常生活における人々の優しさや強さも読み取れるだろう。そこに少しでもこの国の人々への近しさを感じていただければ幸いである。

二〇一九年十二月

柳谷あゆみ

訳者略歴

慶應義塾大学文学研究科後期博士課程単位取得退学。早稲田大学、慶應義塾大学、首都大学東京、亜細亜大学非常勤講師（アラビア語担当）。歌人として第一歌集『ダマスカスへ行く　前・後・途中』（二〇一二年）で第五回日本短歌協会賞を受賞。アラビア語からの翻訳に戯曲『3 in 1』、ザカリーヤー・ターミル『酸っぱいブドウ／はりねずみ』（白水社）などがある。

無の国の門

引き裂かれた祖国シリアへの旅

二〇二〇年二月二〇日　印刷
二〇二〇年三月一〇日　発行

著　者　サマル・ヤズベク
訳　者 ©　柳《やなぎ》谷《や》あゆみ
発行者　及川直志
印刷所　株式会社三陽社
発行所　株式会社白水社

東京都千代田区神田小川町三の二四
電話　営業部〇三（三二九一）七八一一
　　　編集部〇三（三二九一）七八二一
振替　〇〇一九〇-五-三三二二八
　　　郵便番号　一〇一-〇〇五二
www.hakusuisha.co.jp
乱丁・落丁本は、送料小社負担にてお取り替えいたします。

誠製本株式会社

ISBN978-4-560-09754-0

Printed in Japan